NORA ROBERTS | Eine Frage der Liebe

Das Buch

Jessica Winslow betreibt einen kleinen Antiquitätenladen. Als die Polizei herausfindet, dass in ihrem Geschäft die Fäden eines Diamantenschmugglerrings zusammenlaufen, wird Sergeant James Sladerman eingesetzt, um undercover zu ermitteln. Er gibt sich als Schriftsteller aus und quartiert sich kurzerhand in Jessicas Haus ein. Doch schon bald lassen sich Auftrag und Privatleben nur noch schwer voneinander trennen, denn James fühlt sich zu der attraktiven jungen Frau immer stärker hingezogen. Und auch sie scheint seine Gefühle zu erwidern. Doch Jessica hat ihren eigenen Kopf und lässt sich nicht gern bevormunden. Dies muss James am eigenen Leib erfahren, als sich die Situation zuspitzt und Jessica in größter Gefahr schwebt …

Eine Frage der Liebe ist bereits in dem Dreifachband *Die Unendlichkeit der Liebe* enthalten.

Die Autorin

Nora Roberts wurde 1950 in Maryland geboren und gehört heute zu den meistgelesenen Autorinnen der Welt. Auch in Deutschland erobert sie mit ihren Romanen regelmäßig die Bestsellerlisten. Im Diana Taschenbuch sind zuletzt erschienen: *Lockruf der Gefahr, Die falsche Tochter* sowie *Gestohlene Träume.* Nora Roberts hat zwei erwachsene Söhne und lebt mit ihrem Ehemann in Maryland.

NORA ROBERTS

Eine Frage der Liebe

Roman

Aus dem Amerikanischen von
Christine Roth

Diana Verlag

Die Originalausgabe A MATTER OF CHOICE erschien in dem Dreifachband FROM THE HEART

Der Titel ist bereits in dem Dreifachband »Die Unendlichkeit der Liebe« enthalten, ISBN 978-3-453-35299-5

MIX
Papier aus verantwortungsvollen Quellen
FSC
www.fsc.org
FSC® C014496

Verlagsgruppe Random House FSC-DEU-0100
Das für dieses Buch verwendete FSC®-zertifizierte Papier *Holmen Book Cream* liefert Holmen Paper, Hallstavik, Schweden.

Vollständige deutsche Taschenbuchneuausgabe 02/2013

Redaktion: Birgit Groll
Umschlaggestaltung: t.mutzenbach design, München
Umschlagmotiv: © by Alan Klehr, LuckyPix, Corbis
Satz: Buch-Werkstatt GmbH, Bad Aibling
Druck und Bindung: GGP Media GmbH, Pößneck

Printed in Germany 2013

978-3-453-35699-3
www.diana-verlag.de

Prolog

James Sladerman fixierte mit finsterer Miene seine Schuhspitzen. Dieser finstere Ausdruck war nicht von seinem Gesicht gewichen, seit er am Morgen auf seinem Schreibtisch im Dezernat die Nachricht vorgefunden hatte, Commissioner Dodson in seinem Büro aufsuchen zu sollen. Er stieß eine dicke Rauchwolke aus und drückte anschließend die Zigarette in dem schweren Mosaikaschenbecher zu seiner Linken aus. Inzwischen hatte er sich kaum bewegt. Slade verstand sich aufs Warten.

Erst in der Nacht zuvor hatte er über fünf Stunden in einem dunklen, eiskalten Wagen ausgeharrt, und das in einer Gegend, in der es ratsam war, niemandem den Rücken zuzudrehen und auf seine Brieftasche aufzupassen. Es waren öde, fruchtlose fünf Stunden gewesen; die Überwachung hatte rein gar nichts gebracht. Doch Slade wusste aus seiner langjährigen Erfahrung, dass die Polizeiarbeit überwiegend aus endlosen Fußmärschen, stundenlangem Warten und Papierkram bestand, die nur von gelegentlichen Gewaltakten unterbrochen wurden. Dennoch zog er die fünfstündige Überwachung bei weitem den zwanzig Minuten vor, die er gerade in dem beige gestrichenen und mit Teppichen ausgelegten Vorzimmer des Commissioners verbracht hatte. Es roch nach Zitronenpolitur und jetzt auch nach seinem Virginiatabak. Die Tasten einer Schreibmaschine klapperten mit monotoner Effizienz, als die Sekretärin des Commissioners ihre Berichte tippte.

Was, zum Teufel, wollte er von ihm?, fragte sich Slade zum wiederholten Male. Im Laufe seiner Karriere hatte Slade tunlichst jeden Kontakt mit der politischen Seite der Polizeiarbeit vermieden, da er mit einer strikten Abneigung gegen jede Art von Bürokratie behaftet war. Bei seinem Aufstieg vom Kadetten zum Detective Sergeant hatte es wenig Gelegenheit gegeben, dass seine Wege sich mit Dodsons kreuzten.

Beim Begräbnis seines Vaters war es zu einem kurzen, persönlichen Kontakt mit Dodson gekommen. Captain Thomas C. Sladerman wurde mit allen Ehren beigesetzt, die ihm nach 28 Jahren im Dienste der Polizei zustanden, zumal er bei der Ausübung seiner Pflicht ums Leben gekommen war. Slade erinnerte sich, dass der Commissioner sich sehr mitfühlend gegenüber der Witwe und der jungen Tochter verhalten hatte. Auch gegenüber dem Sohn hatte er die passenden Worte gefunden. Vielleicht war er tatsächlich ein wenig betroffen gewesen. Zu Beginn ihrer Karriere waren Dodson und Sladerman Partner gewesen. Sie waren beide noch jung gewesen, als sich ihre Wege trennten – der eine fand eine Nische in der Politik und der Verwaltung, der andere entschied sich für den Kampf auf der Straße.

Danach waren sie sich nur noch ein einziges Mal begegnet. Damals lag Slade im Krankenhaus und erholte sich von einer Schusswunde. Der Besuch des Polizeichefs bei dem einfachen Detective hatte zu Gerüchten und Spekulationen geführt, die Slade nicht nur in Verlegenheit brachten, sondern auch ziemlich geärgert hatten.

Inzwischen pfiffen es wahrscheinlich schon die Spatzen von sämtlichen Dächern, dass der Alte ihn zu sich beordert hatte. Seine Miene verfinsterte sich zu einem Grollen. Einen Moment überlegte er, ob er sich irgendeiner dienstlichen Verfehlung schuldig gemacht hatte und schalt sich gleich darauf, dass er sich benahm wie ein Schuljunge, der zum Direktor zitiert wurde.

Ach, zum Teufel, fluchte Slade im Stillen und versuchte sich zu entspannen. Der Stuhl war weich – zu weich und zu kurz. Um die fehlende Sitzfläche auszugleichen, drückte Slade die Wirbelsäule an die Rundung der Rückenlehne und streckte die langen Beine von sich. Seine Augen waren halb geschlossen. Nach diesem Gespräch würde er wieder seinen Beobachtungsposten beziehen. Falls er die Aktion heute Nacht zu einem erfolgreichen Abschluss brächte, könnte er sich auf ein paar freie Abende an seiner Schreibmaschine freuen. Mit ein bisschen Glück – und einem Monat konzentrierter Arbeit ohne Unterbrechungen – könnte er es schaffen, seinen Roman zu Ende zu bringen. Seine Umgebung ausblendend, ging er im Geiste das Kapitel durch, an dem er gerade arbeitete.

»Sergeant Sladerman?«

Verärgert über die Ablenkung hob Slade den Blick. Langsam klärte sich sein Gesichtsausdruck. Es war eine Zeitverschwendung gewesen, den Fußboden anzustarren, wenn die Sekretärin des Polizeichefs einen so viel ergötzlicheren Anblick bot, stellte er fest und setzte sofort sein scharmantestes Lächeln auf.

»Der Commissioner erwartet Sie jetzt.« Die Sekretärin erwiderte sein Lächeln und wünschte sich insgeheim, er möge sie noch einmal so ansehen wie eben, statt in dumpfem Schweigen vor sich hin zu starren. Er hatte ein Gesicht, auf das jede Frau mit Interesse reagierte – markant geschnitten, gutes Kinn und dunklen Teint, den er von den italienischen Vorfahren mütterlicherseits geerbt hatte. In Ruhe hatte sein Mund hart gewirkt, aber jetzt, in der Bewegung, zeigte er gewisse Ansätze von Leidenschaftlichkeit. Schwarze Haare und graue Augen empfand sie bei einem Mann schon immer als eine unwiderstehliche Kombination, besonders wenn das Haar wie in diesem Fall dicht und ein bisschen zerzaust und die Augen rauchgrau und geheimnisvoll waren. Wirklich ein interessanter Typ, entschied sie und beobachtete aus dem Augenwinkel, wie Slade seinen langen, schlaksigen Körper aus dem Besuchersessel hievte.

Als Slade ihr zu der schweren Eichentür folgte, bemerkte er, dass sie keinen Ehering trug und überlegte, ob er sie nach dem Gespräch mit Dodson um ihre Telefonnummer bitten sollte. Doch der Gedanke rückte sofort in den Hintergrund, als sie ihn in das Büro des Commissioners geleitet hatte.

An der rechten Wand hing eine Perillo-Lithografie – ein Cowboy auf einem bunt bemalten Pony. Die linke Wand war gerahmten Fotografien, Ernennungsurkunden und Diplomen vorbehalten. Wenn Slade die Kombination etwas merkwürdig fand, ließ er es sich jedenfalls nicht anmerken. Der repräsentative Schreibtisch, der vor dem Fenster stand, war aus dunklem Eichenholz. Darauf lagen ordentlich gestapelte Akten, in der Mitte stand ein vergoldetes Schreibset, auf der linken Seite der obligate, dreiteilige Bilderrahmen. Dahinter saß Dodson, ein dunkelhaariger, gepflegter kleiner Mann, der Slade schon immer mehr an einen Gemeindepfarrer als an den Polizeichef von New York City erinnerte. Seine Augen waren von einem angenehmen hellen Blau, die Wangen von einer frischen, gesunden Röte. Silberne Strähnen durchzogen sein Haar. Alles in allem war Dodson das Paradebeispiel onkelhafter Freundlichkeit. Doch die Linien in seinem Gesicht waren nicht durch Humor entstanden.

»Sergeant Sladerman«, sagte Dodson und wies Slade mit einer Handbewegung und einem Lächeln an, auf dem Stuhl vor seinem Schreibtisch Platz zu nehmen. Ganz der Vater, dachte er flüchtig, als Slade sich hinsetzte. »Habe ich Sie warten lassen?«

»Ein bisschen.«

Ganz der Vater, dachte Dodson abermals und stellte das Lächeln ab. Abgesehen davon, dass sein wahres Interesse, wie man hörte, mehr dem Schreiben als der Polizeiarbeit galt. Tom hatte diese Faible nie richtig ernst genommen, erinnerte sich Dodson. *Mein Sohn ist ein Cop, genau wie sein alter Herr. Ein verdammt guter Cop.* Und darauf baute Dodson im Augenblick.

»Wie geht's der Familie?«, erkundigte er sich beiläufig, ohne seine blauen Augen von ihm abzuwenden.

»Gut. Danke der Nachfrage, Sir.«

»Gefällt es Janice auf dem College?« Er bot Slade eine Zigarre an. Als der Detective dankend ablehnte, zündete er sich eine an. Slade wartete mit der Antwort, bis sich die erste beißende Rauchwolke aufgelöst hatte. Woher wusste Dodson, wunderte er sich, dass seine Schwester das College besuchte?

»Ja, es gefällt ihr.«

»Und was macht die Schriftstellerei?«

Er musste alle Tricks aktivieren, die er in seiner Ausbildung gelernt hatte, um seine Überraschung zu verbergen. Seine Augen waren so klar und ruhig wie seine Stimme, als er erwiderte: »Ein mühsames Geschäft.«

Keine Zeit für Smalltalk, dachte Dodson, während er die

Asche seiner Zigarre abklopfte. Der Bursche konnte es kaum erwarten, hier rauszukommen. Aber in seiner Position als Commissioner war er im Vorteil. Er zog noch einmal genüsslich an seiner Zigarre und beobachtete, wie die Rauchkringel träge an die Decke schwebten. »Ich habe die Kurzgeschichte von Ihnen im *Mirror* gelesen«, fuhr Dodson fort. »Nicht schlecht.«

»Vielen Dank.« Was, zum Teufel, wollte er von ihm?, fragte sich Slade ungeduldig.

»Kein Glück mit dem Roman?«

Für den Bruchteil einer Sekunde und kaum wahrnehmbar verengten sich Slades Augen. »Noch nicht.«

Dodson lehnte sich, an seiner Zigarre kauend, zurück und studierte den Mann ihm gegenüber. Er war seinem Vater auch äußerlich sehr ähnlich, sinnierte er. Dasselbe lange, schmale Gesicht, aus dem Intelligenz und Härte sprachen. Er fragte sich nur, ob der Sohn mit dem gleichen entwaffnenden Scharm lächeln konnte wie sein Vater. Die Augen jedoch hatte er von seiner Mutter – dunkelgrau und nachdenklich, darin geübt, jegliche Gefühle zu verbergen. Dann war da noch seine Beurteilung, überlegte Dodson weiter. Er war vielleicht nicht der brillante Cop, der sein Vater gewesen war, aber er war gewissenhaft. Und, Gott sei Dank, weniger impulsiv. Nach seinen Jahren bei der Truppe, die drei Letzten im Morddezernat, konnte man ihn zweifellos als Profi bezeichnen. Andererseits, wenn ein verdeckter Ermittler mit zweiunddreißig noch kein Profi war, dann war er ein toter Mann. Slade stand in dem Ruf, abgebrüht zu sein, vielleicht ein wenig zu abgebrüht, aber seine Verhaftungen waren sauber. Dodson konnte keinen Mann gebrauchen, der Ärger suchte, sondern einen, der genau wusste, was zu tun ist, wenn er auf Schwierigkeiten traf.

»Slade ...« Er erlaubte sich ein kleines Lächeln. »So nennt man Sie doch, oder?«

»Ja, Sir.« Die Vertraulichkeit war ihm unangenehm; das Lächeln machte ihn misstrauisch.

»Ich bin sicher, Sie haben von Justice Lawrence Winslow gehört.«

Der Name erregte seine Neugier und er ging rasch seine mentale Datenbank durch. »Stand dem New Yorker Berufungsgericht vor, ehe er vor ungefähr fünfzehn Jahren zum Vorsitzenden Richter des Schwurgerichts von Connecticut gewählt wurde. Starb vor vier oder fünf Jahren an einem Herzinfarkt.«

Nur Fakten und Zahlen, dachte Dodson bei sich. Der Bursche verschwendete keine Worte. »Er war außerdem ein verdammt guter Jurist, ein Richter, der das eigentliche Wesen der Rechtsprechung begriffen hatte. Ein guter Mann. Seine Frau hat vor zwei Jahren wieder geheiratet und lebt jetzt in Südfrankreich.«

Na und?, dachte Slade ungehalten, als Dodson nachdenklich über seine Schulter hinweg ins Leere starrte.

»Seine Tochter, Jessica, ist mein Patenkind.« Na und?, schoss es Slade abermals durch den Kopf, als Dodson den Blick wieder auf ihn richtete. »Sie lebt im Haus der Familie in der Nähe von Westpoint. Wunderschönes Anwesen – nur einen Steinwurf vom Strand entfernt. Absolut ruhig und friedlich.« Er trommelte mit den Fingerspitzen auf die Schreibtischkante. »Ich könnte mir vorstellen, dass das der ideale Platz für einen Schriftsteller wäre.«

Slade beschlich eine unangenehme Vorahnung, die er rasch verdrängte. »Möglich.« Wollte sich der Alte als Kuppler betätigen?, dachte Slade und musste beinahe laut lachen. Nein, das war zu lächerlich.

»In den letzten neun Monaten hat sich in ganz Europa eine Flut von Diebstählen ereignet.«

Der abrupte Themenwechsel verblüffte Slade so sehr, dass ihm die Überraschung deutlich im Gesicht geschrieben stand. Doch er brachte seine Züge sofort wieder unter Kontrolle, hob eine Braue und schwieg.

»Schwere Diebstähle«, fuhr Dodson fort. »Überwiegend aus Museen – Edelsteine, Münzen, Briefmarken. Frankreich, England, Spanien und Italien sind die am meisten betroffenen Länder. Nachforschungen der verantwortlichen Stellen legen die Vermutung nahe, dass die gestohlenen Gegenstände in die Staaten geschmuggelt worden sind.«

»Schmuggel fällt in das Ressort des FBI«, gab Slade knapp zurück. Und hat, dachte er bei sich, nichts mit einem Detective des Morddezernats zu tun – oder mit der verwöhnten Tochter irgendeines Richters. Diesem Gedanken folgte sogleich ein weiterer, sehr unangenehmer, den Slade geflissentlich ignorierte.

»Schmuggel fällt in das Ressort des FBI«, wiederholte Dodson eine Spur zu liebenswürdig für Slades Geschmack. Er legte die Hände aneinander und beobachtete den jüngeren Mann über die Kuppen seiner gepflegten Finger hinweg. »Ich habe gute Kontakte zum FBI. Und aufgrund der … delikaten Natur dieses Falles, hat man mich um meine Mithilfe gebeten.« Er unterbrach sich kurz, um Slade Gelegenheit zu geben, einen Einwurf vorzubringen, der nicht kam, und fuhr dann fort. »Einige Spuren der Ermittlungen weisen auf einen kleinen, renommierten Antiquitätenladen hin. Das FBI weiß, dass es dort einen Mittelsmann gibt. Meinen Informationen zufolge haben sie die mutmaßlichen Zwischenlager auf einige wenige eingeschränkt, und dieser Laden ist eines davon. Und man geht davon aus, dass einer der Mitarbeiter an den Transaktionen beteiligt ist.« Er machte eine Pause, um den Bilderrahmen auf seinem Schreibtisch zurechtzurücken. »Das FBI will einen Profi auf die Sache ansetzen und direkt in den Laden einschleusen, damit ihnen der Boss der Organisation nicht noch einmal durch die Lappen geht. Er ist sehr gerissen«, setzte Dodson nachdenklich hinzu.

Dodson gab Slade abermals Gelegenheit zu einem Einwurf, doch als dieser wieder schwieg, fuhr er nach wenigen Augenblicken fort. »Angeblich wird die Schmuggelware in Antiquitäten versteckt – sehr gut versteckt –, dann zu besagtem Antiquitätengeschäft exportiert, dort entnommen und schließlich abgesetzt.«

»Offenbar hat das FBI die Sache unter Kontrolle«, bemerkte Slade, ohne seine Ungeduld zu verbergen, und schüttelte eine Zigarette aus der Packung.

»Es gibt ein oder zwei Komplikationen«. Dodson wartete, bis Slade sich die Zigarette angezündet hatte. »Es liegen weder konkrete Beweise vor, noch ist die Identität des Chefs der Organisation bekannt. Eine Hand voll Komplizen, ja, aber wir wollen ihn … oder sie«, setzte er leise hinzu.

Der Tonfall ließ Slade aufhorchen. Lass die Finger davon, ermahnte er sich. Die Sache geht dich nichts an. Er schluckte die Fragen hinunter, die ihm auf der Zunge lagen, nahm einen Zug von seiner Zigarette und wartete.

»Und es gibt noch ein Problem und das ist sehr delikat.« Zum ersten Mal seit Betreten des Büros, zeigte Dodson Anzeichen von Nervosität. Er nahm den goldenen Füller aus der Halterung des Schreibsets, drehte ihn ein paarmal zwischen den Fingern und streckte ihn wieder zurück. »Das

Antiquitätengeschäft, das angeblich in diese Transaktionen verwickelt ist, gehört meiner Patentochter.«

Slades dunkle Augenbrauen hoben sich, doch die Augen darunter gaben keine Gefühlsregung preis. »Justice Winslows Tochter.«

»Es wird allgemein angenommen, dass Jessica von den illegalen Machenschaften, die in ihrem Geschäft abgewickelt werden, keine Ahnung hat – falls dem tatsächlich so ist.« Dodson griff wieder nach dem Füllfederhalter und rollte ihn diesmal zwischen den Handflächen hin und her. »Ich bin felsenfest davon überzeugt, dass sie unschuldig ist. Nicht nur, weil sie meine Patentochter ist«, setzte er, Slades Gedanken vorwegnehmend, hinzu, »sondern weil ich sie kenne. Sie ist genauso integer wie ihr Vater es war. Jessica hält Larrys Andenken in hohen Ehren. Und«, fügte er hinzu, während er den Füller aus der Hand legte, »sie braucht das Geld eigentlich nicht.«

»Eigentlich«, murmelte Slade, das Bild einer verwöhnten Erbin mit zu viel Geld und zu viel Freizeit vor Augen. Schmuggeln als willkommene Abwechslung, als Kick, um das monotone Einerlei von Partys, Einkaufsbummeln und Jetsetting zu würzen.

»Das FBI kommt der Sache allmählich näher«, erklärte Dodson. »Und es kann gut sein, dass Jessica innerhalb der nächsten Wochen mit dem ganzen Schlamassel konfrontiert wird. Das könnte gefährlich für sie werden.« Slade unterdrückte ein höhnisches Schnauben. »Selbst das Schild der Unkenntnis wird sie nicht beschützen können, wenn es sich tatsächlich herausstellen sollte, dass ihr Laden in diese Sache verwickelt ist. Ich habe versucht sie zu überreden, nach New York zu kommen und mich zu besuchen, aber …« Seine Stimme verlor sich. Ein Ausdruck amüsierter Verzweiflung huschte über sein Gesicht. »Jessica ist stur wie ein Esel. Behauptet, zu beschäftigt zu sein und meint, ich solle doch sie besuchen kommen.« Kopfschüttelnd stieß Dodson einen Laut aus, der als Seufzer durchgehen konnte. »Ich habe einen Besuch in Erwägung gezogen, fürchte jedoch, dass meine Anwesenheit dort die Ermittlungen gefährden könnte. Auf alle Fälle habe ich das Gefühl, dass Jessica beschützt werden muss. Diskret. Sie braucht jemanden, der mit solchen Situationen vertraut ist und der sich in ihrer Nähe aufhalten kann, ohne Misstrauen zu erwecken.« Ein Lächeln zupfte an seinen Augenwinkeln. »Jemand, der die Ermittlungen vor Ort unterstützen kann.«

Slade runzelte die Stirn. Diese Unterhaltung gefiel ihm immer weniger. Ohne Eile drückte er seine Zigarette aus. »Und wie soll ich das Ihrer Meinung nach bewerkstelligen?«

Dodson lächelte jetzt übers ganze Gesicht. Die Unsicherheit in Slades Stimme behagte ihm ebenso wie seine Direktheit. »Jessica hört auf mich – bis zu einem gewissen Punkt jedenfalls.« Er lehnte sich in dem dick gepolsterten Ledersessel zurück und entspannte sich sichtlich. »Sie hat sich kürzlich über das Chaos in ihrer Bibliothek beklagt und dass sie nicht genügend Zeit zum Katalogisieren und Ordnen ihrer Bücher hat. Ich werde sie anrufen und ihr sagen, dass ich ihr den Sohn eines gemeinsamen alten Freundes von mir und ihrem Vater schicken werde. Das entspricht übrigens der Wahrheit«, setzte er hinzu. »Tom und Larry lernten sich vor einigen Jahren kennen. Ihre Deckung ist denkbar einfach. Sie sind ein Schriftsteller, der für ein paar Wochen ein ruhiges Plätzchen zum Schreiben sucht, und als Gegenleistung werden Sie ihre Bibliothek aufräumen.«

Slades Augen hatten sich während Dodsons lässig vorgebrachter Rede immer mehr verdunkelt. »Die Zuständigkeit …«, begann er.

»Ein bisschen Papierkram«, fiel ihm Dodson ins Wort, »das kann geregelt werden. Außerdem werden es die Jungs vom FBI sein, die die Schlinge knüpfen, wenn es so weit ist.«

»Ich soll also als Bibliothekar und Babysitter fungieren«, fasste Slade mit einem missmutigen Schnauben zusammen. »Sehen Sie, Commissioner, ich stehe kurz davor, den Bitronelli-Mord zum Abschluss zu bringen.« Er legte Daumen und Zeigefinger aneinander. »Wenn …«

»Das sollten Sie auch«, unterbrach ihn Dodson erneut, diesmal jedoch mit frostiger Stimme. »Die Presse amüsiert sich bestens dabei, die New Yorker Polizei als Stümperhaufen darzustellen. Und wenn Sie dem Täter schon so dicht auf den Fersen sind«, setzte er gewichtig hinzu, »sollte es kein Problem für Sie darstellen, in ein paar Tagen nach Connecticut aufzubrechen. Das FBI ist sehr daran interessiert, einen Cop am Schauplatz des Geschehens zu wissen. Einen Cop, der es versteht, Augen und Ohren offen zu halten. Sie haben Erkundigungen über Sie eingezogen und meinen Vorschlag gebilligt.«

»Wunderbar«, murmelte Slade. Er stand auf und schlenderte nachdenklich durch den Raum. »Ich bin beim Mord-, nicht beim Raubdezernat.«

»Sie sind ein Cop«, stellte Dodson klar.

»Yeah.« Auf eine versnobte kleine Erbin aufpassen, dachte Slade wütend, die entweder aus Langeweile schmuggelte oder zu dämlich war, um zu merken, was sich vor ihrer Nase abspielte. »Na wunderbar«, knurrte er nochmals.

Wenn Janice das College hinter sich hatte, überlegte er,

würde er seinen Dienst quittieren und sich ganz aufs Schreiben konzentrieren. Er hatte die Nase gestrichen voll. Er war das Elend leid, mit dem er beinahe jeden Tag seines Lebens konfrontiert wurde. Er konnte den Dreck, die Sinnlosigkeit und die miesen Exemplare der Gattung Mensch nicht mehr ertragen, mit denen er sich abgeben musste. Und er konnte die Erleichterung im Blick seiner Mutter nicht mehr ertragen, wenn er nach Hause kam. Mit einem Seufzer ergab er sich in sein Schicksal. Vielleicht waren ein paar Wochen Connecticut ja eine nette Abwechslung.

»Wann?«, wollte er wissen, als er sich zu Dodson umdrehte.

»Übermorgen«, gab Dodson ruhig zurück. »Ich werde Ihnen jetzt genaue Instruktionen geben und anschließend Jessica anrufen und Ihre Ankunft avisieren.«

Mit einem Achselzucken nahm Slade wieder Platz.

1

Der Herbst färbte das Laub der Bäume golden und erfüllte die Luft mit seinem würzigen Duft. Ergreifende Farbspiele vor einem stahlblauen Himmel. Das graue Asphaltband der Straße durchschnitt die Hügel und wand sich ostwärts zum Atlantik. Der Wind, der durch das offene Wagenfenster pfiff, war kühl. Slade fragte sich unwillkürlich, wie lange es her war, seit er zuletzt so frische, saubere Luft geatmet hatte. Er hasste die Großstadtgerüche, den Schweiß, die Auspuffgase. Falls man sein Buch annähme, könnte er vielleicht mit seiner Mutter und Janice aus der Stadt wegziehen – ein Haus auf dem Land oder an der Küste suchen. Immer falls und sobald. Er konnte sich nicht leisten, in Konjunktiven zu denken.

Noch ein Jahr bei der Polizei – noch ein Jahr, um das Geld für Janice' College zusammenzukratzen – und dann … Slade schüttelte den Kopf und stellte das Radio an. Es brachte nichts, an das nächste Jahr zu denken. Er war nicht in Connecticut, um die Landschaft zu bewundern. Er hatte nur wieder einen Job zu erledigen – einen, der ihn wütend machte.

Jessica Winslow, sinnierte er, siebenundzwanzig Jahre alt. Das einzige Kind von Justice Lawrence Winslow und Lorraine Nordan Winslow. Ratcliff-Absolventin, eine der besten ihres Jahrgangs. Sie war bestimmt Cheerleaderin gewesen, dachte er und schnaubte verächtlich. Pferdeschwanz und Perlenkette. Ralph Lauren Pullis und Gucci-Slipper.

Bemüht, seine Vorurteile nicht überhand nehmen zu lassen, ging er weiter seinen Info-Katalog durch. Sie eröffnete *House of Winslow* vor vier Jahren. Erledigte bis vor zwei Jahren den Wareneinkauf allein. Gute Ausrede, um in Europa herumzugondeln, setzte er in Gedanken hinzu, während er den Zigarettenanzünder hineindrückte.

Michael Adams, Jessica Winslows Mitarbeiter und gegenwärtiger Einkäufer. Zweiunddreißig, Yale-Absolvent. Zahlen, überlegte Slade, eine Rauchwolke ausstoßend, die sofort zum offenen Fenster hinauswehte. Sohn von Robert und Marion Adams, ebenfalls eine Prominentenfamilie aus Connecticut. Kein sicherer Anhaltspunkt, doch Slade war angewiesen worden, ihn im Augen zu behalten. Er legte den Ellbogen aufs Fenster und dachte nach. Als Chefeinkäufer wäre Adams in der idealen Position, die Operation in Übersee zu organisieren.

David Ryce, seit achtzehn Monaten Verkäufer. Dreiundzwanzig. Sohn von Elizabeth Ryce, der Haushälterin der Winslows. Dodson sagte, dass man ihm oft allein die Führung des Geschäfts anvertraute. Das gäbe ihm Gelegenheit, die Transaktionen vor Ort abzuwickeln.

Systematisch ging Slade anschließend die Liste der Angestellten im Haus der Winslows durch. Gärtner, Köchin, Haushälterin, Hausmädchen. Und das alles für eine einzige Person. Jessica könnte wahrscheinlich nicht einmal ein Ei kochen, wenn ihr Leben davon abhinge.

Die Torflügel des Winslow-Anwesens standen weit offen. Die Durchfahrt war breit genug für zwei Wagen. Slade bog in die lange, geschotterte Zufahrt ein, die von blütenlosen

Azaleenbüschen gesäumt wurde. Ein schrilles Vogelgezwitscher empfing ihn, dann wurde es still. Er fuhr beinahe eine Viertelmeile, ehe er den Wagen vor dem Haus parkte.

Es war groß, aber dabei nicht bedrückend. Sonne und Meerluft hatten die alten Backsteinziegel verwittern lassen. Aus einem der Schornsteine des Walmdachs stieg Rauch auf. Die grauen Fensterläden waren nicht nur Dekoration, bemerkte er, sondern boten auch ausreichend Schutz, wenn ein Sturm aufkam. Er roch die Chrysanthemen, noch ehe er sie sah.

Sie wuchsen knapp an der Hausmauer, und die kupfer-, gold- und rostfarbenen riesigen Blüten bildeten einen angenehmen Kontrast zu den knallroten Büschen dahinter. Sie heiterten ihn auf, ebenso wie der schwache Geruch nach Holzfeuer. Hier herrschte keine Trägheit, sondern Frieden. Davon hatte er in letzter Zeit viel zu wenig gehabt, sinnierte er und vertrieb seine Stimmung mit einem Kopfschütteln, als er die Stufen zum Eingang emporstieg. Er machte eine Faust und klopfte zweimal hart gegen die schwere Holztür. Er hasste Türklingeln.

In weniger als einer Minute wurde die Tür geöffnet. Er musste den Kopf senken, ein ganzes Stück, um die winzige, mittelalte Frau mit einem sympathisch hässlichen Gesicht und grau meliertem Haar anzusehen. Ein Hauch von Reinigungsmittel mit Tannenduft umwehte sie, der ihn an die Küche seiner Mutter erinnerte.

»Zu wem möchten Sie?«, erkundigte sie sich mit dem typisch breiten New-England-Dialekt.

»Ich bin James Sladerman. Miss Winslow erwartet mich.«

Die Frau musterte ihn mit wachsamen, schwarzen Augen. »Sie müssen der Schriftsteller sein«, stellte sie fest, offenbar nicht übermäßig beeindruckt. Sie machte einen Schritt zurück, um ihn eintreten zu lassen.

Als sich die Tür hinter ihm schloss, blickte Slade sich in der Diele um. Dem hellen, auf Hochglanz gebohnerten Eichenboden, den kein Teppich bedeckte, sah man die Jahre trotz der sorgfältigen Pflege an. An den hellbeige tapezierten Wänden hingen vereinzelt Gemälde. Auf einem hohen, runden Tisch stand eine hellgrüne Glasvase mit einem üppigen Herbstblumenstrauß. Er fand keine protzige Zurschaustellung von Reichtum, aber er spürte ihn. Er hatte ein Foto des Gemäldes zu seiner Rechten in einem Kunstband gesehen. Der blaue Schal, der nachlässig über dem Treppengeländer hing, war aus Seide.

Slade wollte sich gerade wieder zu der Haushälterin umdrehen, als ein Poltern oben an der Treppe ihn in der Bewegung innehalten ließ.

Ein Wirbelwind aus blonden Haaren und fliegenden Röcken kam die Holztreppe herabgefegt. Das Klappern von Absätzen zerriss die Stille des Hauses. Slades erster Eindruck beschränkte sich auf Geschwindigkeit, Bewegung und Energie.

»Betsy, du sorgst dafür, dass David im Bett bleibt, bis das Fieber runter ist. Lass ihn ja nicht aufstehen. Verdammt, verdammt, ich bin schon viel zu spät dran! Wo sind meine Schlüssel?«

Einen Schritt vor Slade blieb sie so abrupt stehen, dass sie beinahe das Gleichgewicht verloren hätte. Automatisch griff er nach ihrem Arm, um sie zu stützen. Heftig atmend hob sie den Blick von seiner Hemdbrust und starrte ihn an.

Es war ein exquisites Gesicht – heller Elfenbeinteint, oval, fein geschnitten, mit hohen Wangenknochen, die ihm einen fast primitiven Touch verliehen. Indianischer Einschlag? Wikinger?, fragte er sich. Keltisch? Ihre großen Augen hatten die Farbe von altem Whiskey und lagen unter Brauen, die sich neugierig hoben. Dazwischen erschien eine kaum sichtbare steile Falte. Eine Trotzfalte, stellte Slade fest. Seine Schwester hatte auch so eine. Sie war klein, stellte er fest. Ihr Kopf reichte ihm nur knapp bis an die Schulter. Ihr Duft hatte etwas Herbstliches – Moschusartiges – Blüten und Rauch. Der Arm unter seiner Hand, der in einem dünnen Wollblazer steckte, war schlank. Er spürte, wie er sich entzündete – er als Mann für sie als Frau – und ließ hastig die Hand sinken.

»Das ist Mr. Sladerman«, verkündete Betsy. »Dieser Schriftsteller.«

»Ah ja.« Das Lächeln glättete die steile Falte zwischen den Brauen. »Onkel Charlie hat mir erzählt, dass Sie kommen.«

Slade brauchte eine Sekunde, um Onkel Charlie mit Dodson in Verbindung zu bringen. Nicht sicher, ob er einen Fluch oder ein Lachen unterdrückte, ergriff er ihre ausgestreckte Hand. »Charlie meinte, Sie könnten ein bisschen Hilfe brauchen, Miss Winslow.«

»Hilfe.« Sie rollte mit den Augen und räusperte sich. »Ja, so könnte man es nennen. Die Bibliothek … Nehmen Sie es mir nicht übel, dass ich davonstürme, wo Sie gerade angekommen sind, aber mein Verkäufer ist krank, und mein Einkäufer ist momentan in Frankreich unterwegs.« Sie verbog ihr Handgelenk, um einen gehetzten Blick auf ihre Armbanduhr zu werfen. »Ich habe einen Kunden, mit dem ich mich vor zehn Minuten im Laden treffen wollte.«

»Ach, machen Sie sich um mich keine Sorgen.« Wenn diese hektische Person einen Laden schmeißen kann, dann kann ich es mir erlauben, die Sache gemächlich angehen zu lassen, entschied er und lächelte. »Ich kann mich hier ja einstweilen etwas häuslich einrichten.«

»Prima. Dann sehen wir uns zum Dinner.« Um sich spähend, murmelte sie wieder etwas von ihren Schlüsseln.

»In Ihrer Hand«, meinte Slade.

»Wie dumm von mir.« Sie ließ einen Seufzer hören, als sie die Hand öffnete und den Schlüsselbund anstarrte. »Wenn ich in Eile bin, geht erst recht alles schief.« Sie schüttelte amüsiert den Kopf und strich sich die Haare von den Schultern. »Lassen Sie das mit der Bibliothek lieber für heute. Das Chaos dort könnte Sie so verschrecken, dass Sie Ihre Koffer gar nicht erst auspacken und noch flüchten, ehe ich dort aufgeräumt haben. Betsy ...« Sie war schon fast an der Tür, als sie sich im Laufen noch einmal umdrehte. »Sag David, er ist gefeuert, falls er das Bett verlässt. Bis später.«

Als die Tür mit einem lauten Knall ins Schloss fiel, schnalzte Betsy indigniert mit der Zunge.

Zehn Minuten später inspizierte Slade seine Zimmerfluchten, die beinahe so groß waren wie die Wohnung, in der er aufgewachsen war. Im Schlafzimmer lag ein verblichener Teppich, der, wie er feststellte, nicht alt war, sondern *antik*. In dem kleinen offenen Kamin, der mit schwarzem Marmor verkleidet war, lagen ordentlich aufgeschichtete Holzscheite. Im Wohnzimmer empfing ihn ein wuchtiger Schreibtisch, darauf eine Vase mit den Chrysanthemen, die er vorhin so bewundert hatte, ein Briefbeschwerer aus Bronze und eine altmodische Schreibfeder. Ohne zu zögern räumte er den Schreibtisch leer, um Platz für seine Schreibmaschine zu schaffen.

Mit etwas Glück könnte aus seiner Schriftstellerei mehr werden als nur ein Alibi, dachte er. Wenn er nicht gerade auf die Tochter des Hauses aufpassen musste, fand er bestimmt Zeit, ein paar Kapitel zu Papier zu bringen. Freilich war da noch die Bibliothek, um die er sich kümmern musste. Mit einem resignierten Seufzer wandte er dem Schreibtisch den Rücken zu und ging wieder nach unten.

Während er durch die verschiedenen Räumlichkeiten schlenderte, registrierte der auf Cop gedrillte Teil seines Gehirns automatisch die Lage und die Form der einzelnen Zimmer, gleichzeitig nahm der Dichter in ihm die Atmosphäre wahr. Auf seinem Erkundungsgang durch den ersten Stock fand Slade an Jessicas Geschmack nichts auszusetzen. Die Winslow-Tochter bevorzugte gedämpfte Farben und klare Linien. Wie bei ihrer Kleidung, überlegte er, als er sich an das mausgraue Kostüm erinnerte, unter dem sie allerdings eine grellgrüne Bluse getragen hatte. Ein Hinweis auf eine etwas andere Neigung?

Slade blieb stehen, um über das glänzende Rosenholz eines Flügels zu streichen. Verglichen damit war das zerschrammte Klavier, das seine Mutter wie einen Schatz hortete, nur noch zum Einheizen gut, dachte er und wandte sich achselzuckend ab, um das nächste Zimmer in Augenschein zu nehmen.

Die Bibliothek. Umgeben von dem Duft nach altem Leder und Staub betrachtete er die größte private Büchersammlung, die er je gesehen hatte. Zum ersten Mal seit er Dodsons Büro betreten hatte, heiterte sich Slades Stimmung ein wenig auf. Eine rasche Bestandsaufnahme sagte ihm, dass die Bücher alle gelesen waren, aber ohne jedes Konzept in den Regalen standen. Slade bestieg die zweistufige Trittleiter und inspizierte die oberen Regalreihen. Ohne Konzept war noch untertrieben, stellte er fest. Heilloses Durcheinander wäre der passendere Ausdruck gewesen. Robert Burns neben Kurt Vonnegut …

Eine Menge Arbeit, dachte er, die ihm sogar Spaß gemacht hätte, wenn sie der einzige Grund seines Hierseins gewesen wäre. Er ließ den Blick über die langen Bücherreihen wandern, ehe er abwesend einen Band herausnahm. Im Augenblick gab es in der Sache Jessica Winslow nichts zu unternehmen, überlegte er, ehe er sich mit dem Buch in einem der Ledersessel niederließ.

Jessica bog in den Parkplatz neben ihrem Laden ein und stellte erleichtert fest, dass er leer war. Sie hatte sich verspätet, aber ihr Kunde ebenfalls. Oder, überlegte sie stirnrunzelnd, er hatte das Warten satt gehabt und war wieder weggefahren. Mit einem halbherzigen Fluch auf den Lippen schloss sie die Ladentür auf und eilte dann von einem Schaufenster zum nächsten, um die Rollos hochsausen zu lassen. Immer noch im Laufschritt ging sie ins Hinterzimmer, warf ihre Handtasche in eine Ecke, schnappte sich den Teekessel und füllte ihn mit Wasser. Im Vorbeigehen begoss sie den welken Efeu, der im rückwärtigen Fenster ums Überleben kämpfte, ehe sie den Kessel auf den Herd stellte. Auf halbem Weg zurück in den Verkaufsraum machte sie kehrt und stellte die Herdplatte an. Zufrieden seufzend setzte sie ihren Weg fort.

Der Verkaufsraum an sich war nicht sehr groß – aber so hatte sich Jessica einen Laden auch nie vorgestellt. Gemütlich und intim sollte er sein, dachte sie, mit ihrer persönlichen Note. Der Laden war für sie mehr als nur ein Ort des Handels; er war ihre Berufung, ihre Liebe. Den geschäftlichen Teil – Rechnungen, Ablage und Buchhaltung – erledigte sie sehr gewissenhaft. Ja, sie konzentrierte ihre organisatorischen Fähigkeiten voll und ganz auf diesen Laden, was wahrscheinlich der Grund dafür war, dass in ihren anderen Lebensbereichen oft das reinste Chaos herrschte.

Der Laden war der Mittelpunkt ihres Lebens, und das schon von Anfang an. Ursprünglich war sie auf der Suche nach etwas gewesen, das ihr Leben nach dem Abschluss des College ausfüllte. Die Idee, einen Antiquitätenladen zu eröffnen, war langsam herangereift und hatte sich dann rasch entwickelt. Jessica besaß zu viel Willenskraft und Tatendrang, um ziellos in den Tag hineinzuleben. Nachdem sie einmal beschlossen hatte, ein Geschäft zu eröffnen, hatte sie alles Nötige in Windeseile in die Wege geleitet. Und genau dieser unbändige Tatendrang hatte den Laden zum Florieren gebracht. Er warf Profit ab. Das Geld selbst bedeutete ihr wenig, doch die Tatsache, dass es ihr Laden war, der dieses Geld einbrachte, bedeutete ihr alles.

Sechs Monate war sie kreuz und quer durch New England gefahren, auf der Suche nach geeigneten Stücken, und anschließend nach Europa. Ein großes Warenlager anzuhäufen war nie ihr Ziel gewesen; sie setzte auf Exklusivität. Nach der Eröffnung war der Ansturm eher bescheiden gewesen; meist kamen Freunde und die Freunde von Freunden. Dass Winslows Tochter einen Laden aufgemacht hatte, lockte zu Anfang zwangsläufig auch Schaulustige an. Aber das störte Jessica nicht. Ein Kunde war ein Kunde, und ein zufriedener Kunde war die beste Reklame.

Die ersten zwei Jahre hatte sie den Laden allein geführt. Dass ihr die Arbeit über den Kopf wachsen könnte, hatte sie nie in Erwägung gezogen. Doch als es eines Tages tatsächlich so weit war, hatte sie Michael Adams eingestellt, um die Einkäufe in Übersee zu übernehmen. Er war liebenswürdig, verlässlich und kompetent. Die weibliche Kundschaft verehrte ihn. Ganz allmählich hatte sich aus ihrer geschäftlichen Beziehung eine Freundschaft entwickelt.

Als der Laden immer besser lief, hatte sie David Ryce angestellt. Er war fast noch ein Bursche gewesen, der nicht recht wusste, was er mit sich anfangen sollte und aus Langeweile immer wieder in Schwierigkeiten geriet. Jessica hatte sich für David entschieden, weil sie zusammen aufgewachsen waren; später wurde er für sie unentbehrlich. Er war ein guter Rechner und ein unermüdlicher Arbeiter. Er besaß diese »Mit-allen-Wasser-gewaschen«-Mentalität, die ihn zu einem guten Geschäftsmann machte.

Mit allen Wassern gewaschen ..., überlegte Jessica. James Sladerman. Merkwürdig, dass ihr dabei dieser Schriftsteller in den Sinn kam. Doch bei diesem nur sehr kurzen Zusammentreffen in der Halle hatte sie etwas an ihm wahrgenommen. Etwas, das ihr sagte, dass er ein Mann war, der sich behaupten konnte – im Geschäftsleben, vielleicht. In einer dunklen Gasse, mit Sicherheit. Mit einem leisen Lächeln schob sie die Hände in die Taschen ihrer Kostümjacke. Wie kam sie nur auf so was?

Die Finger, die ihren Arm umfasst hatten, waren stark gewesen. Seine Statur drahtig. Nein, es waren seine Augen gewesen, erinnerte sie sich. Sie hatten etwas ... Hartes. Und dennoch hatte sie das nicht abgestoßen oder eingeschüchtert, sondern angezogen. Selbst als er sie diese drei, vier Sekunden angesehen hatte, mit einer Intensität, die ihr unter die Haut zu kriechen schien, hatte sie keine Furcht empfunden. Sicherheit, kam es ihr plötzlich. Sie hatte sich in seiner Gegenwart sicher gefühlt. Merkwürdig, dachte sie und biss sich gedankenverloren auf die Unterlippe. Weshalb sollte sie sich plötzlich sicher fühlen, wenn sie überhaupt keinen Schutz brauchte?

Als das Glöckchen über der Ladentür bimmelte, drehte sich Jessica um und schob ihre sonderbaren Gedanken zur Seite.

»Miss Winslow, verzeihen Sie bitte, dass ich mich verspätet habe.«

»Aber das macht doch nichts, Mr. Chambers.« Jessica überlegte kurz, ob sie ihm sagen sollte, dass sie ebenfalls nicht pünktlich gewesen war, ließ es dann aber. Was man nicht weiß, macht einen nicht heiß. Im Hinterzimmer pfiff der Teekessel. »Ich koche gerade Tee. Trinken Sie doch eine Tasse mit mir, ehe wir uns die neuen Schnupftabakdosen ansehen.«

Chambers zog einen recht schäbigen Hut von seinem beinahe kahlen Schädel. »Sehr gern, vielen Dank. Ich finde es sehr freundlich, dass Sie mich immer verständigen, wenn Sie eine neue Lieferung hereinbekommen.« Er lächelte und entblößte perfekte Zahnprothesen.

»Ich würde es nie wagen, die Schnupftabakdosen einem anderen Kunden zu zeigen, ehe Sie sie gesehen haben.« In der Küche goss Jessica kochendes Wasser in zwei Teetassen. »Michael hat sie in Frankreich entdeckt. Zwei sind dabei, die Sie besonders interessieren dürften.«

Er wird auf die verzierte anspringen, dachte Jessica lächelnd und stellte die Tassen auf ein Tablett. Er war vernarrt in diese kleinen, bunt emaillierten Dosen, die die feinen Herren mit Spitzenmanschetten an den Ärmeln damals bei sich zu tragen pflegten. Sie musterte Chambers' untersetzte Gestalt und fragte sich, ob er sich als Kavalier der alten Schule oder vielleicht sogar als Salonlöwe betrachtete. Immerhin hatte ihn sein Faible für Schnupftabakdosen zu einem Stammkunden gemacht, der ihr Geschäft schon mehr als einmal weiterempfohlen hatte. Eigentlich war er auf seine penible, umständliche Art richtig süß, überlegte sie, während sie das Teetablett auf einem Tisch abstellte.

»Zucker?«, fragte sie ihn.

»Ach, eigentlich sollte ich ablehnen.« Chambers tätschelte seinen stattlichen Bauch. »Aber vielleicht ein Würfelchen.« Sein Blick huschte rasch über Jessicas lange Beine, als sie diese elegant überschlug. Schade, dachte er mit einem stummen Seufzer, dass er nicht zwanzig Jahre jünger war.

Eine halbe Stunde später verließ er glücklich und mit zwei Schnupftabakdosen aus dem achtzehnten Jahrhundert in der Tasche den Laden. Jessica wollte gerade die Rechnung ausstellen, als sie das Brummen eines Motors hörte. Sie hob den Kopf und sah einen großen Lieferwagen vor dem Laden anhalten. Als sie das Firmenlogo auf den Stahltüren las, runzelte sie verwundert die Stirn. Sie hätte schwören können, dass die Lieferung, die Michael geschickt hatte, erst morgen fällig war.

Sie erkannte den Fahrer, winkte und ging zur Tür.

»Hi, Miss Winslow.«

»Hallo, Don.« Sie nahm den Lieferschein entgegen, den er ihr reichte, und murmelte, dass sie ihn erst morgen erwartet habe.

»Mr. Adams hat gesagt, es eilt.«

»Mmm.« Sie klapperte mit ihren Schlüsseln in der Tasche, während sie die Liste überflog. »Diesmal hat er sich, wie mir scheint, selbst übertroffen. Und am Samstag kommt schon die nächste Lieferung. Ich verstehe gar … oh!« Ihre Augen begannen zu leuchten. »Der Schreibsekretär. Der Queen Anne. Ich wollte Michael noch bitten, nach einem Ausschau zu halten, habe es aber dann vergessen. Na, so ein Glück!« Eigentlich sollte sie ihn erst ausladen lassen und ihn sich ansehen, dachte sie flüchtig. Nein, entschied sie dann, ich lasse mich überraschen. Lächelnd sah sie den Fahrer an. »Der Rest kommt in den Laden, aber der Schreibtisch geht zu mir nach Hause. Macht es Ihnen was aus?«

»Nun …«

Ein Lächeln ist nie vergeudet, dachte Jessica, die den Schreibtisch schon in ihrem Salon sah. »Wenn es nicht zu viele Umstände macht«, fügte sie hinzu.

Der Fahrer verlagerte sein Gewicht auf den anderen Fuß. »Ich nehme an, das geht in Ordnung. Joe hat bestimmt nichts dagegen.« Er gab seinem Partner, der gerade die breiten Ladentüren des Lieferwagens öffnete, das Okayzeichen.

»Vielen Dank. Das ist wirklich sehr nett von Ihnen. Nach so einem Sekretär suche ich schon eine Ewigkeit.«

Zufrieden mit sich und der Welt ging Jessica ins Hinterzimmer, um noch einmal Tee zu kochen.

Jessica stürmte genauso durch die Haustür, wie sie Stunden zuvor hinausgestürmt war. »Betsy!« Sie hängte ihre Handtasche über den Pfosten des Treppengeländers. »Ist er gekommen?« Ohne eine Antwort abzuwarten, stürzte sie auf den Salon zu.

»Seit Ihrem sechsten Lebensjahr predige ich Ihnen, langsam zu gehen«, rief ihr Betsy aus dem Salon entgegen. »Damals trugen Sie wenigstens ein ordentliches Schuhwerk.«

»Betsy.« Jessica drückte die alte Haushälterin ungestüm, aber liebevoll an sich. »Ist er gekommen?«

»Ja, selbstverständlich.« Die Haushälterin zupfte ihre Schürze wieder glatt. »Er steht da, wo Sie es gesagt haben. Und er läuft Ihnen auch nicht weg, ob Sie jetzt langsam gehen oder wie eine Irre rennen.« Der letzte Satz war für die Katz, denn Jessica war schon an ihr vorbeigestürmt.

»Oh, ist der schön!« Ehrfürchtig strich sie mit der Fingerspitze über das Holz und machte sich dann daran, in ihrer typischen hektischen Art den Schreibtisch von allen Seiten zu inspizieren. Es war ein zierliches kleines Möbelstück. Ein Damensekretär. Jessica öffnete die schräge Klappe und seufzte beglückt über die makellose Ansicht des Innenteils. »Wirklich ein Prachtstück. Warte, bis David es sieht.« Sie zog eine der kleinen Schubladen auf. Sie glitt mühelos heraus. »Genau das, was ich gesucht habe. Was für ein Glück, dass Michael darauf gestoßen ist.« Niederkauernd fuhr sie mit der Hand an einem der schlanken, gedrechselten Beine entlang.

»Er ist hübsch«, stimmte Betsy zu und dachte dabei an die vielen geschnitzten Verzierungen, die sie abzustauben hatte. »Ich wette, der hätte einen hübschen Batzen Geld eingebracht.«

»Der Vorteil eines eigenes Ladens besteht darin, dass man ein paar hübsche Stücke für sich selbst herauspicken kann.« Jessica kam wieder hoch und schloss die Klappe. »Jetzt brauche ich nur noch ein verschnörkeltes altes Tintenfass oder vielleicht eine Porzellandose für oben drauf.«

»Das Abendessen ist gleich so weit.«

»Oh, das Abendessen«, wiederholte Jessica und erinnerte sich an ihren Gast. »Mr. Sladerman, ich habe ihn schmählich vernachlässigt. Ist er oben?«

»In der Bibliothek«, verkündete Betsy grimmig. »Hat sich den ganzen Tag nicht blicken lassen. Nicht mal zum Lunch.«

»Oh, Mann.« Jessica pflügte mit gespreizten Fingern durch ihr Haar. Er sah gar nicht so aus wie einer, der für

Unordnung so viel Geduld aufbringt. »Ich wollte ihn eigentlich ganz behutsam mit seiner Aufgabe vertraut machen. Na schön, ich werde besonders nett zu ihm sein, damit er uns nicht gleich wieder davonläuft. Was gibt es zum Abendessen?«, fragte sie über die Schulter hinweg.

»Gefüllte Schweinskotelettes und Kartoffelpüree.«

»Das könnte helfen«, murmelte Jessica auf dem Weg zur Bibliothek.

Sie machte die Tür leise auf und gerade so weit, um den Kopf hindurchzustecken. Manche Dinge, entschied sie, musste man langsam angehen. Er saß an dem langen Arbeitstisch, umgeben von riesigen Bücherstapeln. Vor ihm lag ein dicker Schreibblock und der Bleistift in seiner Hand war schon zur Hälfte abgeschrieben. Das Haar fiel ihm in die Stirn, aber sie konnte sehen, dass er seine Brauen konzentriert zusammengekniffen hatte – oder aber frustriert. Sie setzte ihr strahlendstes Lächeln auf.

»Hi.«

Er sah auf. Sein Blick hielt sie fest. Jessica erschauderte unter diesem Blick, der ihre Haut unwillkürlich zum Prickeln brachte. Sie schwelgte in dem Gefühl, genoss es. Ohne es zu merken, verblasste ihr Lächeln zu einem Ausdruck der Verblüffung.

Wer ist dieser Mann?, fragte sie sich. Pure Neugier und eine Portion Kühnheit trieben sie in den Raum hinein. Der Lichtkegel der Leselampe fiel auf sein Gesicht, erhellte den Mund und umschattete die Augen. Diesmal fühlte sie sich in seiner Gegenwart nicht sicher, sondern beunruhigt. Mutig schritt sie auf ihn zu.

»Sie haben das reinste Chaos hier«, meinte Slade schroff und warf den Bleistift auf den Tisch. Es war besser, einen Angriff zu starten, als weiter darüber nachzubrüten, wie schön sie war. »Wenn Sie Ihren Laden auch so führen« – er machte eine ausholende Geste mit der Hand –, »dann grenzt es an ein Wunder, dass Sie noch nicht bankrott sind.«

Dieser unverblümte Vorwurf lockerte die Verkrampfung in ihren Schultern. In seinem Blick hatte nichts Persönliches gelegen, versicherte sie sich. »Ich weiß, es ist schrecklich«, gab Jessica zu und lächelte wieder. »Ich hoffe nur, Sie ergreifen nicht gleich die Flucht.« Vorsichtig lehnte sie sich mit der Hüfte an den Tisch und griff nach dem nächstbesten Buch. »Lieben Sie Herausforderungen, Mr. Sladerman?«

Sie lachte, bemerkte er. Oder waren es nur ihre Augen? Jedenfalls lachte sie ganz offensichtlich über sich selbst. Gegen seinen Willen musste er lächeln, als er sich bemühte, sie ganz objektiv zu betrachten. Vielleicht war sie unschuldig – vielleicht auch nicht. Slade teilte das blinde Vertrauen des Commissioners nicht. Aber sie war eine schöne Frau und reizte ihn. Und dieser Reiz, entschied Slade, war nicht leicht zu umgehen.

Er atmete langsam aus und ließ den Blick durch den Raum schweifen. Hatte er eine Wahl? »Ich werde gnädig darüber hinwegsehen, Miss Winslow … Ich liebe nämlich Bücher.«

»Ich auch«, begann sie und hielt inne, als sie wieder einer seiner kühlen, direkten Blicke traf. »Ehrlich«, behauptete sie mit einem Lachen. »Ich bin leider nur nicht sehr ordentlich. Wie ist es, kommen wir ins Geschäft, Mr. Sladerman?« Feierlich streckte sie ihm die Hand entgegen.

Die besah er sich besser zuerst einmal. Zart und elegant, dachte er, wie ihr Name und ihre Stimme. Mit einer stummen Verfluchung des Schicksals, das den Commissioner zu ihrem Patenonkel bestimmt hatte, ergriff er ihre Hand. »Wir kommen ins Geschäft, Miss Winslow.«

Jessica glitt von der Tischkante, ohne seine Hand freizugeben. Irgendwie hatte sie gewusst, dass sie sich hart und stark anfühlen würde. »Was halten Sie von gefüllten Koteletts?«

Sie waren zart und schmeckten ausgezeichnet. Slade aß drei Stück, um den ausgefallenen Lunch wieder wettzumachen. Dieser Fall, dachte er nach einem Stück Käsekuchen, hatte zweifellos gewisse Vorteile gegenüber dem, den er gerade abgewickelt hatte. Zwei Wochen hatte er sich mit kaltem Kaffee und schlappen Sandwiches begnügen müssen. Obendrein war sein Partner längst nicht so eine Augenweide gewesen wie diese Jessica Winslow. Mühelos hatte sie während des Essens eine lockere Unterhaltung aufrechterhalten und geleitete ihn jetzt, indem sie ihren Arm unter den seinen geschoben hatte, zurück in den Salon.

»Setzen Sie sich«, forderte sie ihn lächelnd auf. »Ich schenke uns einen Brandy ein.«

Als er den Raum durchquerte, fiel sein Blick auf den Sekretär. »Der stand heute Morgen noch nicht da.«

»Wie bitte?« Mit der Brandykaraffe in der Hand blickte sie über die Schulter. »Oh, nein, der ist erst heute Nachmittag geliefert worden. Kennen Sie sich aus mit Antiquitäten?«

»Nein.« Er unterzog den Schreibtisch einer flüchtigen Betrachtung, ehe er sich auf einem Stuhl niederließ. »Das überlasse ich Ihnen, Miss Winslow.«

»Jessica.« Sie schenkte ein zweites Glas ein und ging dann zu ihm hin. »Soll ich Sie James oder Jim nennen?«

»Slade«, entgegnete er und nahm ihr ein Glas ab. »Selbst meine Mutter hat aufgehört, mich Jim zu rufen, als ich zehn wurde.«

»Sie haben eine Mutter?«

Die unabsichtliche Verblüffung in ihrer Stimme entlockte ihm ein Grinsen. »Jeder Mensch hat doch eine Mutter.«

Jessica kam sich dumm vor, als sie ihm gegenüber Platz nahm. »Schon, aber Sie vermitteln irgendwie den Eindruck, als seien Sie in der Lage gewesen, die ganze Angelegenheit ohne eine Mutter abzuwickeln.«

Sie nippten beide an ihrem Brandy, als sich ihre Blicke über die Gläser hinweg trafen. Genau in diesem Augenblick blieb für Jessica die Zeit stehen. Können Gedanken miteinander kommunizieren?, überlegte sie wie betäubt. Waren es die Turbulenzen seiner Gedanken, die sie gespürt hatte? Oder der ihren? Der Brandy floss heiß und brennend durch ihre Kehle und holte sie in die Wirklichkeit zurück. Rede, befahl sie sich. Sag etwas. »Haben Sie noch andere Verwandte?«, brachte sie schließlich hervor.

Slade starrte sie an, während er sich fragte, ob er sich diesen kurzen Moment prickelnder Intimität nur eingebildet hatte. So etwas hatte er noch mit keiner Frau oder Geliebten erlebt. Deshalb war es nahezu lächerlich, sich einzubilden, es mit einer Frau erlebt zu haben, die er kaum kannte. »Eine Schwester«, antwortete er nach einer Weile. »Sie geht aufs College.«

»Eine Schwester.« Jessica entspannte sich wieder und streifte die Schuhe ab. »Das ist nett. Ich habe mir immer einen Bruder oder eine Schwester gewünscht, als ich noch klein war.«

»Mit Geld kann man nicht alles kaufen«, warf er achselzuckend in den Raum und verfluchte sich sogleich für diese schroffe Bemerkung, als er ihre verletzte Miene sah. Wenn sie ihm schon jetzt solche Gefühle entlockte, wie mochte es dann erst in einer Woche sein?

»Sie sind schnell mit Klischees bei der Hand«, bemerkte

Jessica. »Ich nehme an, das kommt, weil Sie Schriftsteller sind.« Sie nahm noch einen Schluck Brandy und stellte dann das Glas ab. »Was schreiben Sie eigentlich?«

»Unveröffentlichte Romane.«

Sie lachte wie zuvor in der Bibliothek und entlockte ihm damit wieder ein Lächeln. »Das muss frustrierend sein.«

»Nur einmal täglich.«

»Warum tun Sie es dann?«

»Warum essen Sie?«

Jessica dachte einen Moment über seine Antwort nach und meinte dann nickend: »Ja, wahrscheinlich ist es einfach so, nicht wahr? Wollten Sie schon immer Schriftsteller werden?«

Er dachte an seinen Vater, der überall mit stolzgeschwellter Brust verkündet hatte, dass sein Sohn der nächste Sladerman in der Truppe sein werde. Er dachte an seine Teenagerjahre, als er bis spät in die Nacht hinein seine Geschichten auf Spiralblöcke gekritzelt hatte. Er dachte an den Blick seines Vaters, als er seinen Sohn zum ersten Mal in Uniform sah. Und er dachte an das erste Mal, als eine seiner Kurzgeschichten veröffentlicht worden war.

»Ja.« Vielleicht war es einfacher, ihr gegenüber zuzugeben, was er seiner Familie nie hatte erklären können. »Immer.«

»Wenn man etwas unbedingt will und nicht aufgibt«, begann Jessica langsam, »dann schafft man es auch.«

Slade ließ ein knappes Lachen hören, ehe er einen Schluck aus seinem Glas nahm. »Immer?«

Sie tippte mit der Zungenspitze an ihre Oberlippe. »Fast immer. Es ist alles ein Glücksspiel, nicht wahr?«

»Mit hohem Einsatz«, murmelte er und stierte düster in sein Glas. »Ich spiele immer mit hohen Einsätzen.« Er studierte die bernsteinfarbene Flüssigkeit in seinem Glas, die beinahe die gleiche Farbe hatte wie ihre Augen. Sie war eine verdammt gute Gesprächspartnerin, stellte er fest, und er redete viel zu offen mit ihr.

»Ach, Ulysses, ich hab' mich schon gewundert, wo du steckst.«

Slade blickte auf und sah einen großen wuscheligen Fellberg vorbeiflitzen, zum Sprung ansetzen und mitten auf Jessicas Schoß landen. Er hörte sie aufstöhnen und dann kichern.

»Verdammt! Wie oft muss ich dir noch erklären, dass du kein Schoßhündchen bist. Du brichst mir alle Rippen.« Sie drehte den Kopf zur Seite, doch die nasse, rosarote Hundezunge fand unfehlbar ihre Wange. »Schluss!«, keuchte sie, seine Zärtlichkeiten erfolglos abwehrend. »Runter mit dir«, befahl sie. »Geh sofort runter!« Ulysses bellte zweimal und leckte ihr weiter seelenruhig das Gesicht ab.

»Was«, fragte Slade, jedes Wort betonend, »ist das?«

Sie versuchte Ulysses noch einmal mit aller Kraft von ihrem Schoß zu schieben, doch der legte ihr nur treuherzig den Kopf auf die Schulter. »Ein Hund, selbstverständlich.«

»›Selbstverständlich‹ heißt bei einem Hund gar nichts.«

»Ulysses ist ein großer Pyrenäenhund«, gab sie keuchend zurück. »In der Hundeschule ist er dreimal durchgefallen. Du räudiger, nichtsnutziger Trottel, runter mit dir!« Ulysses stieß einen langen, zufriedenen Schnaufer aus und rührte sich nicht vom Fleck. »Bitte, helfen Sie mir, mich von dieser Bestie zu befreien«, wandte sie sich an Slade. »Diesmal hab' ich bestimmt innere Verletzungen. Beim letzten Mal hockte der Köter geschlagene zwei Stunden auf mir, bis Betsy endlich nach Hause kam.«

Slade erhob sich und ging mit gerunzelter Stirn auf den Hund zu. »Beißt er?«

»Heiliger Herr im Himmel! Ich bin halb am Ersticken, und Sie fragen, ob er beißt!«

Ein Grinsen huschte über sein Gesicht, als Slade sich zu Jessica herabbeugte. »Man kann nie vorsichtig genug sein mit diesen Untieren. Vielleicht sind sie ja bösartig.«

Jessica kniff die Brauen zusammen. »Bist du das, Ulysses?« Seinen Namen hörend, richtete Ulysses sich wieder auf, um ihr noch einmal fröhlich übers Gesicht zu schlecken. »Zufrieden?«, meinte Jessica. »Jetzt packen Sie ihn bitte irgendwo und befreien Sie mich von ihm.«

Slade beugte sich vor und schlang die Arme um den Fellballen. Sein Handrücken streifte Jessicas Brust, als er seine Hand unter den Bauch des Tieres schob. »Verzeihung«, murmelte er und hievte den Hund hoch. »Allmächtiger, wie viel wiegt der Kerl denn?«

»An die sechzig Kilo, glaube ich.«

Kopfschüttelnd wuchtete Slade den Hund von ihrem Schoß und setzte ihn auf dem Boden ab, worauf er sich zu ihren Füßen einringelte und ihr seinen treuesten Blick zuwarf. Jessica holte tief Luft und schloss genervt die Augen.

Sie war von oben bis unten mit weißen Hundehaaren bedeckt. Ihre Frisur hatte sich aufgelöst, das Haar fiel ihr in lockigen Strähnen über die Schultern. Es hatte die Farbe von sonnengereiftem Weizen, wie Slade feststellte. Jetzt, da ihr Gesicht entspannt war, trat die Wölbung ihrer Wangenknochen noch stärker hervor. Ihre Lippen standen einen Spalt weit offen. Sehr feminine Lippen mit einer vollen Unterlippe. Sie versprach Leidenschaft – verborgene, leise siedende Leidenschaft. Der Mund und die Wangenknochen unterstrichen ihre Anziehungskraft, die Slades Puls sofort schneller schlagen ließ. Er durfte sie nicht begehren, ermahnte er sich im Stillen. Das wäre nicht nur unverantwortlich, sondern geradezu idiotisch. Er senkte den Blick wieder auf den Hund.

»Sie sollten etwas für seine Erziehung tun«, meinte er knapp.

»Ich weiß.« Mit einem leisen Seufzer schlug sie die brandyfarbenen Augen auf. Ihre Vernarrtheit in Ulysses ließ sie das Chaos und die blauen Flecken vergessen, die seine Gegenwart unvermeidlicherweise mit sich brachte. »Er ist ja so sensibel. Ich bringe es einfach nicht übers Herz, ihn wieder in eine Hundeschule zu stecken.«

»Das ist unglaublich dumm«, gab Slade zurück. »So große Hunde wie er müssen erzogen werden.«

»Wollen Sie den Job übernehmen?«, erkundigte sich Jessica zuckersüß und begann einzelne Hundehaare von ihrem Rock zu zupfen.

»Danke, ich habe schon einen Job.«

Warum sollte sie sich darüber ärgern, dass er sie noch nie mit ihrem Vornamen angesprochen hatte?, fragte sie sich, während sie sich von ihrem Stuhl erhob und umständlich über den schlafenden Hund hinwegstieg. »Vielen Dank für Ihre Hilfe«, sagte sie steif. »Der Ratschlag wurde gebührend zur Kenntnis genommen.«

Slade quittierte ihren Sarkasmus mit einem Schulterzucken. »Keine Ursache. Sie kommen mir ohnehin eher wie eine Pudelliebhaberin vor.«

»Tatsächlich?« Einen Moment lang studierte Jessica seine Augen. Ja, sie waren hart, entschied sie. Hart und kalt und zynisch. »Und mir kommt es so vor, als hielten Sie nicht viel von Pudelliebhaberinnen. Nehmen Sie sich noch einen Brandy. Ich gehe nach oben.«

2

Die nächsten zwei Tage herrschte zwischen ihnen eine unbehagliche Waffenruhe. Vielleicht dauerte sie so lange, weil Jessica offenbar darauf bedacht war, Slade aus dem Weg zu gehen. Und im Gegenzug vermied er es ebenfalls, den ihren zu kreuzen, während er geduldig ihren gewohnten Tagesablauf auskundschaftete – der, wie er bald feststellte, überhaupt nicht existierte. Sie war, ganz im Gegensatz zu seinen Erwartungen, keine Gesellschaftstussi, die ihre Zeit bei Komiteesitzungen und ausgedehnten Mittagessen in diversen Klubs verbrachte, sondern arbeitete unermüdlich. Die meisten Stunden des Tages verbrachte sie in ihrem Laden. Wie es aussah, würde er in ihrem Haus nicht viel finden. Deshalb musste er sich als Nächstes das House of Winslow vornehmen. Dazu war es jedoch unabdingbar, mit Jessica Frieden zu schließen.

Von seinem Schlafzimmerfenster aus beobachtete er, wie sie wegfuhr. Es war kurz vor acht, eine Stunde früher, als sie gewöhnlich das Haus verließ. Slade stieß einen wütenden Fluch aus. Wie konnte der Commissioner von ihm erwarten, dass er sie beschützte – falls sie Schutz überhaupt nötig hatte –, wenn sie sich stets an einem anderen Ort aufhielt als er? Es wurde Zeit, dass er sich um eine Ausrede bemühte, die es ihm erlaubte, sie an ihrem Arbeitsplatz aufzusuchen.

Er schnappte sich im Vorbeigehen eine Jacke und eilte zur Treppe. Er könnte zum Beispiel behaupten, sich für eine Szene in seinem Roman ein wenig mit Antiquitäten vertraut machen zu wollen. Damit hätte er einen triftigen Grund, ein paar Stunden in ihrem Laden herumzuschnüffeln. Bevor er um die letzte Kurve der gewundenen Treppe bog, hörte er Betsys Stimme:

»... nichts als Ärger.«

»Reg dich bloß nicht auf!«

Slade blieb stehen und wartete, bis die Schritte näher kamen. Dann sah er einen großen schlaksigen Mann durch die Halle stapfen. Die blonde Haarmähne war ziemlich dilettantisch knapp unter dem Kragen eines derben Holzfällerhemds abgeschnitten. Er trug Jeans und eine Brille mit dünnem Metallgestell und stand leicht vornübergebeugt – entweder aus Gewohnheit oder aus Erschöpfung. Weil er auf seine Tennisschuhe starrte, sah er Slade nicht. Er war blass und die Augen hinter den Brillengläsern waren umschattet. David Ryce, kombinierte Slade und verhielt sich still.

»Ich hab' dir doch gesagt, dass sie dich heute nicht im Laden sehen will.« Betsy rannte geschäftig hinter ihm her, die rechte Faust um einen Staubwedel geschlossen.

»Mir geht es doch wieder gut. Wenn ich noch einen Tag im Bett herumliege, verschimmle ich«, setzte er hinzu und wurde im nächsten Moment von einem Hustenanfall geschüttelt.

»Ja, sehr gut, das hört man.« Betsy schnalzte tadelnd mit der Zunge und erhob drohend den Staubwedel.

»Mom, nun lass mal gut sein.« Verzweifelt die Hände ringend drehte er sich zu ihr um, und da entdeckte er Slade. Er verzog das Gesicht, indem er einen weiteren Hustenanfall unterdrückte. »Oh, Sie müssen der Schriftsteller sein.«

»Ja, das bin ich.« Slade kam die letzten beiden Stufen herunter. Noch ein halber Junge, dachte Slade, der sein Gegenüber mit einem Blick erfasste. Im letzten Stadium der Trotzphase.

»Jessie und ich haben uns Sie als kleinen, untersetzten Professortyp mit Brille vorgestellt. Keine Ahnung, warum.« Er grinste, doch Slade bemerkte, dass er sich mit einer Hand am Treppengeländer festhalten musste. »Wie geht's mit der Bibliothek voran?«

»Schleppend.«

»Besser Sie als ich«, murmelte David und wünschte sich im Stillen einen Stuhl. »Ist Jessica schon unten?«

»Sie ist schon weggefahren«, teilte ihm Slade mit.

»Na, da siehst du's.« Betsy verschränkte die Arme vor der Brust. »Wenn du im Geschäft auftauchst, wird sie dich postwendend nach Hause schicken. Und dir vorher noch eine saftige Gardinenpredigt halten.«

Da seine Knie einzuknicken drohten, umklammerte er das Geländer noch fester. »Ich muss ihr aber mit der neuen Lieferung helfen. Und heute soll noch eine kommen.«

»So wie du aussiehst, wirst du ihr kaum eine große Hilfe sein«, brummelte Betsy, worauf Slade, der Davids Gesichtsausdruck bemerkte, sie unterbrach.

»Ich wollte gerade zu ihr fahren. Ich möchte mir den Laden ansehen und vielleicht ein paar Recherchen für mein Buch anstellen. Dabei könnte ich ihr ein bisschen zur Hand gehen.« Slade beobachtete, wie David zwischen dem Wunsch, zur Arbeit zu gehen und dem Bedürfnis, sich hinzulegen, schwankte.

»Sie wird versuchen, alles alleine herumzuhieven«, murmelte er.

»Das stimmt«, pflichtete Betsy ihrem Sohn bei, deren

Verstimmung sich offensichtlich von ihrem Sohn abgewandt hatte und sich jetzt auf ihre Arbeitgeberin richtete. »Die hält nichts auf.«

»Es ist meine Aufgabe, die neuen Stücke in den Laden zu bringen und die Lieferscheine zu kontrollieren. Ich weiß nicht …«

»Um Möbel zu schleppen, muss ich bestimmt nicht viel von Antiquitäten verstehen«, warf Slade beiläufig ein. Die Gelegenheit war viel zu günstig, um sie sich entgehen zu lassen, beschloss er und schlüpfte in sein Jackett. »Und nachdem ich ohnehin …«

»Prima, das wäre erledigt«, verkündete Betsy sichtlich erleichtert und nahm ihren Sohn beim Ellbogen, ehe er noch protestieren konnte. »Mr. Sladerman wird zu Miss Jessica ins Geschäft fahren, und du verschwindest wieder in dein Bett.«

»Ich lege mich nicht wieder ins Bett. Einen Stuhl. Alles was ich brauche, ist ein Stuhl.« Er warf Slade ein schwaches Lächeln zu. »Hey, vielen Dank, Mann. Sagen Sie Jessie bitte, dass ich Montag wieder einsatzbereit bin. Der Papierkram für die neue Lieferung kann übers Wochenende liegen bleiben. Sagen Sie ihr, sie soll Mitleid mit einem armen Invaliden haben und die Arbeit für mich aufheben.«

Slade nickte. »In Ordnung, ich werd's ihr ausrichten«, sagte er und war schon an der Tür. Die neue Lieferung interessierte ihn auf einmal brennend.

Eine Viertelstunde später stellte Slade seinen Wagen auf dem kleinen, gekiesten Parkplatz neben Jessicas Laden ab. Es war ein kleines Gebäude mit Holzverblendungen und schmalen Fenstern im Erdgeschoss. Die Jalousien waren hochgezogen. Durch eines der Schaufenster konnte er Jessica sehen, die gerade versuchte, ein offenbar sehr schweres

Möbelstück von der Stelle zu bewegen. Einen Fluch über die Frauen im Allgemeinen auf den Lippen ging er zur Eingangstür und zog sie auf.

Das Klingeln der Ladenglocke ließ sie herumfahren. Dass jemand um diese Uhrzeit ihren Laden aufsuchte, überraschte sie – und Slade mit finsterem Blick in der Tür stehen zu sehen, überraschte sie noch viel mehr. »Hi.« Die körperliche Anstrengung hatte sie so aus der Puste gebracht, dass sie Mühe hatte, ein Schnaufen zu unterdrücken. »Ich habe nicht erwartet, Sie hier zu sehen.« Sie unterließ den Nachsatz, dass sie auch nicht sonderlich begeistert über sein Erscheinen war.

Sie zog ihr Sakko aus und schob die Ärmel ihres Cashmerpullovers hoch. Darunter hoben und senkten sich lebhaft kleine, hoch angesetzte Brüste. Slade erinnerte sich sehr gut daran, wie weich sie sich an seinem Handrücken angefühlt hatten, und vergaß völlig, dass er gekommen war, um Frieden mit ihr zu schließen.

»Sind Sie nicht recht bei Trost, diese schweren Kästen alleine durch die Gegend zu hieven?«, knurrte er. Leise vor sich hin fluchend zog er sein Jackett aus und warf es achtlos über einen Stuhl. Jessica straffte die Schultern und auch ihren Tonfall.

»Auch Ihnen einen guten Morgen.«

Ihr Missmut prallte an ihm ab. Er beugte sich über das wuchtige Möbelstück, an dem sie gerade herumgezerrt hatte. »Wo soll das hin?«, erkundigte er sich schroff. »Und ich bete zu Gott, dass Sie nicht eine von den Frauen sind, die ihre Meinung ein Dutzend Mal ändern.«

Ihre Augen wurden so schmal und so dunkel wie vor zwei Tagen abends im Salon. Merkwürdig, sie war noch anziehender, wenn sie wütend war. Wenn nicht er die Ursache dafür gewesen wäre, hätte er die Art, wie sie ihr Kinn vorschob, wahrscheinlich amüsant gefunden. »Ich wüsste nicht, dass irgendjemand Sie um Hilfe gebeten hätte.« Zum ersten Mal kam er in den Genuss ihres eisigen Tonfalls. »Ich bin sehr wohl in der Lage, meine Möbel allein zu platzieren.«

»Seien Sie doch nicht alberner als nötig«, schoss er zurück. »Sie werden sich nur das Kreuz ausrenken. Also, wo soll das Ding hin?«

»Das *Ding*«, zischte sie hitzig, »ist ein Französischer Sekretär aus dem neunzehnten Jahrhundert.«

Er streifte das Möbelstück mit einem abschätzenden Blick. »Auch recht. Also, wo soll ich diesen kostbaren französischen Sekretär hinschieben?«

»Ich werde Ihnen sagen, wo Sie ihn hinschieben können …«

Sein schallendes Gelächter brachte sie zum Schweigen. Es war ein sehr männliches Gelächter und ein sehr lustiges. Kein Lachen, das sie von ihm erwartet hätte. Mit einiger Mühe verkniff sie sich ein Schmunzeln, als sie sich ein paar Schritte von ihm entfernte. Das Letzte, was sie wollte, war, etwas Anziehendes an James Sladerman zu entdecken. »Dorthin«, antwortete sie kühl, mit dem Finger deutend, und wandte sich ab, um einen Waschtisch in die gegenüberliegende Ecke zu tragen. Als das typisch knirschende Geräusch von Holzmöbeln, die auf dem Dielenboden umhergeschoben werden, verstummte, drehte sie sich wieder zu Slade um.

Sie quittierte seine Hilfe mit einem knappen und kühlen »Danke« und erkundigte sich dann spitz, was sie für ihn tun könne.

Slade gönnte sich einen ausgiebigen Blick auf sein Gegenüber. Jessica stand in kerzengerader Haltung vor ihm, die Hände locker gefaltet, die Augen noch immer gefährlich blitzend. Zwei Perlmuttkämme hielten ihr das Haar aus der Stirn. Er erlaubte es sich auch, den Blick nach unten gleiten zu lassen. Sie war sehr schlank, mit einer Wespentaille und nur einer Andeutung von Hüften. Der enge Flanellrock reichte ihr bis knapp über die Knie, und was Slade darunter erblickte, gefiel ihm außerordentlich. Sie hatte kleine, zierliche Füße. Der rechte tippte ungeduldig auf den Holzboden.

»Darüber habe ich mir auch schon etliche Gedanken gemacht«, beantwortete er ihre Frage und suchte wieder ihren Blick. »Aber eigentlich bin ich vorbeigekommen, um zu sehen, was ich für Sie tun kann. Ryce hat sich schreckliche Sorgen gemacht, dass Sie genau das tun könnten, was Sie gerade zu tun versucht haben.«

»Sie haben Ryce gesehen?« Ihre kühle Ungeduld verpuffte. Rasch ging sie auf ihn zu und nahm seinen Arm. »War er auf? Wie geht es ihm?«

Plötzlich wollte er sie berühren – ihr Haar, ihr Gesicht. Beides fühlte sich bestimmt weich an. Er verspürte das beinahe verzweifelte Bedürfnis nach etwas Weichem und Nachgiebigem. Ihre Augen hielten seinem Blick stand, vor Sorge geweitet. »Er war auf«, erwiderte er knapp. »Und nicht so kräftig, wie er sich den Anschein zu geben versucht hat.«

»Er hätte das Bett nicht verlassen dürfen.«

»Nein, wahrscheinlich nicht.« Kam der Duft von ihrem Haar? Dieser Herbstwaldduft, der ihn schier zur Raserei brachte? »Er wollte heute Morgen wieder arbeiten gehen.«

»Arbeiten?«, fragte Jessica bestürzt. »Ich habe ihm die ausdrückliche Anweisung gegeben, im Bett zu bleiben. Warum kann er nicht das tun, was man ihm sagt?«

Slades Blick wurde auf einmal neugierig. »Befolgt denn jeder Ihre Anordnungen?«

»Er ist mein Angestellter«, gab sie zurück und ließ die Hand von seinem Arm fallen. »Und er wäre verdammt gut beraten, auf mich zu hören.« So rasch, wie ihre Empörung aufgewallt war, verflüchtigte sie sich auch wieder und sie lächelte. »Er ist ja eigentlich noch ein halbes Kind, und Betsy hackt immer auf ihm rum. Aber das ist ihre Art. Ich rechne ihm sein Pflichtbewusstsein zwar hoch an, aber der Bursche muss erst wieder richtig gesund werden.« Ihr Blick wanderte zu dem Telefonapparat auf der Verkaufstheke. »Wenn ich ihn anrufe, dann kommt er mir nur mit tausend Ausflüchten.«

»Er sagte, er würde erst am Montag wieder zur Arbeit kommen.« Slade lehnte sich an den Sekretär. »Und er bittet Sie, die Papiere der neuen Lieferung ihm zu überlassen.«

Jessica vergrub energisch die Hände in ihren Jackentaschen, anscheinend immer noch mit dem Gedanken spielend, David anzurufen und ihn zur Schnecke zu machen. »Also schön. Wenn er am Montag kommt, wird er mit den Papieren wenigstens am Schreibtisch sitzen bleiben. In der Zwischenzeit werde ich die neuen Stücke schon mal platzieren, damit er gar nicht erst in Versuchung kommt.« Sie lächelte wieder. »Er ist beinahe so besessen von diesem Geschäft, wie ich es bin. Wenn ich nur einen Kerzenständer verrücke, merkt er es sofort. Ehe er krank wurde, hat er versucht, mich zu einem Urlaub zu überreden.« Sie lachte und warf den Kopf zurück, dass ihr Haar über den Schultern hin und her schwang. »Er wollte den Laden für eine Woche oder zwei ganz allein managen.«

»Wirklich ein sehr ergebener Angestellter«, murmelte Slade.

»O ja, das ist David«, stimmte ihm Jessica zu. »Was machen Sie eigentlich hier? Ich dachte, Sie graben sich durch die Bücherberge.«

Teils froh, teils beunruhigt darüber, dass sie die Reserviertheit ihm gegenüber aufgegeben hatte, schenkte er ihr ein vorsichtiges Lächeln. »Ich habe David versprochen, Ihnen ein wenig zur Hand zu gehen.«

»Oh, das ist aber sehr nett.« Die Überraschung in ihrer Stimme ließ sein Lächeln in die Breite fließen.

»Gelegentlich kann ich tatsächlich sehr nett sein«, beschied er ihr. »Außerdem dachte ich, ich könnte mir vielleicht ein kleines Grundwissen über Antiquitäten aneignen. Recherchen anstellen, sozusagen.«

»Aha.« Sie quittierte seine Bemerkung mit einem Nicken. »Fein. Ich könnte tatsächlich ein wenig Hilfe bei den schweren Stücken gebrauchen. An welcher Periode sind Sie interessiert?«

»Periode?«

»Stilrichtung«, erläuterte Jessica und schlenderte zu einer langen, niedrigen Truhe. »Geht es um ein bestimmtes Jahrhundert oder eine Stilrichtung? Renaissance, frühes Amerika, italienischer Landhausstil?«

»Ach, ich wollte mir eigentlich nur einen allgemeinen Überblick verschaffen, als Einstieg, habe ich mir gedacht«, improvisierte Slade, während er Jessica sanft, aber bestimmt von der Truhe wegdrängte. »Wo soll ich die hinstellen?«

Während Slade die größeren Möbel durch den Laden schleppte, platzierte Jessica die leichteren und beschrieb ihm jedes Stück, das sie bewegten. »Das hier ist ein Chippendale-Sessel – typisch dafür die rechteckige, gepolsterte Sitzfläche und die geschwungenen Beine. Und dieser Schrank ist französischer Barock – Atlasholz, vergoldet, mit geschnitzten Verzierungen.« Sie stieß auf einen kleinen, runden Lacktisch und klärte ihn über chinesische Einflüsse auf die europäischen Stilrichtungen und Teeservices auf.

Im Laufe des Vormittags wurden ihre Fachgespräche etliche Male von Kunden unterbrochen, und dabei verwandelte sich Jessica jedes Mal nahtlos von der Antiquitätenliebhaberin in eine sachkundige Verkäuferin. Slade beobachtete sie dabei, wie sie Stücke präsentierte, deren Herkunft erklärte und anschließend geschickt über den Preis verhandelte. Wenn er bisher noch Zweifel gehegt hatte, so wurden diese jetzt vollständig ausgeräumt. Jessica betrachtete ihren Laden keineswegs als Spielwiese. Sie führte ihn äußerst professionell und arbeitete weitaus härter, als er es ihr zugebilligt hatte. Zudem war sie nicht nur sehr geschickt im Umgang mit den Kunden, wie er sich eingestehen musste, sondern verdiente auch gutes Geld mit ihren Möbeln – zumindest ließen das die Zahlen auf den diskreten Preisschildern vermuten.

Warum also, fragte er sich, sollte sie, nachdem sie ihrem Laden so verbunden war und dieser auch noch reichlich Profit abwarf, das Risiko eingehen, dieses florierende Unternehmen zum Schmuggeln zu missbrauchen? Nachdem er sie kennen gelernt und einige Zeit mit ihr verbracht hatte, fiel es Slade zunehmend schwerer, ihr zu unterstellen, dass sie aus Lust und Langeweile schmuggelte. Außerdem war sie keineswegs auf den Kopf gefallen. War es demnach denkbar, dass vor ihrer Nase irgendwelche krummen Geschäfte abliefen, ohne dass sie davon wusste?

»Slade, es ist mir peinlich, Sie um etwas zu bitten.« Jessica hielt die Stimme gesenkt, während sie dicht neben ihn trat. Sie litt anscheinend nicht unter Berührungsängsten, denn ihre Hand lag bereits wieder auf seinem Arm. Mochte es auch noch so unverantwortlich sein, dachte Slade, aber er begehrte diese Frau. Er drehte sich so zu ihr, dass er Jessica wie zufällig zwischen sich und der alten Truhe einkeilte. Sie ließ ihre Hand auf seinem Arm liegen, knapp unter dem Ellbogen. Und obgleich sie sich an keiner anderen Stelle sonst berührten, konnte er sich plötzlich mit aufregender Deutlichkeit vorstellen, wie ihr Körper sich unter seinen Händen anfühlen würde. Sein Blick huschte über ihre Lippen, ehe er sie wieder ansah.

»Um was bitten?«

Ihr Verstand setzte aus. Ein Rauschen erfüllte ihren Kopf, das wie die Brandung des Meeres klang. Sie hätte einen Schritt zurücktreten und den Kontakt abbrechen können – oder einen Schritt nach vorn, um ihn zu intensivieren. Jessica tat keines von beidem. Sie war sich nur vage des Drucks in ihrer Brust bewusst, als ob jemand ihren Brustkorb zusammendrückte, um ihr den Atem zu rauben. In diesem Augenblick wussten beide, dass er sie nur zu berühren brauchte, um alles zu verändern.

»Slade«, flüsterte sie – halb Frage, halb Aufforderung.

Er wich zurück, zurück von der Schwelle, die zu überschreiten Konsequenzen nach sich gezogen hätte, die er nicht verantworten konnte und wollte. »Soll ich noch etwas irgendwohin tragen?«, erkundigte er sich mit ungerührter Stimme und machte ein paar Schritte weg von ihr.

Innerlich zitternd, lehnte sich Jessica an die Truhe. Sie brauchte Abstand. »Mrs. MacKenzie möchte diese Spielkommode gleich mitnehmen. Sie holt gerade ihren Wagen, um direkt vor der Ladentür zu parken. Macht es Ihnen was aus, die Kommode rauszutragen und in den Kombi zu heben?«

»Nein.«

Sie deutete schweigend auf das entsprechende Möbelstück und rührte sich erst wieder, als Slade damit durch die Tür war. Dann erlaubte sie sich, tief und ausgiebig durchzuatmen. Das war kein Mann, bei dem eine Frau die Kontrolle über sich verlieren durfte, ermahnte sie sich. Er würde weder zärtlich noch besonders freundlich mit ihr umgehen. Sie legte die Hand flach auf die Truhe, um die Spannung zu lösen, die ihre Hand verkrampfte. Das nächste Mal lässt du es erst gar nicht zu so einer Situation kommen, beschwor sie sich.

Es ist die Art, wie er mich ansieht, so als ob er meine Gedanken lesen könnte. Sie fuhr sich mit zitternden Fingern durchs Haar. Dabei weiß ich nicht einmal selbst, was ich denke, wenn er mich so ansieht, wie sollte er es dann wissen? Und trotzdem … und trotzdem raste ihr Puls immer noch wie verrückt.

Als sich die Ladentür wieder bimmelnd öffnete, hatte sie sich noch keinen Zentimeter von ihrem Platz vor der Truhe wegbewegt.

»Mir knurrt der Magen«, bemerkte sie eilig und setzte sich endlich in Bewegung. Unter Slades aufmerksamen Blicken flitzte sie von einem Schaufenster zum anderen und ließ die Rollladen herunter. Dann drehte sie das Schild, auf dem ›Geöffnet‹ stand, an der Tür um und schloss ab. »Ihnen bestimmt auch«, setzte sie hinzu, als er schwieg. »Es ist schon nach eins, und ich habe Sie den ganzen Vormittag Möbel schleppen lassen. Soll ich ein paar Sandwiches zurechtmachen und eine Kanne Tee kochen?«

»Tee?«, wiederholte Slade und schnitt eine gequälte Grimasse.

Ihr Lachen entspannte sie ein wenig. »Na gut, dann keinen Tee. Vielleicht ein Bier? David hat immer welches im Kühlschrank.« Sie huschte in den Hinterraum, öffnete die Tür des kleinen Kühlschranks, kniete sich davor und kramte darin herum. »Ah ja. Ich wusste doch, dass ich kürzlich noch eine Flasche gesehen habe.« Jessica richtete sich im Umdrehen auf und stieß gegen seine Brust. Reflexartig griff Slade nach ihrem Arm, ließ ihn aber sofort wieder los. Mit hämmerndem Herzen machte sie einen Schritt von ihm weg. »Verzeihung, ich wusste nicht, dass Sie hinter mir stehen. Ist das okay?« Eine Armlänge Sicherheitsabstand haltend, reichte sie ihm die Bierflasche.

»Ja, danke.« Sein Gesichtsausdruck verriet nichts, als er ihr die Flasche abnahm und sich an den Tisch setzte. Die Verkrampfung in seinem Nacken hatte etwas nachgelassen. Er musste darauf achten, sie nicht wieder anzufassen. Oder dem Drang nachzugeben, diese ach so sinnlichen Lippen zu kosten. Wenn er erst einmal ihre Lippen geschmeckt hatte, würde es kein Halten mehr geben. Die Begierde, die in ihm schwelte, verdichtete sich in seiner Magengrube zu einem glühenden Feuerball. Beinahe brutal drehte er die Verschlussklappe von der Bierflasche.

»Ich richte uns rasch ein paar Sandwiches.« Jessica kramte immer geschäftiger in dem winzigen Kühlschrank herum. »Mögen Sie Roastbeef?«

»Ja, gern.«

Was ging in ihm vor?, fragte sie sich, darauf bedacht, ihre Hände zu beschäftigen. Es war schier unmöglich zu erraten, was dieser Mensch dachte. Sie hantierte gekonnt mit einem langen Messer, schnitt Weißbrot und Fleisch in Scheiben und achtete dabei stets darauf, Slade den Rücken zuzukehren. Als sie ihre Hände ansah, musste sie unwillkürlich an Slades Hände denken. Er hatte so lange, schlanke Finger. Und kräftige. Sie gefielen ihr. Und im nächsten Augenblick fragte sie sich auch schon, wie sie sich wohl auf ihrem Körper anfühlen mochten. Sachkundig, erfahren, fordernd. Der Anflug von Verlangen, der sie ergriff, war kurz, kam aber nicht unerwartet. Dagegen ankämpfend, säbelte sie ein wenig hektischer an dem Stück Roastbeef herum.

Durch das Fenster fiel ein Streifen Sonnenlicht genau auf ihr Haar und brachte auch die verschiedenen Blautöne ihres Pullovers zum Leuchten. Es gefiel ihm, wie sich das weiche Material an ihren Körper schmiegte, den geraden, schlanken Rücken und die schmale Taille betonte. Aber er bemerkte auch, dass ihre Schultern verspannt waren. Er würde nicht weit kommen, wenn sie beide gegen Gefühle ankämpften, die sie nicht zulassen wollten. Er musste sie dazu bringen, sich zu entspannen und sie in eine Unterhaltung verwickeln. Und er wusste genau, wie er das bewerkstelligen konnte.

»Das ist wirklich ein toller Laden, Jessica.«

Ihm war nicht bewusst, dass er sie zum ersten Mal mit ihrem Namen angesprochen hatte, ihr hingegen sehr wohl. Und das freute sie ebenso wie das vorsichtige Kompliment.

»Vielen Dank.« Etwas spät fiel ihr ein, die Platte unter dem Wasserkessel anzuschalten. Einstweilen stellte sie schon mal den Teller mit den Sandwiches auf den Tisch. »Die Leute haben es inzwischen aufgegeben, mein Geschäft als ›Jessicas kleines Hobby‹ zu titulieren.«

»War es das zu Anfang?«

»Nein, für mich nicht.« Sie stellte sich auf die Zehenspitzen, um eine Tasse aus dem oberen Regal zu angeln, und Slade beobachtete interessiert, wie der Saum ihres Rocks dabei nach oben rutschte. »Aber für viele Leute war es Jessica Winslows Versuch, die Geschäftsfrau zu spielen. Möchten Sie ein Glas für Ihr Bier?«

»Nein.« Slade hob die Flasche an den Mund und nahm einen kräftigen Schluck. »Und warum ausgerechnet Antiquitäten?«

»Weil ich schon immer ein Faible für alte Möbel hatte und mich ein wenig auf diesem Gebiet auskannte. Es ist doch vernünftig, seine berufliche Laufbahn auf etwas zu stützen, das man liebt und worin man sich auch auskennt, finden Sie nicht?«

Er dachte an den Polizeirevolver, den er in seinem Schlafzimmer versteckt hatte. »Wenn das möglich ist, natürlich. Wie haben Sie angefangen?«

»Ich befand mich in der glücklichen Lage, finanzielle Rücklagen zu besitzen, auf die ich im ersten Jahr zurückgreifen konnte, als ich einen Grundstock an Möbeln zusammensammelte und den Laden renovierte.« Der Wasserkessel pfiff schrill und verstummte dann, als sie die Herdplatte abstellte. »Und trotzdem war es nicht leicht – die Buchhaltung einzurichten, die verschiedenen Lizenzen zu besorgen, mich mit dem Steuerrecht vertraut zu machen.« Sie rümpfte die Nase, als sie ihre Teetasse auf den Tisch stellte. »Aber das gehört nun mal dazu. Der Papierkram, die Einkaufsreisen und der Verkauf, das war in den ersten Jahren ganz schön viel für eine Person.« Sie nahm ein Sandwich und biss hinein. »Aber ich habe jeden einzelnen Tag genossen.«

Das glaubte er ihr aufs Wort. Er konnte ihre unermüdliche Energie förmlich spüren, selbst jetzt, als sie ausnahmsweise einmal ganz ruhig dasaß und ihren Tee trank. »David Ryce. Arbeitet der schon lange für Sie?«

»Ungefähr seit anderthalb Jahren. Er befand sich damals

an diesem schwierigen Punkt im Leben, an den jeder von uns kommt, glaube ich, wenn wir aus dem Teenageralter heraus, aber noch nicht ganz erwachsen sind.« Sie lächelte Slade über den Tisch hinweg an. »Verstehen Sie, was ich damit meine?«

»Mehr oder weniger.«

»Sie wahrscheinlich weniger als die meisten«, meinte sie leichthin. »Wie sich herausstellte, war er anfangs von meinem Angebot und der Notwendigkeit, einen Job anzunehmen, wenig begeistert. David und ich sind zusammen aufgewachsen. Und ich kann mir gut vorstellen, dass es nicht gut für das Ego eines jungen Mannes ist, wenn ihm die ›große Schwester‹ eine Chance gibt.« Sie seufzte leise, als sie sich an seine schlechte Laune, sein zähneknirschendes Einverständnis und das mangelnde Interesse erinnerte, das er anfangs zur Schau getragen hatte. »Jedenfalls, nach sechs Monaten fügte er sich in sein Schicksal und machte sich von da an unentbehrlich. Er besitzt eine rasche Auffassungsgabe, besonders für Zahlen, und betrachtet die Buchführung inzwischen als seine ganz persönliche Domäne. Und auf dem Gebiet ist er auch viel begabter als im Verkauf.«

»Ach ja?«

Ihre Augen tanzten. »Im Umgang mit den Kunden ist er nicht immer sehr … na ja, sagen wir diplomatisch. Seine Stärken sind Buchhaltung und Lagerkontrolle. Michael und ich, wir kümmern uns um Einkauf und Verkauf.«

»Michael.« Slade wiederholte den Namen, als sagte er ihm überhaupt nichts, und nahm noch einen Schluck von seinem Bier.

»Michael übernimmt beinahe den ganzen Wareneinkauf, zumindest die Importe.«

»Sie kaufen also nicht mehr selbst ein?«

»Nicht mehr in Übersee.« Jessica zerkrümelte den Rest ihres Sandwichs. »Wenn ich das weiterhin selbst erledigen würde, könnte ich den Laden nicht ganzjährig geöffnet halten. Die Räumungsverkäufe und Auktionen hier in New England zu besuchen, hält mich schon genug vom Geschäft fern. Und Michael … Michael ist ein wahrer Meister im Aufstöbern von Juwelen.«

Slade fragte sich sofort, ob diese Analogie auch der Tatsache entsprach. Schickte Michael Adams neben Hepplewhite und Chippendale auch Juwelen über den Atlantik?

»Michael versieht diesen Teil des Geschäfts schon seit drei Jahren«, fuhr Jessica fort. »Und er ist nicht nur ein guter Einkäufer, sondern auch ein begnadeter Verkäufer. Besonders bei unserem weiblichen Klientel ist er sehr beliebt.« Sie hob lachend ihre Teetasse an die Lippen. »Ja, er ist sehr smart – was sein Äußeres und auch seine Manieren betrifft.«

Slade registrierte die Zuneigung in ihrer Stimme und begann zu spekulieren. Was genau verband die Inhaberin und ihren Einkäufer? Wenn Adams seine Finger in dieser Schmuggelgeschichte hatte und gleichzeitig Jessicas Geliebter war … Seine Gedanken schweiften ab, als sein Blick auf ihre Hände fiel. An der rechten Hand trug sie einen schmalen, geflochtenen Goldring und an der linken einen Bandring mit sternförmig geschliffenen Opalen. Die Sonne fiel auf die Steine und brachte die roten Einschlüsse in den blauen Opalen zum Funkeln. Der Ring passte zu ihr, überlegte Slade und nahm noch einen Schluck Bier.

»Auf jeden Fall geht es mir jetzt richtig gut«, fuhr Jessica fort und atmete tief durch. »Es ist schon eine Ewigkeit her, dass ich meinen Laden alleine schmeißen musste. Ich freue mich schon darauf, wenn Michael und David nächste Woche wieder hier sind. Vielleicht nehme ich dann Onkel Charlies Einladung tatsächlich an.«

»Onkel Charlie?«

Die Tasse blieb auf halbem Weg zu ihren Lippen in der Luft stehen. »Onkel Charlie«, wiederholte sie und starrte Slade verblüfft an. »Er hat Sie doch zu mir geschickt.«

Slade stieß einen unhörbaren Fluch aus und zuckte die Achseln. »Der Commissioner«, sagte er verbindlich. »Verzeihung, ich denke an ihn nicht als Onkel Charlie.«

»Commissioner klingt so furchtbar formell.« Jessica musterte ihn immer noch mit einem argwöhnischen Blick, als sie die Teetasse abstellte.

Sie ist nicht dumm, dachte Slade zum wiederholten Male und legte lässig den Arm über die Stuhllehne. »Ich nenne ihn immer so. Die Macht der Gewohnheit. Reisen Sie nicht gern?« Er wechselte gekonnt das Thema und ließ ein kurzes, entwaffnendes Lächeln aufblitzen. »Ich könnte mir vorstellen, dass das Einkaufen viel Spaß macht.«

»Es kann Spaß machen, es kann einen aber auch den letzten Nerv kosten. Flughäfen und Auktionen, nicht zu vergessen die pingeligen Zollbeamten.« Die steile Linie zwischen ihren Brauen verschwand. »Für das kommende Frühjahr habe ich einen kombinierten Einkaufs- und Erholungstrip geplant. Ich möchte meine Mutter und ihren Mann in Frankreich besuchen.«

»Ihre Mutter hat wieder geheiratet?«

»Ja, und sie ist sehr glücklich. Nach dem Tod meines Vaters war sie völlig verloren. Wir beide«, setzte sie leise hinzu. Und auch jetzt, fünf Jahre danach, dachte sie bei sich, war die Wunde, die sein Verlust hinterlassen hatte, noch immer nicht ganz verheilt.

»Es gibt nichts Schlimmeres, als einen Menschen zu verlieren, den man liebt, mit dem man zusammenlebt und von dem man abhängig ist. Besonders wenn man glaubt, dass dieser Mensch unverwundbar ist, und er einem dann ohne Vorwarnung genommen wird.«

Ihre Stimme wurde undeutlicher und löste eine ganze Kette von Empfindungen in ihm aus. »Ich weiß«, sagte er, ehe er noch über eine Antwort nachdachte.

Sie hob sofort den Blick und sah ihm direkt in die Augen. »Ja?«

Die Gefühle, die sie in ihm wachrief, behagten ihm ganz und gar nicht. »Mein Vater war Polizist«, erwiderte er knapp. »Er wurde vor fünf Jahren bei einer Verhaftung erschossen.«

»Oh, Slade.« Jessica griff nach seiner Hand. »Wie schrecklich – und wie schrecklich für Ihre Mutter.«

»Die Frauen von Cops lernen, mit dem Risiko zu leben.« Er entzog ihr seine Hand und schloss sie um die Bierflasche.

Jessica, die seinen Rückzug richtig deutete, sagte nichts weiter. Er war kein Mensch, der seine Gefühle mit anderen teilte. Sie stand auf und räumte den Tisch ab. »Möchten Sie noch etwas Süßes? Ich habe irgendwo eine Tüte Kekse.«

Sie insistierte nicht, überlegte er, erging sich nicht in tröstenden Worten. Sie hatte ihm ihr Mitgefühl angeboten und sich dann zurückgezogen, als sie merkte, dass es nicht erwünscht war. Slade seufzte unbewusst. Es war schon schwer genug, mit der Anziehungskraft fertig zu werden, die sie auf ihn ausübte, und jetzt merkte er, dass er sie auch noch gern zu haben begann.

»Nein.« Er erhob sich ebenfalls und half ihr beim Abräumen.

Anschließend gingen sie zurück in den Verkaufsraum,

wo Jessicas erste Amtshandlung darin bestand, das Rollo vor der Ladentür hochschnappen zu lassen. Der erstickte Aufschrei und das darauf folgende Lachen ließen Slade herumwirbeln. »Mr. Layton!« Jessica sperrte die Tür auf, um ihn einzulassen. »Sie haben mich zu Tode erschreckt.«

Er war groß, gut gekleidet und Mitte fünfzig. Sein eleganter Bankeranzug wurde von einer hellgrauen Seidenkrawatte aufgelockert, die die gleiche Farbe hatte wie sein Haar. Das etwas hagere, streng geschnittene Gesicht erhellte ein Lächeln, als er Jessicas Hand ergriff. »Verzeihung, meine Liebe, aber Sie haben mir ebenfalls einen gehörigen Schrecken eingejagt.« Der fragende Blick, den er über ihre Schulter warf, galt Slade.

»Das ist James Sladerman, Mr. Layton. Er wohnt eine Weile bei uns. David ist krank.«

»Oh, hoffentlich nichts Ernstes.«

»Nein, nur eine Erkältung, aber eine von der hartnäckigen Sorte«, erklärte sie und grinste ihn dann verschmitzt an. »Es gelingt Ihnen immer wieder, genau dann bei mir vorbeizukommen, wenn ich eine neue Lieferung bekommen habe. Diese hier habe ich gerade untergebracht, und eine zweite ist unterwegs.«

Er ließ ein krächzendes Glucksen hören, das seine Vorliebe für kubanische Zigarren verriet. »Das liegt eher an Ihrer Zuverlässigkeit als am Zufall, Miss Winslow. Ihr guter Michael ist seit drei Wochen in Europa. Und ich habe ihn vor seiner Abreise gebeten, nach ein, zwei Prachtstücken für mich Ausschau zu halten.«

»Oh, Moment bitte –« Das Klingeln der Ladentür unterbrach sie. »Mr. Chambers, so bald hatte ich Sie gar nicht zurückerwartet.«

Chambers entbot ihr ein etwas dümmliches Lächeln, als

er seinen Hut zog. »Die Dose mit den Perlmuteinlegearbeiten«, begann er. »Ich kann einfach nicht widerstehen.«

»Kümmern Sie sich ruhig um den Herrn«, sagte Layton und tätschelte kurz ihre Schulter. »Ich schnüffle einstweilen ein bisschen herum.«

Interesse für eine Sammlung Zinnteller vortäuschend, beobachtete Slade die beiden Männer. Layton schlenderte durch den Laden und blieb hier und dort stehen, um sich ein Stück genauer anzusehen. Dann setzte er eine Halbbrille auf und ging vor einem runden Tisch in die Hocke, um den geschnitzten Fuß näher in Augenschein zu nehmen. Slade hörte, wie Jessica mit Chambers über eine Schnupftabakdose fachsimpelte, und verbiss sich ein höhnisches Schnauben. Wie konnte ein ganz vernünftig erscheinender Mann nur so etwas Lächerliches wie diese Schnupftabakdosen sammeln? Nachdem er Jessica gebeten hatte, die Dose einzupacken, wandte Chambers sich um und bewunderte lautstark einen antiken Schrank.

Es war eine Kleinigkeit für Slade, die Namen und Beschreibungen der beiden Männer in seinem Gedächtnis abzuspeichern. Später würde er die Einzelheiten schriftlich festhalten. Wer immer sie waren, sie schienen jedenfalls über eine gewisse Sachkenntnis zu verfügen – zumindest folgerte Slade das aus dem Gespräch, das die beiden gerade über diesen speziellen Schrank führten. Er schlenderte zur Theke, hinter der Jessica stand und Chambers eine Rechnung für die Dose ausstellte. Sie hatte eine elegante, feminine und gut leserliche Handschrift.

Eine Schnupftabakdose. Frankreich. 18. Jahrhundert.

Es war der Preis, der ihn fassungslos nach Luft schnappen ließ. »Machen Sie Witze?«, rief er laut.

»Sch!« Jessica warf einen Blick in Richtung ihrer Kunden, sah, dass sie beschäftigt waren, und grinste Slade dann niederträchtig an. »Haben Sie denn keine Laster, Slade?«

»Unmoralische ja, aber keine krankhaften«, gab er zurück und lehnte sich dann, inspiriert von ihrem Grinsen, ein Stückchen näher. »Und Sie?«

Sie hielt seinem Blick stand, um den lässigen Humor in seinen Augen eine Weile auszukosten. Es war das erste Mal, dass er ihn offenbart hatte. »Nein«, erwiderte sie dann mit einem leisen Lachen. »Absolut keine.«

Es war auch das erste Mal, dass Slade absichtlich die Hand ausstreckte, um sie zu berühren – nur ihre Haarspitzen, und nur mit der Fingerkuppe. Jessica fiel der Kugelschreiber aus der Hand. »Sind Sie bestechlich?«, flüsterte er. Dabei lächelte er unverdrossen weiter, doch Jessica wurde es zunehmend unwohl er in ihrer Haut. Sie war heilfroh, dass die Theke zwischen ihnen stand und Kunden im Laden waren.

»Nicht, dass ich wüsste«, brachte sie mühsam hervor. Laytons heiseres Lachen lenkte sie ab. Sie ging um die Theke herum, und gesellte sich, einen weiten Bogen um Slade machend, zu ihren Kunden.

Gefährliches Terrain, warnte ihre innere Stimme. Einmal zu schnell in eine Kurve mit diesem Mann, und du rast durch die Leitplanken und auf den Abgrund zu. Sie war zu lange zu vorsichtig gewesen, um jetzt einen unbedachten Schritt zu tun.

»Das ist ein zauberhaftes Stück«, sagte sie zu den beiden Herren. »Ich habe es hereinbekommen, kurz nachdem Sie neulich bei mir waren, Mr. Chambers.« Sie spürte, ohne sich umzudrehen, dass Slade seine Aufmerksamkeit von ihr abgewandt und sich in den hinteren Teil des Ladens zurückgezogen hatte.

Schlussendlich erstand Chambers auch noch den Schrank und Layton entschied sich für zwei Stücke, die Jessica als Fauteuil und Konsole aus der Louis-Quinze-Periode bezeichnet hatte. Für Slade war es nichts weiter als ein Stuhl und ein Tisch, die für seinen Geschmack auch noch viel zu verschnörkelt waren. Aber elegante Namen, lernte er, rechtfertigten offenbar elegante Preise.

»Mit solchen Kunden«, stellte er fest, nachdem die Herren gegangen waren, »könnten Sie leicht einen doppelt so großen Laden aufmachen.«

»Könnte ich«, stimmte sie zu, während sie die Durchschläge der Verkaufsquittungen abheftete. »Aber das ist nicht das, was ich will. Außerdem kauft nicht jeder Kunde so großzügig ein. Diese beiden Herren wissen genau, was ihnen gefällt, und haben eine entsprechend dicke Brieftasche. Ich kann mich glücklich schätzen, dass sie sich vor einem Jahr etwa entschlossen haben, bei mir einzukaufen.«

Jessica beobachtete Slade dabei, wie er durch den Laden schlenderte, hier und dort eine Schublade aufzog und schließlich vor einer Eckvitrine stehen blieb. Sie enthielt eine Sammlung Porzellanfiguren.

»Entzückend, nicht wahr?«, bemerkte sie und trat neben ihn.

Er hielt ihr den Rücken zugewandt, obgleich das nicht verhinderte, dass der Duft, der von ihr ausging, sich seinen Weg direkt in seine Nase und weiter in sein Gehirn bahnte. »Hm, ja, sie sind hübsch.« Jessica biss sich instinktiv auf die Unterlippe. Es geschah nicht oft, dass jemand Meißner Porzellan als *hübsch* bezeichnete. »Meine Mutter liebt solche Figuren.«

»Diese hier ist die schönste von allen, finde ich.« Jessica

öffnete die Glastür und holte eine kleine zierliche Schäferin heraus.

Slade betrachtete die Porzellanfigur mit gerunzelter Stirn. »Sie hat bald Geburtstag.«

»Und einen aufmerksamen Sohn.« Ihre Augen strahlten, als sie ihn ansah.

»Wie viel?«, erkundigte er sich, scheinbar ohne großes Interesse.

Jessica fuhr sich mit der Zungenspitze über die Zähne. Auf zum Feilschen! Es gab nichts, was sie lieber tat. »Zwanzig Dollar«, antwortete sie spontan.

Er lachte kurz. »Ich bin nicht blöd, Jessica. Also, wie viel?«

Sie legte den Kopf schräg, und plötzlich war die Trotzfalte zwischen ihren Brauen wieder da. »Zweiundzwanzigfünfzig. Das ist mein letztes Angebot.«

Slade lächelte widerstrebend. »Sie sind verrückt.«

»Hopp oder topp, die Entscheidung liegt bei Ihnen«, meinte sie achselzuckend. »Ihre Mutter hat Geburtstag, nicht die meine.«

»Diese Figur ist aber um ein Vielfaches mehr wert.«

»Für Ihre Mutter bestimmt«, pflichtete ihm Jessica bei.

Frustriert schob Slade die Hände in die Tasche und musterte die kleine Figur noch einmal nachdenklich. »Fünfundzwanzig.«

»Verkauft.« Ehe Slade es sich noch anders überlegen konnte, huschte Jessica mit der Figur zur Theke, um sie zu verpacken. Vorher kratzte sie noch schnell das Preisschild ab, das unter der Figur klebte und warf es in den Papierkorb. »Soll ich sie gleich als Geschenk einpacken?«, fragte sie. »Ist im Preis inbegriffen.«

Ohne Eile trat er vor die Theke und sah Jessica dabei zu,

wie sie die Figurine in eine mit Seidenpapier ausgepolsterte Schachtel legte. »Warum?«

»Weil man Geburtstagsgeschenke üblicherweise hübsch verpackt.«

»Das meine ich nicht.« Er legte eine Hand auf die Schachtel, damit sie in ihrem Tun innehielt. »Warum?«, wiederholte er.

Jessica betrachtete ihn mit einem langen, nachdenklichen Blick. Er mochte Gefälligkeiten nicht, schloss sie aus seinem Verhalten, und akzeptierte diese nur, weil es dabei letztendlich um seine Mutter ging, die ihm viel bedeutete. »Weil ich es so wollte.«

Er hob die Brauen und sein Blick wurde auf einmal sehr intensiv. »Tun Sie immer genau das, was Sie wollen?«

»Ich bemühe mich darum. Tut das nicht jeder?«

Ehe er darauf antworten konnte, ging wieder die Tür auf. »Eine Lieferung für Sie, Miss Winslow.«

Slade durchzuckte eine Art freudiger Erregung, als die Sendung abgeladen wurde. Vielleicht, ja hoffentlich ergab sich endlich etwas.

Er wollte den Fall so schnell und so sauber wie möglich abwickeln und nach Hause fahren ... solange er noch ein Mindestmaß an Objektivität besaß. Jessica Winslow verstand es meisterhaft, ihn von seiner eigentlichen Aufgabe abzulenken. Sie waren hier in erster Linie nicht als Mann und Frau, und das durfte er nicht vergessen. Er war ein Cop – und sie eine Verdächtige. Sein Job bestand darin, so viel wie möglich herauszufinden, selbst wenn sich diese Beweise gegen sie richten sollten. Während er unzählige Kisten entlud und dabei ihren begeisterten Ausrufen lauschte, überlegte Slade, dass er selten jemandem begegnet war, dem man so wenig eine Straftat zutrauen konnte.

Aber das war nur ein Gefühl, nur sein persönlicher Eindruck. Er brauchte Fakten.

Seine gegenwärtige Position als Möbelpacker gab ihm Gelegenheit, jedes einzelne Stück sorgfältig zu inspizieren. Und anstatt misstrauisch zu werden, war Jessica ihm dankbar dafür, dass er ihr half, die Lieferung auf eventuelle Transportschäden hin zu untersuchen. Sein schlechtes Gewissen dabei machte ihn wütend. Er tat nur seinen Job, beruhigte er sich. Außerdem war es ihr geliebter Onkel Charlie gewesen, der ihn in diese Situation gebracht hatte. Ein Jahr noch, sagte sich Slade. Ein Jahr noch, und dann gäbe es für ihn keinen Commissioner mehr, der ihm Spezialaufträge zuschusterte, bei denen er als Babysitter und gleichzeitig als verdeckter Ermittler auf Patentöchter mit Bernsteinaugen angesetzt würde.

Er fand nichts. Sein Instinkt hatte ihm das bereits gesagt, aber Slade hätte auch ein winziges Detail gereicht, um seine Anwesenheit zu rechtfertigen. Jessica gab keine Sekunde Ruhe. Während der zwei Stunden, die es dauerte, den Lastwagen abzuladen, war sie überall, polierte und arrangierte die Möbel und schleppte leere Kartons nach draußen. Als es nichts mehr zu tun gab, sah sie sich trotzdem noch nach weiterer Arbeit um.

»Das war's«, erklärte Slade, ehe sie noch befinden konnte, dass dieser Stuhl oder jene Truhe an einem anderen Platz vielleicht besser zur Wirkung käme.

»Ich glaube, Sie haben Recht«, stimmte sie ihm zu und rieb sich abwesend den Rücken. »Gut, dass diese drei Stücke am Montag ausgeliefert werden. Es ist nämlich ein bisschen voll hier drinnen. Mein Gott, ich bin am Verhungern.« Sie drehte sich mit einem entschuldigenden Lächeln zu ihm um. »Ich hatte nicht vorgehabt, Sie so lange hier festzuhalten, Slade. Es ist schon nach fünf.« Ohne ihm Gelegenheit zum Antworten zu geben, sauste sie ins Hinterzimmer, um ihre Jacken zu holen. »Hier. Ich sperre jetzt zu.«

»Wie wär's mit einem Hamburger und einem Film?«, meinte er spontan. Ich behalte sie nur im Auge, rechtfertigte er sich. Dazu bin ich schließlich hier.

Jessica, die gerade dabei war, das letzte Rollo herunterzulassen, drehte sich überrascht um. Seinem Gesichtsausdruck nach zu schließen, bedauerte er seinen Vorschlag bereits, dachte sie amüsiert. Was jedoch kein Grund war, ihm aus der Patsche zu helfen. »Was für eine romantische Einladung. Wie könnte ich die abschlagen?«

»Sie wollen es romantisch?«, konterte er. »Gut, dann fahren wir in ein Autokino.«

Sie stieß ein gurgelndes Lachen aus, als er sie an der Hand nahm und nach draußen zog.

Es war schon spät, als das Telefon klingelte. Die sitzende Gestalt griff gleichzeitig nach dem Hörer und einer Zigarette. »Hallo.«

»Wo ist der Sekretär?«

»Der Sekretär?« Stirnrunzelnd hielt der Mann die Flamme des Feuerzeugs an die Zigarette und inhalierte tief. »Der ist bei der zweiten Sendung dabei.«

»Sie irren sich«, sagte die Stimme, leise und kalt. »Ich war selbst im Laden.«

»Er muss dabei sein.« Panik stieg in seiner Kehle hoch. »Jessica hat ihn wahrscheinlich noch nicht ausgepackt.«

»Möglich. Sie werden das unverzüglich abklären. Spätestens Mittwoch habe ich den Sekretär nebst Inhalt.« Es folgte eine kurze Pause. »Sie kennen die Strafe für Fehler.«

3

Jessica erwachte mit dem Gedanken an Slade. Es war Sonntagmorgen, und sie nahm sich die Zeit, in aller Ruhe über den höchst merkwürdigen Samstag nachzudenken, den sie verbracht hatte – größtenteils mit Slade. Ein launischer Mensch, überlegte sie und streckte sich träge. Sie hatte sich in seiner Gegenwart abwechselnd wohl gefühlt, war wütend auf ihn geworden und hatte sich zu ihm hingezogen gefühlt. Nein, das stimmte nicht ganz, verbesserte sie sich. Selbst wenn sie sich wohl gefühlt hatte oder wütend auf ihn war, hatte sie sich zu ihm hingezogen gefühlt. Er hatte etwas Unnahbares an sich, das sie reizte, ein wenig an dieser Mauer zu kratzen. Das hatte sie auch mehrmals versucht, doch ohne den geringsten Erfolg. Er war kein Mann, der Geheimnisse enthüllte oder seine Zeit mit Smalltalk verschwendete. Er vereinigte in sich eine merkwürdige Kombination von Direktheit und Reserviertheit.

Er schmeichelte nicht – weder mit Worten, noch mit Blicken. Und dennoch war sie sicher, dass sie ihm nicht gleichgültig war. Es konnte nicht sein, dass sie sich diese Momente körperlicher Anziehung nur eingebildet hatte. Es hatte sie gegeben, für ihn genauso wie für sie. Aber er war auf der Hut, dachte sie mit einem Anflug von Enttäuschung. Sie kannte keinen Mann, der sich so unter Kontrolle hatte. Diese dunklen, intensiv blickenden Augen hatten ihr ganz deutlich zu verstehen gegeben: »Bleib auf Abstand; eine Armlänge.« Während die Vorstellung, sein Schutzschild zu durchbrechen, sie fraglos reizte, hielt das instinktive Wissen über die Konsequenzen sie davon ab. Jessica liebte Herausforderungen, prüfte aber vorher genau ihre Gewinnchancen. Und in diesem Fall, entschied sie, waren diese äußerst gering.

Eine nette, unverbindliche Freundschaft – mehr nicht, beschloss sie. Alles andere würde unweigerlich Ärger mit sich bringen. Sie stand auf, warf sich ihren Morgenmantel über und ging ins Bad. Aber wäre es nicht nett, dachte sie, diesen harten Mund auf ihrem zu spüren? Nur ein einziges Mal.

Im Erdgeschoss hatte sich Slade in der Bibliothek eingeigelt. Er war schon seit Sonnenaufgang auf den Beinen – sie spukte ihm unaufhörlich durch den Kopf. Welcher Teufel hatte ihn nur geritten, dass er sie am Abend zuvor eingeladen hatte, mit ihm auszugehen? Nach der vierten Tasse Kaffee steckte er sich eine Zigarette an. Zum Kuckuck noch mal, er musste mit dieser Frau nicht ausgehen, um seinen Job zu tun. Sie faszinierte ihn, gestand er sich ein und schob mit dem Ellbogen energisch einen Stapel Bücher zur Seite. Dieses dunkle, melodische Lachen und dieses duftige, blonde Haar. Nein, es war mehr als das, dachte er reumütig. Es war ihre ganze Person. Sie besaß beinahe alle Charaktereigenschaften, die er sich bei einer Frau wünschte – Wärme, Großzügigkeit, Intelligenz. Und diese vibrierende, beinahe animalische Sinnlichkeit, die so deutlich spürbar in ihr schlummerte … Wenn er weiter in diesen Kategorien dachte, wäre es um seine Objektivität bald geschehen. Selbst jetzt überlegte er wieder fieberhaft, wie er sie aus dem Fadenkreuz der Ermittlungen heraushalten könnte.

Als Slade an der Zigarette zog, waren seine Augen hart und glanzlos. Er würde sie beschützen, wenn es notwendig sein sollte, und bloßstellen, wenn sich die Dinge in eine andere Richtung entwickeln sollten. Aber es gab keine Möglichkeit, sie herauszuhalten. Und dennoch, neben der Mischung aus Leder, Staub und Rauch vermeinte er, eine Spur ihres Duftes wahrzunehmen.

Nachdem sie die gut gemeinten Ermahnungen der Köchin, sie müsse unbedingt ordentlich frühstücken, abgewehrt hatte, trank Jessica hastig eine Tasse Kaffee. »Wo ist David?«, rief sie, als Betsy mit einem Wolltuch und einer Flasche Silberpolitur bewaffnet im Esszimmer auftauchte.

»Er macht einen Strandspaziergang.« Betsy räusperte sich missbilligend, setzte dann aber hinzu: »Er sieht schon wieder besser aus. Ich schätze, die Luft wird ihm gut tun.«

»Ich hole mir eine Jacke und werde ihn mir mal genauer ansehen.«

»Tun Sie es aber unauffällig.«

»Betsy!«, rief Jessica und hob abwehrend die Hände. »Ich bin die Gutmütigkeit in Person.« Die Haushälterin schnaubte gerade vernehmlich, als die Türglocke schellte. »Lass nur«, rief Jessica. »Ich mach' schon auf.« Sie sauste zur Tür. »Michael!« Glücklich schlang sie die Arme um seinen Nacken. »Wie schön, dass du wieder da bist.«

Slade kam genau in dem Augenblick in die Halle, als Jessica stürmisch umarmt und geküsst wurde. Sie presste mit diesem viel versprechenden, dunklen Lachen ihre Wange an die Wange eines schlanken, dunkelhaarigen Mannes mit weichen Gesichtszügen und hellgrünen Augen. Michael Adams, folgerte Slade, nachdem er den Impuls bekämpft hatte, auf die beiden zuzustürzen und sie auseinander zu reißen. Die Beschreibung passte genau. Am kleinen Finger des Mannes blitzte ein Brillant auf, als er Jessica übers Haar strich. Gepflegte Hände und Sonnenstudiobräune, registrierte Slade.

»Ich hab' dich vermisst, mein Schatz.« Michael schob Jessica gerade so weit von sich weg, damit er sie anlächeln konnte.

Sie lachte wieder und strich ihm kurz über die Wange, ehe sie sich aus seiner Umarmung befreite. »Wie ich dich kenne, Michael, warst du viel zu beschäftigt mit Einkaufen und … anderen Dingen, um irgendjemanden zu vermissen. Wie viele gebrochene Herzen hast du in Europa zurückgelassen?«

»Ich breche niemals Herzen«, behauptete Michael und hauchte ihr einen Kuss auf die Lippen. »Und ich habe dich wirklich vermisst.«

»Komm rein und erzähl mir, wie es dir ergangen ist«, sagte sie und schob ihren Arm unter den seinen. »Die Lieferung, die du geschickt hast, ist ein Traum, wie immer. Ich habe bereits drei Stücke verkauft … oh, hallo, Slade.« Sie bemerkte ihn in dem Moment, als sie sich umdrehte. Blitzschnell und unerbittlich hielt er ihren Blick fest. Jessica musste ihre ganze Willenskraft aufbieten, um nicht schockiert die Luft anzuhalten. Lag da eine Forderung in seinem Blick?, fragte sie sich. Eine Frage? Verwirrt schüttelte sie den Kopf. Was wollte er von ihr? Und warum war sie bereit, ihm das zu geben, ohne zu wissen, was es überhaupt war?

»Guten Morgen, Jessica.« Sie entdeckte die Andeutung eines Lächelns in seinem Gesicht.

»Michael, das ist James Sladerman. Er wohnt eine Weile

hier und versucht das Chaos in der Bibliothek ein wenig zu lichten.«

»Kein einfacher Job, nach dem, was ich gesehen habe«, bemerkte Michael. »Ich hoffe, Sie haben reichlich Zeit mitgebracht.«

»Genug.«

Wissend, dass Betsy in Hörweite war, rief sie: »Betsy, könntest du uns Kaffee in den Salon bringen? Slade, leisten Sie uns Gesellschaft?«

Sie hatte damit gerechnet, dass er ablehnen würde, doch mit einem trägen Lächeln erwiderte er: »Warum nicht?« Er brauchte Michael nicht anzusehen, um zu wissen, dass ihm das gemeinsame Kaffeekränzchen nicht behagte.

»Jessica, was macht der Queen-Anne hier?«

»Eine glückliche Fügung des Schicksals«, gab Jessica lachend zurück und setzte sich aufs Sofa. »Ich wollte dich noch bitten, so einen Sekretär für mich ausfindig zu machen. Und als ich ihn dann auf der Versandliste entdeckte, fragte ich mich, ob du telepathische Fähigkeiten besitzt.«

Michael betrachtete den Sekretär eine Weile und meinte dann nickend: »Ja, er macht sich gut hier.« Er setzte sich zu Jessica aufs Sofa; Slade nahm in einem Sessel Platz. »Alles so weit in Ordnung mit der Lieferung?«

»Ja, es ist auch schon alles ausgepackt. Stell dir vor, drei Stücke habe ich schon verkauft; sie werden morgen geliefert. David war die ganze letzte Woche krank, aber Slade war gestern so freundlich, mir beim Auspacken und Platzieren der Möbel zu helfen.«

»Wirklich?« Michael zog ein dünnes, goldenes Zigarettenetui aus der Tasche, ließ es aufschnappen und hielt es Slade hin. Der lehnte mit einem Kopfschütteln ab und zündete sich eine seiner eigenen Zigaretten an. »Kennen Sie sich mit Antiquitäten aus, Mr. Sladerman?«

»Nein.« Er beobachtete Michael durch die Rauchwolke, die er eben in die Luft geblasen hatte. »Abgesehen von der kleinen Einsteigerlektion, die Jessica mir gestern gegeben hat, bin ich auf diesem Gebiet ein absoluter Laie.«

Michael lehnte sich zurück und warf lässig einen Arm über die Rückenlehne des Sofas. »Was machen Sie beruflich?« Seine gepflegten Finger spielten abwesend mit Jessicas Haaren. Slade zog energisch an seiner Zigarette.

»Ich bin Schriftsteller.«

»Faszinierend. Könnte es sein, dass ich schon etwas von Ihnen gelesen habe?«

Er maß Michael mit einem langen, direkten Blick, ehe er antwortete: »Das glaube ich nicht.«

»Slade arbeitet gerade an einem Roman«, schaltete sich Jessica ein. Zwischen den beiden Männern war eine Spannung entstanden, die ihr nicht gefiel. »Weil wir gerade dabei sind, Sie haben mir noch gar nicht erzählt, worum es in diesem Roman geht.«

Slade interpretierte den Ausdruck in Jessicas Blick als stumme Bitte um Frieden. Noch nicht, entschied er. Wir wollen erst mal sehen, was wir hier aufrühren können. »Schmuggel«, erklärte er leichthin. Draußen im Korridor ertönte lautes Geschirrklappern.

»Verdammt!« David umfasste das Tablett fester und lächelte Jessica entschuldigend zu. »Beinahe wäre mir die ganze Schose runtergefallen.«

»David!« Jessica sprang auf und nahm ihm das Tablett aus der Hand. »Du kannst dich ja selbst kaum auf den Beinen halten, und dann balancierst du Kaffeetassen durch die Gegend.« Slade beobachtete, wie David ihr einen zerknirschten Blick zuwarf, ehe er sich in einen Sessel fallen ließ.

David war immer noch reichlich blass um die Nase – oder hatte das Wort »Schmuggel« diese plötzliche Blässe ausgelöst?, überlegte Slade. Auf seiner Stirn, zwischen dem dichten Pony und dem Rand seiner Brille, schimmerte ein feiner Schweißfilm. Nachdem sie das Kaffeetablett abgestellt hatte, wandte Jessica sich zu ihm um.

»Wie fühlst du dich?«

David machte ein grimmiges Gesicht. »Reg dich bloß nicht auf.«

»Also schön.« Sie beugte sich so weit zu ihm herab, bis ihre Augen auf gleicher Höhe waren. »Wenn ich gewusst hätte, was für ein schwieriger Patient du bist, hätte ich dich mit Buntstiften und einem Malbuch versorgt.«

David zupfte sie an den Haaren und grinste. »Schenk mir lieber eine Tasse Kaffee ein und halt den Mund.«

»Sehr wohl, Sir«, meinte sie und seufzte theatralisch.

Als sie sich umdrehte, warf David Slade einen verschwörerischen Blick zu. »Gut, wenn man weiß, wie man die Frauen behandeln muss. Hi, Michael. Willkommen in der Heimat.«

Er kramte in seiner Tasche und brachte ein zerdrücktes Päckchen Zigaretten zum Vorschein. Als er sich nach Streichhölzern umsah, fiel sein Blick auf den Sekretär. »Heh, wo kommt der denn her?«

»Ein Stück von Michaels Beute, auf das ich bereits Ansprüche angemeldet habe«, erklärte Jessica und reichte ihm seinen Kaffee. »Du kannst dich nächste Woche mit der Buchhaltung amüsieren.«

»Am Montag«, sagte er mit Nachdruck und musterte den Sekretär. »Queen-Anne.«

»Entzückend, nicht wahr?« Sie reichte Slade eine Tasse und trat dann vor den Sekretär. Dann schlug sie die Klappe hoch und zeigte David das Innenleben des Möbels.

Slade verspürte plötzlich ein Prickeln im Nacken. Die Spannung im Raum verdichtete sich – er spürte es ganz deutlich. Er wandte den Blick von Jessica ab und beobachtete die beiden Männer. Michael goss Milch in seinen Kaffee. David hatte inzwischen Streichhölzer gefunden. Mit einem kurzen Achselzucken dachte Slade, dass er schon die Flöhe husten hörte.

»Warte erst, bis du den Rest siehst«, sagte Jessica zu David, während sie sich wieder aufs Sofa setzte. »Michael hat sich diesmal wirklich selbst übertroffen.«

Slade ließ die Unterhaltung an sich vorbeiziehen und antwortete nur knapp, wenn jemand eine direkte Frage an ihn richtete. Sie vergötterte den Burschen, stellte er fest. Das erkannte er an der Art, wie sie ihn neckte, ihm in gespieltem Ernst Vorschriften machte und ihn bemutterte. Slade erinnerte sich an ihre Bemerkung, dass sie sich immer einen Bruder oder eine Schwester gewünscht hätte. In David hatte sie offenbar einen Ersatz gefunden. Wie weit würde sie gehen, um ihn zu decken? *Bis zum bitteren Ende*, schoss es ihm durch den Kopf. Wenn er einen unumstößlichen Eindruck von Jessica Winslow gewonnen hatte, dann war es ihre absolute Loyalität.

Ihre Beziehung zu Michael war weniger genau umrissen. Sollten sie tatsächlich ein Liebespaar sein, dann, stellte Slade fest, nahm sie die Sache wohl nicht sonderlich ernst. Irgendwie konnte er sich aber nicht vorstellen, dass Jessica leichtfertig mit Intimitäten umging. Leidenschaftlichkeit, dachte Slade wieder. Dieser kleine, schlanke Körper beherbergte eine glühende Leidenschaftlichkeit. Falls

Michael tatsächlich ihr Liebhaber sein sollte, hätte Slade Anzeichen dafür in diesem Kuss sehen müssen, den sie an der Tür getauscht hatten.

Während Slade diesem Gedanken nachhing, wanderte sein Blick unweigerlich zu ihrem Mund. Er war weich und nicht geschminkt. Er bildete sich ein, aus zehn Metern Entfernung dessen Geschmack auf der Zunge zu spüren. Langsam und unaufhaltsam wurde er von einem starken Verlangen erfasst – dem ein dumpfer, hämmernder Schmerz folgte, der ihm völlig unbekannt war. Wenn er sie haben könnte, nur ein Mal, würde dieser Schmerz verschwinden, redete Slade sich beinahe erfolgreich ein. Einmal musste er diese seidenweiche Haut berühren, diese Leidenschaft auskosten, und dann wäre er frei von ihr. Er musste sich von ihr befreien.

Jessica streifte Slade nur mit einem kurzen Blick und schon hielt er sie mit seinen Augen fest. Sie waren wie Gefängnistore, die sich hinter ihr schlossen. Sie spürte, wie er sie in seinen Bann zog – es war ein so körperliches Gefühl, als hätte er sie bei der Hand genommen. Sie ließ sich nicht ziehen. Er ist wie Treibsand, ermahnte sie sich. Du kommst nie wieder heraus, wenn du diesen letzten Schritt wagst. Und dennoch reizte sie das Risiko.

»Jessica?«

Michael nahm ihre Hand, durchbrach ihre Gedanken. »Hmm, ja?«

»Wie wär's? Sollen wir heute Abend in dieses kleine Restaurant oben an der Küste zum Essen gehen?«

Seine ruhigen, vertrauten, grünen Augen lächelten sie an. Jessica spürte, wie ihr Puls sich normalisierte. Das war ein Mann, den sie verstand. »Ja, gern.«

»Und mach dir keine Gedanken, wenn es spät wird«,

warf David ein. »Ich schmeiße den Laden morgen schon allein; du bleibst zu Hause.«

Jessica hob ob dieser Bevormundung energisch die Brauen. »Ach, wirklich?«

David quittierte ihren rüden Tonfall mit einem Schnauben. »Dann mal los, Miss Radcliffe«, meinte er an Slade gewandt. »Sie vergisst immer, dass ich sie schon kannte, als sie zwölf war und eine Zahnspange trug.«

»Werd bloß nicht frech, mein Lieber, sonst schick' ich dich wieder ins Bett«, drohte sie ihm mit zuckersüßer Stimme. »Punkt sieben bin ich fertig«, sagte sie zu Michael, Davids Grinsen ignorierend.

»Fein.« Er gab ihr einen schnellen Kuss und erhob sich. »Wir sehen uns morgen, David. Nett, Sie kennen gelernt zu haben, Mr. Sladerman.«

Kaum hatte Michael den Salon verlassen, stellte Jessica ihre Tasse auf den Tisch und sprang auf, als hätte sie schon zu lange an einem Platz gesessen. »Ich mache mit Ulysses einen Strandspaziergang.«

»Mich brauchst du dabei nicht anzuschauen«, meinte David gedehnt. »Ich muss mich schonen.«

»Dich wollte ich auch gar nicht fragen. Slade, haben Sie Lust mitzugehen?«

Es wäre ihm lieber gewesen, eine Weile nicht in ihrer Nähe zu sein. Er unterdrückte einen resignierten Seufzer und stand auf. »Okay. Ich hole nur schnell meine Jacke.«

Der Strand war lang und felsig. Außerhalb der Bucht blies ein scharfer Wind, der den Salzgeruch des Meeres mitbrachte. Jessica bückte sich lachend nach einem Stück Treibholz und warf es für Ulysses. Der Hund sauste sofort los, schnappte sich das Holz, rannte zurück und umkreiste

Jessica so lange auf und ab hüpfend, bis sie noch ein Stück Holz für ihn warf. Zu ihrer Rechten schlugen die Wellen gegen die Felsen und zerstoben in einem schneeweißen Gischtnebel. Jessica rannte auf ein anderes Holzstück zu, das sie weiter vorn am Strand erspäht hatte.

Konnte diese Frau überhaupt langsam gehen?, wunderte sich Slade zum x-ten Mal. Sie lachte fröhlich und schwenkte das Holzstück über ihrem Kopf wie eine Trophäe, während Ulysses ungeschickt danach schnappte. *Kontaktieren Sie uns nur, wenn Sie konkrete Anhaltspunkte haben.* Slade rammte die Hände in die Jackentaschen, als er an seine Anweisungen dachte. *Beobachten Sie die Frau.* Das tat er ja, verdammt noch mal! Und sie faszinierte ihn immer mehr. Er beobachtete, wie sich die Sonne in ihrem Haar fing. Wie die ausgewaschenen Jeans sich um ihre schmalen Hüften spannten. Wie sich ihre Mundwinkel kräuselten, wenn sie lächelte … Wie Detective Sladerman alles vermasselte, weil ihm eine zierliche Frau mit brandyfarbenen Augen nicht mehr aus dem Kopf ging.

»Woran denken Sie gerade?«

Slade kam mit einem Ruck zu sich und sah Jessica vor sich stehen und ihn aufmerksam mustern. Lautlos fluchend realisierte er, dass er dabei war, mehr als nur seine Deckung zu vermasseln, wenn er nicht aufpasste. »Dass ich schon ewig nicht mehr am Strand spazieren gegangen bin«, improvisierte er.

Jessica kniff die Augen zusammen. »Das glaube ich Ihnen nicht«, murmelte sie. »Ich frage mich, woran es liegt, dass Sie so verschwiegen sind«, fuhr sie fort und strich sich mit einer fahrigen Geste das Haar aus der Stirn, das der Wind sofort wieder nach vorn wehte. »Aber das ist wohl Ihre Sache, nehme ich an.«

Ärgerlich hob er einen Stein auf und schleuderte ihn in die Brandung. »Und ich frage mich, weshalb Sie so misstrauisch sind.«

»Neugierig«, verbesserte sie ihn, ein wenig erstaunt über seine Wortwahl. »Sie sind ein interessanter Mann, Slade. Das kommt vielleicht daher, weil Sie so wenig von sich preisgeben.«

»Was wollen Sie denn wissen? Soll ich Ihnen meine Biografie herunterleiern?«

»Sie sind schnell eingeschnappt«, bemerkte sie leise.

Er wirbelte zu ihr herum. »Legen Sie es nicht darauf an, Jess.«

Es freute sie, diesen Kosenamen aus seinem Munde zu hören – niemand außer ihrem Vater hatte sie je Jess genannt. Und es freute sie außerdem, dass er offensichtlich wütend war. Sie hatte das erste Loch in sein Schild gestoßen. »Und wenn ich es doch täte?«, meinte sie herausfordernd.

»Dann müssen Sie die Konsequenzen tragen. Höflichkeit zählt nicht zu meinen Tugenden.«

Sie lachte. »Ja, das wiederum glaube ich Ihnen aufs Wort. Muss ich jetzt Angst haben?«

Sie spielte mit ihm. Doch selbst dieses Wissen half ihm wenig. Schlank und aufrecht stand sie vor ihm, der Wind wehte ihr das Haar ums Gesicht. Ihre Augen waren golden und blitzten ihn frech an. Nein, sie ließ sich nicht so leicht einschüchtern. Slade rechtfertigte seinen spontanen Übergriff damit, dass er nur sehen wolle, ob er sich in ihr nicht getäuscht habe. Und selbst als er sie in die Arme nahm, glaubte er noch daran. In ihrem Gesicht las er Erwartung, Einverständnis. Da war keine Spur von Angst. Er verfluchte sie innerlich und presste seinen Mund hart auf den ihren.

Sie war genauso, wie er es sich vorgestellt hatte. Weich, süß duftend, nachgiebig. Sie schmolz wie Wachs in seinen Armen, auch dann noch, als seine Lippen die ihren beinahe zerquetschten. Ein Mann konnte in ihr ertrinken. Das Dröhnen der Brandung schien in seinem Kopf widerzuhallen. Er stellte sich vor, in der Brandung zu stehen und spürte förmlich, wie der Sand unter seinen Füßen beim Zurückschwappen der Wellen davonrieselte. Er zog sie enger an sich.

Er spürte ihre weichen Brüste an seinem harten Körper und konnte kaum der Versuchung widerstehen, ihre Form mit seinen Händen zu erforschen. Aber seine ganze Kraft, seine ganze Konzentration wurde von ihren Lippen gefesselt, die sich unter den seinen so herrlich anfühlten. Ihre Hände glitten unter seine Jacke, strichen über seinen Rücken, kneteten sein Fleisch und drängten ihn, sich mehr zu nehmen. Ihm schwindelte. Er wich zurück, versuchte verzweifelt, sich von ihr zu lösen. Mit einem langen, zitternden Atemzug ließ Jessica ihren Kopf an seine Schulter sinken.

»Ich bin beinahe erstickt.«

Seine Arme hielten sie noch immer fest. Er hatte sie loslassen wollen. Doch jetzt, da sie sich an ihn schmiegte und ihr Haar seine Wangen kitzelte, war er nicht sicher, ob ihm das gelingen würde. Doch hob sie den Kopf und sah zu ihm auf – sie lächelte.

»Du hättest durch die Nase atmen müssen«, erklärte er.

»Ich glaube, das habe ich vergessen.«

Ich auch, dachte er. »Dann hol jetzt noch mal tief Luft«, riet ihr Slade. »Ich bin nämlich noch lange nicht fertig.«

Er küsste sie nicht weniger ungestüm und vereinnahmend als zuvor. Doch dieses Mal war sie darauf vorbereitet. Nicht länger passiv, stellte sie jetzt ihre eigenen Forderungen. Ihre Lippen teilten sich und ihre Zunge suchte die seine, forschend, neckend, schmeckend. Sein Geschmack war so intensiv und verwirrend, wie sie es sich vorgestellt hatte. Gierig tauchte sie tiefer in ihn ein. Sie hörte ihn stöhnen, spürte sein Herz an ihrem eigenen hämmern. Das plötzlich in ihr aufflammende Verlangen überwältigte sie und übernahm die Kontrolle. Es gab nur noch ihn – seine Arme, seine Lippen. Er war alles, was sie wollte.

Nie zuvor hatte sie dieses verzweifelte Sehnen gespürt oder diese übermächtige Kraft. Selbst als seine Lippen brutal wurden, antworteten die ihren mit derselben Rücksichtslosigkeit. Erregung war ein viel zu schwacher Ausdruck für ihren Zustand. Was Jessica gerade erlebte, war ein Feuerwerk der Gefühle, angefacht von einer sirrenden Glut, die nur die Erfüllung ihrer Begierde zu löschen vermochte.

Fass mich an!, wollte sie schreien, indes ihre Finger sich in seinem Haar vergruben. Nimm mich! So war es noch nie, und ich könnte es nicht ertragen, diesen Augenblick gehen zu lassen. Sie versteifte sich, eine Geste, die ebenso fordernd wie einladend war. Er war stärker, das wusste sie – sein drahtiger, harter Körper wollte sie –, doch sein Verlangen konnte nicht stärker sein als das ihre. Kein Verlangen konnte stärker sein als das, das in ihr pulsierte, in ihr tobte. Ihr Körper fühlte sich attackiert, einem Angriff ausgesetzt, hilflos – aber unverwundbar.

Oh, zeig es mir, dachte sie wie betäubt. Ich wollte schon so lange wissen, wie es wirklich ist.

Der schrille Schrei einer Seemöwe direkt über ihnen ließ Slade zurückzucken, als hätte ihm jemand einen Kübel Eiswasser über den Kopf geschüttet. Verdammt! Was, zum Teufel, tue ich da?, dachte er und stieß Jessica von sich weg.

Oder genauer, was tat sie mit ihm? Er hatte alles verloren – sein Ziel, seine Identität, seinen Verstand – und das durch diesen einen Kuss. Jetzt starrte sie ihn an, die Wangen rot, die Augen dunkel vor Verlangen. Ihre Lippen waren feucht und geschwollen von seinem gierigen Kuss, leicht geöffnet, und vibrierten unter ihren heftigen Atemstößen.

»Slade.« Ihre Stimme war kaum mehr als ein raues Flüstern. Ihre Hände griffen nach ihm.

Er bekam sie an den Handgelenken zu fassen, ehe sie ihn berühren konnte. »Du gehst jetzt besser ins Haus zurück.«

Seine Augen waren jetzt leer, ausdruckslos. Er starrte sie an wie ein Fremder, ohne das geringste Interesse. Jessica war momentan zu verwirrt, um die Situation zu begreifen. Er hatte sie an den Rand der Ekstase getrieben, an diese entscheidende Schwelle und dann plötzlich und ohne Vorwarnung grob zurückgestoßen, als ob sie nichts in ihm bewegt hätte. Die verräterische Röte der Scham breitete sich über ihrem Gesicht aus, in die sich auch Wut mischte.

»Zum Teufel mit dir!«, zischte sie. Sie wirbelte herum, rannte auf die Holztreppe zu und, zwei Stufen auf einmal nehmend, zurück zum Haus.

Jessica kleidete sich mit großer Sorgfalt an. Es gab kein besseres Trostpflaster als kühlen Samt auf nackter Haut, um verletzten Stolz zu heilen. Sie musterte ihre Erscheinung in dem bodenlangen Spiegel, drehte sich von rechts nach links und nickte schließlich zufrieden. Das Kleid war schlicht geschnitten, abgesehen von dem bauschigen Faltenwurf im Rücken, der bis an die Taille reichte. Sie empfand kein schlechtes Gewissen dabei, dass sie das Kleid mehr in Hinblick auf dessen Wirkung auf Slade, als auf Michael ausgesucht hatte. Und die Farbe passte genau zu ihrer Stimmung – ein dunkles, dramatisches Purpurrot. Sie steckte sich das Haar mit zwei mit Diamantsplittern besetzten Kämmen aus dem Gesicht und ließ es ansonsten offen über die Schultern fallen. Ein letzter Blick in den Spiegel, dann schnappte sie sich ihr Abendtäschchen und ging nach unten.

Sie fand Slade im Salon, der gerade eine Schraube an einer Chippendale-Kommode festzog. Seine schlanken Hände arbeiteten präzise. Unwillkürlich erwachte in ihr die Erinnerung an diese Hände, die vor wenigen Stunden von einer kurzen, verzweifelten Gier getrieben über ihren Körper geglitten waren. »Die Axt im Haus erspart den Zimmermann«, warf Jessica lässig in den Raum.

Slade sah auf, runzelte die Stirn und verstärkte unwillkürlich seinen Griff um den Schraubenzieher. Musste sie ihn so ansehen?, dachte er grimmig. Das Kleid klebte ihr förmlich am Leib und ihrem Gang nach zu schließen, war sie sich ihrer Wirkung voll bewusst. Er drehte die Schraube brutal ins Holz. »Betsy hat sich beklagt, dass der Griff locker ist«, brummte er.

»Hans Dampf in allen Gassen«, meinte sie leichthin. »Wie wär's mit einem Drink? Ich wollte gerade Martinis mixen.«

Er wollte ablehnen, beging jedoch den Fehler, sie noch einmal anzusehen. Ihr Rücken war nackt und schlank, die Haut schimmerte wie Samt. Der seidene Stoff bauschte sich aufreizend, als sie sich vorbeugte und nach der Wermutflasche griff. Die Begierde raubte ihm den Atem wie ein Schlag in die Magengrube.

»Scotch«, schnappte er.

Sie lächelte ihn über die Schulter hinweg an. »Eis?«

»Pur.«

»Das Getränk der harten Männer, wie?« Sie würde sein verdammtes Schutzschild durchbrechen, schwor sie sich, und jede Minute dabei genießen. Nachdem sie das Glas drei Finger hoch mit Scotch gefüllt hatte, trug sie es zu ihm hin. Slade schob den Schraubenzieher in die Gesäßtasche seiner Jeans und erhob sich aus der Hocke. Ohne sie dabei aus den Augen zu lassen, nahm er einen langen Schluck.

»Das Kleid der Dame von Welt, wie?«

Entschlossen, ihn aus der Reserve zu locken, vollführte sie eine Pirouette. »Gefällt es dir?«

»Hast du es angezogen, um Michael Adams Säfte in Wallungen zu bringen, oder die meinen?«, konterte er.

Mit einem provokanten Lächeln wandte sie sich ab, um die Martinis einzuschenken. »Glaubst du, dass Frauen sich nur deshalb schön anziehen, um Männer anzumachen?«

»Etwa nicht.«

»Normalerweise mache ich mich in erster Linie für mich selbst schick.« Nachdem sie sich ihren Drink eingeschenkt hatte, drehte sie sich um und fixierte ihn über den Rand des Glases hinweg. »Heute Abend möchte ich jedoch eine Theorie testen.«

Er ging zu ihr. Die Herausforderung in ihrem Blick und sein eigenes Ego ließen ihm keine Wahl, genau wie sie es vorausgesehen hatte. »Welche Theorie?«

Jessica hielt seinem grimmigen Blick stand, ohne einmal zu zwinkern. »Hast du einen verwundbaren Punkt, Slade? Eine Achillesferse?«

Entschlossen stellte er sein Glas ab und nahm Jessica dann das ihre aus der Hand. Er spürte, wie sie sich versteifte, obgleich sie nicht zurückwich. Seine Finger legten sich um ihren Nacken und brachten ihre Lippen bis auf eine

Fingerbreite an seine heran. Sie spürte seinen warmen Atem auf ihrer Haut.

»Das herauszufinden könntest du bedauern, Jess. Ich würde dich nicht wie eine Lady behandeln.«

Sie warf den Kopf zurück. Obwohl ihr das Herz bis an den Hals schlug, begegnete sie seinem Blick mit trotziger Kühnheit. »Wer hat dich darum gebeten?«

Seine Finger verstärkten ihren Griff; ihre Wimpern senkten sich. Es klingelte. »Deine Verabredung«, stieß er knapp hervor und marschierte aus dem Salon.

Slade parkte seinen Wagen in der Nähe des Restaurants, stellte den Motor ab, zündete sich eine Zigarette an und wartete. Michaels Mercedes wurde gerade von einem livrierten Boy auf den Parkplatz gefahren. Slade wäre es wohler gewesen, wenn er ins Restaurant hätte gehen können, um Jessica besser im Auge zu behalten, aber das war zu riskant.

Hinter ihm hielt ein anderer Wagen an. Slade spürte ein Kribbeln im Nacken, als der Fahrer ausstieg und auf ihn zuging. Automatisch griff er in die Tasche und legte die Hand um seine Pistole. Eine Polizeimarke wurde an seine Scheibe gedrückt. Slade entspannte sich wieder, während der Mann um die Motorhaube ging, die Beifahrertür öffnete und zu ihm in den Wagen stieg.

»Sladerman.« Agent Brewster nickte kurz statt einer Begrüßung. »Sie beschatten die Lady, ich übernehme den Mann. Commissioner Dodson hat Sie informiert, dass ich Sie unter Umständen kontaktiere?«

»Ja.«

»Greenhart kümmert sich um Ryce. Nicht viel geboten hier bis jetzt; die Grippe hat den Burschen über eine Woche lang lahm gelegt. Sie haben bisher auch nichts herausgefunden, nehme ich an.«

»Nichts.« Slade nahm eine bequemere Sitzposition ein. »Den Samstag habe ich bei ihr im Laden verbracht und ihr geholfen, eine neue Lieferung auszupacken. Wenn damit irgendetwas faul war, dann hat sie nicht die leiseste Ahnung. Dafür lege ich meine Hand ins Feuer. Ich kenne den Laden mittlerweile wie meine Westentasche. Jeden Winkel und jedes Möbelstück. Sie ist viel zu unbekümmert, um etwas zu verheimlichen.«

»Vielleicht.« Mit einem schweren Seufzer zog Brewster eine zerkratzte schwarze Pfeife aus der Tasche und begann sie umständlich zu stopfen. »Wenn dieser kuriose kleine Laden tatsächlich der Umschlagplatz ist, dann hat zumindest einer von denen etwas zu verbergen … vielleicht sogar alle drei. Ryce scheint für sie wie ein kleiner Bruder zu sein. Und was Adams betrifft …« Brewster riss ein Streichholz an und zog paffend an seiner Pfeife. Slade sagte nichts. »Nun, die Lady hat den Namen des Richters im Kreuz und jede Menge politischen Druck, diesen auch sauber zu halten. Doch wenn sie tatsächlich ihre Finger in dieser Geschichte mit drin hat, gibt das einen Skandal vom Feinsten.«

»Hat sie aber nicht«, hörte Slade sich sagen und schnippte seine Zigarettenkippe aus dem Fenster.

»Sie müssen es ja wissen«, versetzte Brewster leichthin. »Und selbst wenn sie so unschuldig ist wie ein Mutterherz, befindet sie sich im Augenblick gerade an einem äußerst gefährlichen Ort. Der Druck steigt, Sladerman. Der Kessel steht kurz vorm Explodieren, und wenn er in die Luft geht, dann wird es hässlich. Und die Winslow könnte genau mittendrin stehen. Dodson scheint darauf zu vertrauen, dass

Sie clever genug sind, sie aus der Schusslinie zu halten, wenn die Sache den Bach runtergeht.«

»Ich werde auf sie aufpassen«, brummte Slade. »Aber es gefällt mir nicht, dass sie allein mit Adams da drin ist.«

»Na ja, ich habe noch nicht zu Abend gegessen.« Brewster tätschelte seinen Bauch. »Was halten Sie davon, wenn ich mir auf Kosten der Steuerzahler ein Steak einverleibe und dabei ein Auge auf Ihre Lady werfe?«

»Sie ist nicht meine Lady«, murmelte Slade verdrossen.

In dem Restaurant herrschte eine beschauliche Atmosphäre. Überall brannten Kerzen. Von dem Tisch aus, an dem Jessica und Michael saßen, hatte man einen atemberaubenden Blick auf den Sound. Der Mond spiegelte sich in dem nachtschwarzen Wasser, umgeben von den funkelnden Reflexionen der Sterne. Die Geräuschkulisse der tafelnden Gäste war sehr diskret – sanfte Stimmen, leises Lachen. Der Duft von frischen Blumen mischte sich mit den Aromen der Speisen und dem Geruch von Kerzenwachs. Der Champagner stieg Jessica angenehm prickelnd zu Kopf. Hätte ihr jemand gesagt, sie habe in letzter Zeit zu hart gearbeitet, hätte sie nur gelacht. Doch jetzt fühlte sie sich zum ersten Mal seit gut einer Woche so richtig entspannt.

»Ich bin froh, dass du dieses Restaurant vorgeschlagen hast, Michael.«

Ihm gefiel die Art, wie der Schein des Kerzenlichts über ihr Gesicht flackerte, geheimnisvolle Schatten unter ihre Wangenknochen zeichnete und den merkwürdigen Goldton ihrer Augen betonte. Weshalb erschien sie ihm immer als so viel bezaubernder, wenn er sie eine Weile nicht gesehen hatte? Und hatte er, aus tausend idiotischen Gründen, zu lange gewartet?

»Jessica.« Er führte ihre Hand an seine Lippen. »Ich habe dich vermisst.«

Die Geste und sein Tonfall überraschten sie. »Ich freue mich auch, dass du wieder da bist, Michael.«

Merkwürdig, sonst war er nie auf den Mund gefallen, aber jetzt wusste er nicht, wie er fortfahren sollte. »Jessica … ich möchte, dass du mich ab jetzt auf den Einkaufstrips begleitest.«

»Dich begleiten?« Ihre Braue machte einen Satz. »Warum, Michael? Bist du plötzlich nicht mehr in der Lage, diesen Part alleine zu übernehmen? Ich gebe es zwar ungern zu, aber du machst das sehr viel besser als ich.«

»Ich möchte nicht mehr von dir getrennt sein.«

Verwirrt ließ Jessica ein kurzes Lachen hören und drückte dabei seine Hand. »Michael, erzähl mir bloß nicht, dass du einsam gewesen bist. Ich weiß doch, dass du nichts lieber tust als kreuz und quer durch Europa zu ziehen und auf Schatzsuche zu gehen. Wenn dich diesmal das Heimweh geplagt hat, dann wäre das das erste Mal.«

Seine Finger schlossen sich fester um ihre Hand. »Ich hatte kein Heimweh, Jessica. Und ich war auch nur aus einem einzigen Grund einsam. Ich möchte, dass du mich heiratest.«

Überrascht wäre untertrieben gewesen; Jessica war völlig baff, und ihr Gesicht war ein offenes Buch. *Heiraten?* Hatte sie ihn richtig verstanden? Sie konnte sich kaum vorstellen, dass Michael überhaupt jemals heiraten wollte, und dann ausgerechnet sie? Sie kannten sich seit beinahe drei Jahren, waren Geschäftspartner, Freunde, aber niemals …

»Jessica, du musst wissen, was ich für dich empfinde.« Er legte seine andere Hand auf ihre beiden. »Ich liebe dich schon seit Jahren.«

»Michael, ich hatte ja keine Ahnung. Mein Gott, das klingt so abgedroschen.« Sie fuhr mit den Fingern ihrer freien Hand am Stiel ihres Weinglases auf und ab. »Ich weiß nicht, was ich darauf sagen soll.«

»Sag einfach ja.«

»Michael, warum gerade jetzt? Warum so plötzlich?« Sie ließ das Weinglas los, legte die Hand flach auf den Tisch und musterte ihn. »Du hast niemals erkennen lassen, dass du tiefere Gefühle für mich hegst als Zuneigung.«

»Weißt du, wie schwer das gewesen ist?«, fragte er leise. »Mich damit zufrieden zu geben? Du warst die ganzen Jahre so beschäftigt damit, deinen Laden zu einem erfolgreichen Unternehmen zu machen. Das war dir ein dringendes Anliegen. Und ich wollte erst meinen Bereich in diesem Unternehmen aufbauen, ehe ich dich fragte. Wir beide mussten unabhängig sein.«

Alles, was er sagte, stimmte. Und dennoch, wie konnte sie von einer Sekunde zur nächsten aufhören, Michael als Freund und Geschäftspartner zu betrachten, um dann plötzlich in ihm den Geliebten und Ehemann zu sehen? »Ich weiß nicht.« Er drückte wieder ihre Hand, versichernd oder enttäuscht, das konnte sie nicht sagen. »Ich habe nicht erwartet, dass du mir gleich eine Antwort gibst. Aber wirst du darüber nachdenken?«

»Ja, natürlich werde ich das.« Und noch während sie ihm dies versprach, tauchte das Bild einer stürmischen Umarmung an einem windigen Strand vor ihrem inneren Auge auf.

In den frühen Morgenstunden klingelte das Telefon, aber das schrille Geräusch weckte ihn nicht. Er hatte den Anruf erwartet.

»Haben Sie mein Eigentum gefunden?«

Er befeuchtete die Lippen und wischte sie gleich darauf wieder mit dem Handrücken trocken. »Ja … Jessica hat den Sekretär mit nach Hause genommen. Es gibt ein kleines Problem.«

»Ich schätze Probleme nicht.«

Kalte Schweißperlen traten ihm auf die Stirn. »Ich werde die Diamanten herausholen. Es ist nur so, dass Jessica immer in der Nähe ist. Ich kann ja schlecht den Sekretär auseinander nehmen und die Steine herausholen, solange Jessica im Haus ist. Ich brauche etwas Zeit, bis ich Jessica davon überzeugt habe, ein paar Tage wegzufahren.«

»Vierundzwanzig Stunden.«

»Aber das ist nicht …«

»Mehr Zeit haben Sie nicht … oder mehr Zeit wird Miss Winslow nicht haben.«

Er wischte sich mit zittriger Hand den Schweiß von der Oberlippe. »Bitte, tun Sie ihr nichts. Ich hole die Steine.«

»Das möchte ich hoffen, um Miss Winslows willen. Vierundzwanzig Stunden«, wiederholte er. »Wenn Sie sie bis dahin nicht haben, wird sie erledigt. Und dann hole ich mir die Steine selbst.«

»Nein! Ich schaffe das schon. Tun Sie ihr nichts. Sie haben geschworen, dass sie niemals in die Sache hineingezogen wird.«

»Das hat sie selbst getan. Vierundzwanzig Stunden.«

4

Jessica war völlig ratlos. Sie saß allein am Strand, das Kinn auf die Knie gestützt, und sah zu, wie die aufgehende Sonne ihre rosa Strahlen über dem Meer ausbreitete. In der Nähe jagte Ulysses die Wellen und hüpfte jedes Mal kläffend zurück, wenn die Brandung auf ihn zurollte. Er hatte den Versuch schon vor einer Weile aufgegeben, Jessica dazu zu animieren, für ihn Stöckchen zu werfen.

Sie hatte schon immer gern bei Sonnenaufgang am Strand gesessen. Das half ihr beim Nachdenken. Das Kreischen der Möwen, das dumpfe Tosen der Wellen, die gegen die Felsen donnerten, hatten ihre Gedanken bisher stets so weit geklärt, dass sie eine Antwort finden konnte. Diesmal nicht. Dabei war es nicht so, dass sie niemals daran gedacht hätte, zu heiraten, gemeinsam ein Haus zu bewohnen, eine Familie zu gründen – aber sie hatte niemals eine klare Vorstellung von ihrem zukünftigen Mann gehabt. Könnte es Michael sein?

Sie war gern mit ihm zusammen, unterhielt sich gern mit ihm. Sie hatten viele gemeinsame Interessen. Aber … ja, es gab ein *Aber*, dachte sie und ließ die Stirn auf die Knie sinken. Ein großes *Aber*. Er liebte sie. Und sie war blind dafür gewesen. Wo war ihr Feingefühl geblieben?, fragte sie sich mit einer Mischung aus Schuldgefühl und Enttäuschung. Wie konnte etwas – ein Geschäft – so wichtig für sie werden, dass es ihre Sinne vernebelte? Schlimmer noch, was sollte sie jetzt tun?

Slade stapfte leise vor sich hinfluchend die hölzernen Stufen zum Strand herab. Wie, zum Kuckuck, sollte er eine Frau beschützen, die schon vor Sonnenaufgang auf den Beinen war? Sie mache einen Strandspaziergang, hatte Betsy ihm gesagt. Allein an einem verlassenen Strand, dachte Slade grimmig, allem und jedem hilflos ausgeliefert. Musste sie ständig auf Trab sein, immer irgendetwas tun? Warum hatte sie nicht das träge Dummchen sein können, als das er sie sich vorgestellt hatte?

Dann entdeckte er sie – zusammengekauert hockte sie im Sand, mit hängendem Kopf und hängenden Schultern. Wäre da nicht der weizenblonde Haarschopf gewesen, hätte er geschworen, es sei eine andere Frau. Die Jessica, die er kannte, hielt sich kerzengerade und war immer auf dem Weg irgendwohin – meistens im Laufschritt – und saß nicht da wie ein Häufchen Elend. Beunruhigt vergrub er die Hände in den Jackentaschen und ging zu ihr.

Sie hörte ihn nicht kommen, registrierte aber die Anwesenheit eines menschlichen Wesens und wusste auch sofort, um wen es sich handelte. Langsam hob sie den Kopf und starrte wieder auf den Horizont.

»Guten Morgen«, sagte sie, als er neben ihr stand. »Schon so früh auf?«

»Genau wie du.«

»Du hast bis spät in die Nacht gearbeitet. Ich habe deine Schreibmaschine klappern hören.«

»Verzeihung.«

»Nein.« Ein flüchtiges Lächeln. »Ich höre das gern. Geht es gut voran mit dem Buch?«

Slade sah hoch, als eine Möwe lautlos über ihre Köpfe

segelte. »Eine Weile lief es ganz gut, gestern Abend.« Irgendwas stimmt nicht, dachte er. Er machte Anstalten, sich neben sie in den Sand zu hocken, blieb dann aber stehen. »Was ist mit dir, Jess?«

Sie antwortete nicht gleich, drehte aber den Kopf zu ihm herum und studierte sein Gesicht. Wie würde er sich verhalten, fragte sie sich, wenn er beabsichtigte, eine bestimmte Frau zu heiraten? Würde er geduldig abwarten, einen günstigen Zeitpunkt abpassen und sich dann damit zufrieden geben, wenn sie ihn bäte, auf ihre Antwort zu warten? Der Anflug eines Lächelns huschte über ihre Lippen. Nein, niemals.

»Hattest du viele Frauen?«, fragte sie.

»*Was?*«

Sie schenkte seinem fassungslosen Gesichtsausdruck keinerlei Beachtung, sondern wandte das Gesicht ab und fixierte wieder den Horizont. »Ich wette, ja«, murmelte sie. »Du bist ein sehr sinnlicher Mann.« Der Himmel über dem Meer färbte sich rot und golden. Während sie sprach, beobachtete sie, wie die Strahlen der Sonne sich durch die Wolken bohrten. »Ich kann meine Männer an drei Fingern abzählen«, fuhr sie in einem Tonfall fort, der eher abwesend als vertraulich klang. »Der Erste, das war im College, aber die Beziehung war so kurz, dass man sie kaum dazurechnen kann. Er schickte mir Nelken und las mir Shelley vor.«

Sie lachte leise und legte das Kinn wieder auf ihre Knie. »Später, als ich durch Europa reiste, gab es einen älteren Mann, er war Franzose, sehr vornehm und gebildet. Ich war total weg von ihm … dann fand ich heraus, dass er verheiratet war und zwei Kinder hatte.« Sie schüttelte den Kopf und schlang die Arme fester um die Knie. »Danach traf ich einen Werbetexter. Mein Gott, der wusste, wie man Worte richtig einsetzte. Das war kurz nach dem Tod meines Vaters, und ich war damals … völlig durch den Wind. Er lieh sich zehntausend Dollar von mir und ward nie mehr gesehen. Seither habe ich mich nicht mehr mit einem Mann eingelassen.« Sie stierte brütend in die Wellen. »Ich wollte mir nicht wieder wehtun lassen, deshalb war ich vorsichtig. Vielleicht zu vorsichtig.«

Er war nicht sonderlich erbaut darüber, von ihren früheren Liebschaften zu hören, zwang sich aber, ihr unvoreingenommen zu lauschen. Als sie in Schweigen verfiel, setzte er sich neben sie. Eine ganze Minute lang war nur das Donnern der Brandung und das Kreischen der Möwen zu hören.

»Jess, warum erzählst du mir das alles?«

»Vielleicht, weil ich dich nicht kenne. Vielleicht, weil ich das Gefühl habe, dich schon seit Jahren zu kennen.« Ihr Lachen klang ein wenig unsicher, als sie sich mit der Hand durchs Haar fuhr. »Ich weiß es nicht.« Sie holte tief Luft und starrte wieder geradeaus. »Michael hat mich gebeten, ihn zu heiraten.«

Ihre Worte trafen ihn völlig unvorbereitet – wie ein Schlag ins Genick, der einen für den Bruchteil einer Sekunde betäubt, ehe man das Bewusstsein verliert. Ganz konzentriert nahm er eine Hand voll Sand und ließ ihn langsam durch die Finger rieseln. »Und?«

»Und ich weiß nicht, was ich machen soll!« Jetzt drehte sie sich wieder zu ihm hin. Verzweiflung und Verwirrung flackerten in ihrem Blick. »Ich hasse diesen Zustand der Ratlosigkeit.«

Mach dem ein Ende, befahl er sich. Sag ihr, dass dich ihre Probleme nicht interessieren. Doch die nächsten Worte waren ihm längst entschlüpft: »Wie stehst du zu Michael?«

»Ich bin abhängig von Michael«, begann sie hastig. »Er

ist ein Teil meines Lebens. Er ist wichtig für mich, sehr wichtig ...«

»Aber du liebst ihn nicht«, führte Slade ihren Satz ruhig zu Ende. »Also solltest du wissen, was du tun musst.«

»So einfach ist das nicht«, entgegnete sie. Mit einem Laut der Verzweiflung machte sie Anstalten aufzustehen, blieb dann aber still sitzen. »Er liebt mich. Ich möchte ihn nicht verletzen und vielleicht ...«

»Vielleicht solltest du ihn heiraten, um ihm nicht wehzutun?«, ergänzte Slade mit einem freudlosen Lachen. »Das wäre mehr als idiotisch.«

Wut wallte in ihr auf und wurde rasch unterdrückt. Es war schwierig, in dieser Sache mit Logik zu argumentieren. Sie fühlte sich eher elend als beleidigt, als sie den Blick hob und einer Möwe hinterhersah, die flach über dem Wasser dahinsegelte. »Ich weiß, dass es auf lange Sicht für uns beide schmerzlich wäre, wenn ich ihn heirate, besonders wenn seine Gefühle für mich so tief sind, wie er glaubt.«

»Du bist also nicht sicher, ob er dich wirklich liebt?«, murmelte Slade und überlegte gleichzeitig, welche anderen Gründe Michael für diesen Entschluss haben mochte.

»Ich bin sicher, dass er glaubt, mich zu lieben«, gab Jessica zurück. »Ich dachte, vielleicht, wenn wir ein Liebespaar werden ...«

»Du meine Güte!« Er packte sie grob an den Schultern. »Spielst du etwa mit dem Gedanken, ihm deinen Körper als eine Art Trostpreis anzubieten?«

»*Hör auf!*« Sie machte die Augen zu, damit sie den Spott in den seinen nicht mehr sah. »Das hört sich aus deinem Mund so schmutzig an.«

»Was hast du dir denn sonst zu diesem Problem überlegt?«, wollte er wissen.

Mit einer für sie ganz untypischen hilflosen Geste warf sie die Hände in die Luft. »Meine Erfahrung mit Männern ist nicht sehr umfangreich … na ja, ich dachte, er ändert vielleicht seine Meinung, wenn ich mir mit der Antwort nur genügend Zeit lasse.«

»Schwachsinn!«, knurrte Slade. »Sag einfach nein.«

»Das hört sich so einfach an.«

»Du machst es nur komplizierter, als es ist, Jess.«

»Wirklich?« Für einen Moment ließ sie wieder die Stirn auf die Knie sinken. Slades Hand war schon auf halbem Weg zu ihrem Kopf, als er sie ruckartig zurückzog. »Du bist so selbstsicher, Slade. Und ich, ich werde zum Feigling, wenn es um Menschen geht, die ich mag. Allein bei der Vorstellung, ihm meine Entscheidung ins Gesicht zu sagen, könnte ich schon auf und davon rennen.«

Diese Zerbrechlichkeit, die sie so selten zeigte, rührte Slade bis in sein Innerstes und entfesselte in ihm den Wunsch, sie wider besseren Wissens zu trösten. Doch er unterdrückte diesen Wunsch noch rechtzeitig. »Er wäre nicht der erste Mann auf der Welt, dem seine Angebetete einen Korb gibt, wenn es ans Heiraten geht.«

Jessica seufzte schwer. Nichts, was sie gesagt hatte, ergab einen Sinn, nachdem sie es einmal laut ausgesprochen hatte – aber alles, was Slade gesagt hatte. Auf einmal war ihr schon ein wenig leichter ums Herz. Mit einem halben Lächeln drehte sie sich zu ihm. »Und du?«

»Und ich, was?«

»Hast du schon einmal einer Frau einen Antrag gemacht, der abgelehnt wurde?«

Er grinste sie an, froh, dass der hilflose Ausdruck aus ihren Augen verschwunden war. »Nein … aber es ging auch nie ums Heiraten.«

Sie ließ ein kurzes, gurgelndes Lachen hören. »Um was dann?«

Er streckte die Hand nach ihrem Haar aus. »Ist die Farbe echt?«

»Das ist eine höchst indiskrete Frage.«

»Deine war auch nicht viel diskreter«, konterte er.

»Wenn ich deine Frage beantworte, beantwortest du mir dann die meine?«

»Nein.«

»Dann, fürchte ich, können wir uns beide nur an unsere Fantasie halten.« Jessica lachte wieder und wollte aufstehen, doch Slades Hand in ihrem Haar hielt sie zurück.

Das ironische Lächeln, mit dem sie ihn bedachte, verschwand schnell aus ihrem Gesicht, als er sie mit seinem Blick fixierte. Er war durchdringend und zur Abwechslung einmal leicht zu deuten. Aus diesem Blick sprach Begierde. Heiße, schwelende, ungezügelte Begierde, die auch bei ihr augenblicklich ein sehnsüchtiges Verlangen nach ihm wach rief. Zum ersten Mal hatte sie Angst. Er würde ihr etwas nehmen, das sie nicht so leicht von ihm zurückbekommen würde, falls überhaupt. Er zog sie an sich, und sie wehrte sich. Instinktiv kämpfte sie gegen diese nebulöse Angst an, indem sie ihm die Hand an die Brust legte.

»Nein. Das will ich nicht.« *Ja, ja, natürlich will ich das,* sagten ihm ihre Augen, während sie ihn gleichzeitig von sich wegdrückte.

Es kostete Slade eine einzige, schnelle Bewegung, dann lag sie unter ihm im Sand. »Ich habe dich gewarnt, ich werde dich nicht wie eine Lady behandeln.«

Sein Mund senkte sich auf ihren, erobernd, lockend. Ihre Angst wurde unter der Lawine der Leidenschaft begraben. Der erste Kontakt ihrer Lippen riss die nicht sehr stabile Mauer ihrer Ablehnung nieder und ließ ihren Gefühlen freien Lauf. Jessica dachte nicht mehr daran, was sie verlieren könnte. Seine Zunge stahl sich zwischen ihre Lippen, ohne Eile forschend, routiniert verführend, alles fordernd. Und sie ging auf diese Forderungen ein, unbekümmert, willig, von einem verzweifelten Begehren getrieben. Dann machten sich seine Lippen ruckartig von ihren los und bemächtigten sich ihres Gesichts, als wollten sie die Beschaffenheit ihrer Haut allein durch den Geschmackssinn erforschen.

Sie verzehrte sich danach, seine Lippen auf den ihren zu spüren, und sie drehte suchend den Kopf hin und her. Plötzlich saugten sich seine Lippen an ihrem Hals fest und entlockten ihr ein lustvolles Stöhnen. Der Sand knirschte leise unter ihr, als sie sich bewegte, um die herrlich süßen Qualen, die er ihr bescherte, in der ganzen Fülle auszukosten.

Ihre Hände fanden den Weg unter seinen Pullover, glitten an seinem Rücken nach oben, spürten die harten Muskeln, die Rippen und wanderten wieder herab zu den schmalen Hüften. Die feuchte Luft roch nach Salz und Meer und dem erdigen Duft der Begierde. Sein Mund fand wieder den ihren. Die Brandung donnerte dröhnend gegen die Felsen. Seine Lippen bewegten sich, formten Worte, die sie nicht verstand. Nur der Tonfall – ein Anklang von wütender Verzweiflung – drang bis an ihr Ohr. Dann machten sich seine Hände auf eine Forschungsreise, die bei ihren Hüften begann und an ihren Brüsten endete, wo sie schließlich verharrten, eingefangen von deren Weichheit. Jessica bemerkte weder die Sonne, die auf ihre geschlossenen Lider niederbrannte, noch den groben Sand unter ihrem Rücken. Für sie existierten im Augenblick nur noch seine Lippen und seine Hände.

Schwielige Finger strichen kratzend über ihre Haut, entfachten neue Feuer und nährten jene, die bereits hellauf loderten. Grob nahm er ihre Unterlippe zwischen die Zähne, zog sie in den Mund und saugte und knabberte daran, bis ihr leises Seufzen zu einem rauen Stöhnen wurde. Von einem ekstatischen Taumel erfasst, bäumte Jessica sich ihm entgegen. Pulsierendes Fleisch drängte sich gegen pulsierendes Fleisch; der gespannte Stoff ihrer Jeans vereitelte den ersehnten Kontakt.

Mit einem Laut der Verzweiflung vergrub Slade sein Gesicht in ihrem Haar, tauchte ein in ihren herrlichen Duft, während er gleichzeitig um Beherrschung rang. Ein zum Scheitern verurteiltes Unterfangen angesichts ihres Geschmacks, ihres Duftes, ihrer Hingabe, die ihn schier überwältigte.

Einen resignierten Fluch auf den Lippen, rollte er sich von ihr herunter und sprang auf, ehe sie ihn noch einmal berühren konnte und sein Verstand endgültig aussetzte.

Slade atmete tief ein und aus, um die Hitze abzukühlen, die in seinem Inneren siedete. Er musste verrückt gewesen sein, dachte er, es so weit kommen zu lassen, dass er sie beinahe genommen hätte. Sekunden verstrichen. Er konnte sie am Rhythmus ihres keuchenden Atems abzählen. Und des seinen.

»Jess ...«

»Nein, sag nichts. Ich habe verstanden.« Ihre Stimme zitterte. Als er sich zu ihr umdrehte, war sie aufgestanden und klopfte sich den Sand von den Kleidern. Die Morgensonne, die sich in ihrem blonden Haar fing, umgab ihren Kopf mit einem hellen Schein, der Wind ließ die Haarspitzen auf und nieder tanzen. »Du hast es dir anders überlegt. Das steht dir zu. Das steht jedem zu.« Als sie an ihm vorbeigehen wollte, hielt er sie am Arm fest. Jessica wehrte sich gegen seinen Griff, erfolglos, und reckte dann das Kinn in die Höhe.

Verletzter Stolz. Slade sah ihn nur zu deutlich hinter der Wut in ihren Augen aufblitzen. Das war besser so, sagte er sich. Klüger. Doch schon verschafften sich die folgenden Worte Gehör, ehe er sie zurückhalten konnte: »Hättest du es vorgezogen, am Strand zu bumsen wie ein Teenager?«

Sie hatte vergessen, wo sie sich befanden. Zeit und Ort hatten keine Rolle gespielt, als der Wunsch nach Liebe übermächtig geworden war. Dass er sich daran erinnert und genügend Selbstbeherrschung besessen hatte, um ihrem Treiben Einhalt zu gebieten, schnitt nur noch tiefer in die Wunde ihres verletzten Stolzes. »Es wäre mir lieber, wenn du mich losließest«, versetzte sie kühl. Sie senkte den Blick auf seine Hand und sah ihn dann wieder direkt an. »Sofort.«

Slade verstärkte seinen Griff. »Ich habe dich gewarnt, mich nicht zu reizen.«

»Reizen?«, gab Jessica zurück. »Ich habe damit nicht angefangen, ich wollte es gar nicht.«

»Nein, du hast nicht damit angefangen.« Er nahm sie jetzt bei den Schultern und schüttelte sie dreimal ruckartig. »Und ich wollte es ebenso wenig, also reg dich ab!«

Beim dritten Ruck schlugen ihre Zähne aufeinander. Wenn der Stolz gerade noch die Wut erhöht hatte, so wendete sich jetzt das Blatt. Aufgebracht schlug sie Slades Hände von ihren Schultern. »Wage es nicht, mich anzuschreien!«, brüllte sie, um einiges lauter als er. Hinter ihnen donnerte eine Welle an den Felsen und erhob sich als weiße Fontäne in den Himmel. »Und bilde dir nicht ein, ich hätte mich dir an den Hals geworfen, denn das habe ich nicht.« Der Wind wehte ihr die Haare ins Gesicht und hinter den blonden Strähnen sprühten ihre Augen Gift und Galle. »Ich kann dich dazu bringen, auf Knien vor mir zu kriechen, wenn ich das will!«

Seine Augen wurden zu grauen Schlitzen. Wut vermischte sich mit der unangenehmen Gewissheit, dass ihr das unter Umständen gelingen mochte. »Ich krieche vor keiner Frau, schon gar nicht vor einem schnoddrigen, kleinen Dummchen, das Männer mit Parfum ködert.«

»Schnoddriges, kleines …« Sie hielt kurz inne. »*Dummchen!*«, spuckte sie dann aus. »Oh, du einfältiges, egoistisches Arschloch, du!« Weil ihr vor lauter Wut keine andere Maßnahme zur Gegenwehr einfiel, legte sie ihm eine Hand auf die Brust. »Ich hoffe, in deinem Roman kommen keine Frauen vor, denn davon verstehst du weniger als nichts! Ich *trage* nicht mal ein Parfum. Und das hätte ich auch gar nicht nötig …« Wutschnaubend brach sie ab. »Was, zum Teufel, gibt's da zu grinsen?«

»Du bist ganz rosa im Gesicht«, teilte er ihr mit. »Das sieht nett aus.«

Ihre Augen sprühten wieder Funken, goldene Funken. Und ihre Absicht war klar, als sie einen Schritt auf ihn zu machte. Slade hob abwehrend die Hände in die Höhe, Handflächen nach vorn, und trat einen Schritt zurück.

»Frieden?« Er wusste nicht wann und weshalb, aber irgendwann während ihres verbalen Schlagabtausches war sein Ärger verraucht. Was ihm fast Leid tat. Mit ihr zu kämpfen war beinahe genauso erregend wie sie zu küssen. Beinahe.

Jessica zögerte. Ihr Ärger war noch nicht verraucht, doch die Art, wie er sie jetzt anlächelte, hatte etwas sehr Reizvolles. Es war ein freundliches Lächeln, in das sich ein Hauch

Bewunderung mischte. Das erste absolut aufrichtige Lächeln, schoss es ihr durch den Kopf, das er ihr bisher entboten hatte. Und das war wichtiger als ihre Wut.

»Vielleicht«, meinte sie gedehnt, nicht willens, ihm seine Frechheiten zu schnell zu verzeihen.

»Also, stell deine Bedingungen.«

Nach einer kurzen Bedenkpause stemmte sie die Hände in die Hüften und erklärte: »Nimm das schnoddrige, kleine Dummchen zurück.«

Der klare, unverfälschte Humor in seinen Augen gefiel ihr. »Nur im Austausch gegen das einfältige, egoistische Arschloch.«

Feilschen war ihr größtes Laster. Jessica verschränkte die Finger und betrachtete angelegentlich ihre Nägel. »Nur das einfältige. Den Rest nicht.«

Slade hakte die Daumen in die Vordertaschen seiner Jeans. »Du bist vielleicht eine hartnäckige Person.«

»Ganz recht.«

Er streckte ihr die Hand entgegen, und sie besiegelten ihren Waffenstillstand mit einem schweigenden Händedruck. »Eins noch.« Nachdem sie die Wut abgehandelt hatten, wollte Slade jetzt auch den Stolz noch einmal aufs Tapet bringen. »Ich habe meine Meinung nicht geändert.«

Sie ließ seine letzte Bemerkung schweigend passieren. Nach einer Weile legte er den Arm um ihre Schultern und geleitete sie zurück zu der Holztreppe. Ohne viel Erfolg versuchte er seine innere Stimme zum Schweigen zu bringen, die ihm sagte, dass er einen großen Fehler machte.

»Slade.«

Er sah zu ihr hinab. Sie waren oben an der Treppe angekommen und gingen an dem kleinen Wäldchen vorbei. »Was denn?«

»Michael kommt heute Abend zum Dinner.«

»Okay, dann werde ich mich diskret zurückziehen.«

»Nein.« Sie hatte zu schnell geantwortet und biss sich jetzt auf die Lippen. »Eigentlich wollte ich dich fragen, ob du nicht …«

»Den Anstandswauwau spielen kannst?«, beendete er ihren Satz. »Vorsicht, Jess, du kurvst schon wieder nahe am Dummchen vorbei.«

Jessica unterdrückte ihre wieder aufkeimende Wut und blieb mitten auf dem Rasen stehen. »Slade, alles, was du am Strand gesagt hast, ist wahr. Das Gleiche habe ich mir auch gesagt. Aber ich liebe Michael – beinahe genauso wie David.« Als Slade nur grimmig die Stirn runzelte, seufzte sie. »Was ich ihm heute Abend sagen muss, wird ihn verletzen. Und dazu bräuchte ich ein bisschen moralische Unterstützung. Es wäre leichter für mich, wenn du beim Dinner dabei wärst. Den Rest schaffe ich anschließend schon allein.«

Slade stieß einen resignierten Seufzer aus. »Also schön, aber nach dem Dinner verschwinde ich. Und – dafür bist du mir was schuldig.«

Stunden später tigerte Jessica nervös im Salon auf und ab. Ihre Absätze klickerten über den Dielenboden, verstummten auf dem Perserteppich und klickerten wieder. Zum Glück hatte David eine Verabredung, dachte sie. Es wäre unmöglich gewesen, ihre Stimmung vor ihm zu verbergen, und genauso unmöglich, sich ihm anzuvertrauen. Ihr war klar, dass ihre geschäftliche Beziehung mit Michael zukünftig auf eine harte Probe gestellt würde, und sie wollte sich nicht noch weitere Probleme aufhalsen. Möglicherweise würde Michael sich sogar dazu entschließen zu kündigen. Ein Gedanke, der ihr verhasst war.

Ach, ein Einkäufer ließ sich immer ersetzen, beruhigte

sie sich, andererseits waren sie sich so nahe gestanden, waren ein so perfektes Team gewesen. Sie sah Michael unweigerlich in Verbindung mit dem Laden. So war es bisher immer gewesen. Wenn sie und Michael sich schon vor ihrer geschäftlichen Beziehung gekannt hätten, wie sie und David, wären ihre Gefühle für ihn jetzt vielleicht anders. Nein, da war einfach nicht dieser … Funke. Wenn dem so gewesen wäre, dann hätte der Laden nichts daran geändert.

Sie hatte diesen Funken ein- oder zweimal in ihrem Leben gespürt – diese blitzartige Einsicht, die sagte, vielleicht, nur vielleicht. Mit Slade hatte es keinen Funken gegeben, sinnierte sie. Nein, es hatte eine Explosion stattgefunden. Energisch verbannte sie Slade aus ihrem Kopf. Sie sollte jetzt nicht an ihn denken oder an die zwei turbulenten Gelegenheiten, als sie sich in seinen Armen wiedergefunden hatte. Sie musste sich jetzt auf Michael konzentrieren und darauf, wie sie Nein sagen konnte, ohne ihn zu verletzen.

Bevor er den Salon betrat, blieb Slade in der Tür stehen und beobachtete Jessica. Immer in Bewegung, dachte er, doch diesmal trieb sie ihre Nervosität. Sie trug ein sehr schlichtes, sehr elegantes schwarzes Kleid und hatte sich das Haar zu einem französischen Zopf geflochten, der auf ihrer rechten Schulter lag. Während er sie betrachtete, spürte Slade einen kurzen Anflug von Mitleid für Michael. Es musste schwer sein, eine Frau wie Jessica zu lieben und zu verlieren. Wenn Michael nicht ein totaler Idiot war, würde ein einziger Blick in ihr Gesicht ihm bereits ihre Antwort entgegenschreien. Sie bräuchte nicht einmal den Mund aufzumachen.

»Er wird es überleben, Jess.« Jessica wirbelte herum. Slade schlenderte auf den Barschrank zu. »Es gibt noch andere Frauen auf dieser Welt.« Er gab sich absichtlich so lässig, so zynisch, weil er ihre Reaktion voraussah. Obwohl sie ihm den Rücken zugekehrt hatte, glaubte er Wut in ihren Augen funkeln zu sehen.

»Ich hoffe, du fällst eines Tages einmal so richtig auf die Schnauze, Slade«, zischte sie. »Und ich hoffe, sie zeigt dir dann die lange Nase.«

Er schenkte sich einen Scotch ein. »Keine Chance«, wehrte er leichthin ab. »Für dich auch einen?«

»Ich nehme den.« Sie stolzierte an die Bar, schnappte sich sein Glas und leerte es zur Hälfte.

»Na, trinken wir uns Mut an?«, meinte er, ein spöttisches Grinsen unterdrückend.

Sie funkelte ihn grimmig an, während der Scotch in ihrer Kehle brannte. »Du spielst wohl mit Absicht das Ekel, wie?«

»Richtig. Und, fühlst du dich dabei nicht besser?«

Mit einem hilflosen Lachen drückte sie ihm sein Glas in die Hand. »Du bist einer von der harten Sorte, Slade.«

»Und du bist eine wunderschöne Frau, Jessica.«

Diese Worte brachten Jessica total aus dem Gleichgewicht. Sie hatte sie schon oft gehört, aber noch nie war dabei ihr Blut in Wallungen geraten. Andererseits kamen einem Mann wie Slade Komplimente nicht so leicht über die Lippen, dachte sie. Und irgendwie hatte sie den Eindruck, dass er damit nicht nur ihr Äußeres ansprach. Nein, er war ein Mann, der hinter das blickte, was man von außen sah, und hinein in Bereiche, die man nur fühlen konnte.

Ihre Blicke trafen sich und hielten sich einen Moment zu lange. Jessica hatte das Gefühl, dass sie in diesem Augenblick näher daran war, etwas ganz Entscheidendes an ihn zu verlieren als noch am Morgen am Strand.

»Du musst ein sehr guter Schriftsteller sein«, murmelte

sie und drehte sich um, um sich ein Glas Wermut einzuschenken.

»Warum?«

»Du bist sehr sparsam mit Worten, und dein Gefühl für das richtige Timing ist von einer schlafwandlerischen Sicherheit.« Da sie mit dem Rücken zu ihm stand, konnte sie es sich erlauben, sich nervös die Lippen zu befeuchten. Die Uhr auf dem Kaminsims läutete melodiös zur vollen Stunde. »Ich nehme nicht an, dass du gewillt bist, mir eine Rede aufzusetzen, ehe Michael kommt.«

»Nein, da passe ich, danke.«

»Slade …« Nach einem kurzen Zögern drehte Jessica sich zu ihm um. »Ich hätte dir das nicht alles erzählen sollen, heute Morgen am Strand. Es ist Michael gegenüber nicht fair, dass du über alles Bescheid weißt, und es war nicht fair dir gegenüber, dass ich dir meine ganze Lebensgeschichte aufgetischt habe. Dir kann man leicht sein Herz ausschütten, weil du ein bisschen zu genau zuhörst.«

»Das gehört zu meinem Job«, murmelte er mehr zu sich selbst und dachte dabei an die endlose Folge von Gesprächen mit Verdächtigen, Zeugen und Opfern, die er schon geführt hatte.

»Ich versuche nur, mich zu bedanken«, sagte Jessica knapp. »Kannst du meine Dankesbezeugung nicht etwas gnädiger entgegennehmen?«

»Warte damit, bis ich wirklich eine Großtat vollbracht habe«, schoss er zurück.

»Lieber ersticke ich, bevor ich dir noch einmal danke.« Sie goss gerade einen zweiten Schuss Wermut in ihr Glas, als es klingelte.

Keiner der beiden Männer legte gesteigerten Wert auf die Anwesenheit des anderen, aber sie machten gute Miene zum bösen Spiel. Die Tischunterhaltung bewegte sich langsam auf das Thema Geschäft zu.

»Ich bin froh, dass du für ein paar Stunden in den Laden gegangen bist, Michael.« Jessica stocherte in den Schrimps Dijon herum, ohne viel zu essen. »Ich glaube nicht, dass David schon fit genug ist, einen ganzen Tag durchzustehen.«

»Ach, der ist schon wieder auf der Höhe. Und Montags ist es ohnehin eher ruhiger.« Er schwenkte den Wein in seinem Glas herum, seinem Essen nicht viel mehr Beachtung schenkend als Jessica. »Du machst dir viel zu viele Sorgen, Darling.«

»Du warst letzte Woche ja nicht hier.« Sie zupfte ihren Toast in kleine Stückchen.

Wortlos reichte Slade ihr die Butter. Jessica sah auf ihren Toast und bemerkte erst jetzt, was sie damit angerichtet hatte. Dann griff sie nach ihrem Weinglas.

»Jedenfalls war er fit genug, Mrs. Donnigan die Connecticut-Truhe zu verkaufen«, bemerkte Michael, dem die stumme Konversation nicht entgangen war.

»David hat Mrs. Donnigan etwas verkauft?« Die anfängliche Überraschung wandelte sich in Heiterkeit. »Um zu verstehen, was das heißt, müsstest du die Dame kennen, Slade. Sie ist eine waschechte Neuengländerin, die jeden Cent zehnmal umdreht, bevor sie sich davon trennt. Michael kann sie zum Kaufen animieren, ich ganz selten einmal, aber David ...« Sie lächelte. »Wie hat er das Kunststück denn fertig gebracht?«

»Indem er ihr das Stück partout nicht verkaufen wollte. Als ich dazukam, drängte er sie gerade zu der Zirbelholzkommode und erklärte ihr, er habe die Connecticut bereits einem anderen Kunden versprochen.«

Jessica ließ ein perlendes Lachen hören. »Sieht so aus, als

hätte unser Bursche was gelernt. Das nächste Mal werde ich mich erweichen lassen und ihn mit dir nach Europa fahren lassen.«

Michael starrte kurzzeitig auf seinen Teller und spießte dann grimmig eine Garnele auf. »Wenn du das möchtest.«

Jessicas Notlage war offensichtlich. Ehe sie ihre Bemerkung noch irgendwie revidieren konnte, half Slade ihr aus der Patsche, indem er fragte, was denn eine Connecticut-Truhe sei. Jessica warf ihm rasch einen dankbaren Blick zu und überließ Michael dann die Erklärung.

Warum habe ich das nur gesagt?, schalt sie sich. Wie konnte ich so unsensibel sein und vergessen, dass er mich gebeten hatte, ihn das nächste Mal nach Übersee zu begleiten? Mit einem stummen Seufzer stocherte sie weiter in ihrem Essen herum. Irgendwie war sie der Situation nicht sonderlich gewachsen, dachte sie. Nein, sie war ihr überhaupt nicht gewachsen.

Wie unterschiedlich sie sind, stellte sie plötzlich fest, als sie die beiden bei ihrer lockeren Unterhaltung beobachtete. Michael mit seinen feinen Gesten, kultiviert in seiner Sprache sowie seinen Umgangsformen, und stets wie aus dem Ei gepellt. Jessica überlegte, dass sie ihn nie in einem salopperen Anzug als in Polohemd und Golfhose gesehen hatte. Er besaß weltmännischen Scharm und eine erotische Ausstrahlung, die man als elegant bezeichnen könnte.

Slade hingegen gestikulierte so gut wie nie. Vielleicht war ihm bewusst, dass die Körpersprache die Gedanken eines Menschen offenbaren konnte. Ja, er verstand es meisterhaft, seine Gestik auf ein Minimum zu beschränken. Und obwohl er überwiegend Jeans und Pullover trug, würde sie ihn nicht als ungepflegt bezeichnen. Er war auch nicht charmant, sondern entwaffnend, entschied sie. Und was seine erotische Ausstrahlung betraf, so war diese alles andere als elegant. Sie war animalisch.

Slade dachte sich immer neue Fragen über Antiquitäten aus, obwohl ihn im Augenblick nichts weniger interessierte als wurmstichige Möbel. Aber er gab Jessica dadurch Gelegenheit, ihre Fassung wieder zu gewinnen, die sie beinahe völlig verloren hatte. Und er konnte sich dabei eine konkretere Meinung über Michael bilden. Er machte einen völlig harmlosen Eindruck, stellte Slade fest. Ein hübscher Bursche mit genügend Grips, um es in seinem Beruf zu etwas zu bringen. Oder mit genügend Grips, um die Karriereleiter als Schmuggler emporzusteigen. Nicht bis ganz oben, wusste Slade instinktiv. Dazu fehlte es ihm an Mut.

Er war der Typ Mann, den er sich gut an Jessicas Seite hätte vorstellen können. Gepflegt und intelligent. Und sehr attraktiv, wenn man den eleganten Typ bevorzugte. Was Jessica offenbar nicht tat. Sie waren noch nicht zusammen im Bett gelandet, sinnierte Slade, während er mit einem Ohr Michaels Ausführungen lauschte. Welcher Mann, fragte er sich, konnte Tag für Tag mit dieser Frau zusammenarbeiten und nicht mit ihr schlafen – ohne verrückt zu werden? Michael hatte es geschafft, sich beinahe drei ganze Jahre zurückzuhalten. Er, dachte Slade, hätte das nicht mal drei Tage geschafft. Entweder war Michael Adams unsterblich in Jessica verliebt, oder schlauer, als er aussah. Die Blicke, mit denen Michael gelegentlich Jessica streifte, erregten Slades Mitgefühl. Unsterblich verliebt oder nicht, gleichgültig ließ sie ihn jedenfalls nicht.

Michael trank noch einen Schluck Wein und bemühte sich, eine Konversation aufrecht zu halten, die ihn mehr und mehr anödete. Er kannte Jessica. O ja, dachte er fatalistisch, er kannte sie sehr gut. Und er konnte ihre Antwort bereits schon jetzt in ihren Augen lesen. Die Frau, die ihm am allermeisten bedeutete, würde niemals die seine sein.

Alle drei waren sichtlich erleichtert, als Betsy mit dem Kaffeetablett hereinkam. »Miss Jessica, wenn Sie weiter so essen wie ein Spatz, wird uns die Köchin wieder kündigen.«

»Wenn die gute Frau nicht einmal im Monat kündigte, würde sie den ganzen Haushalt durcheinander bringen«, bemerkte Jessica leichthin. Auf Essen konnte sie locker verzichten, bis sie die Sache mit Michael hinter sich gebracht hatte.

»Ich trinke meinen Kaffee in der Bibliothek«, erklärte Slade, sich erhebend, und schenkte sich selbst eine Tasse Kaffee ein. »Ich möchte heute Abend noch ein Kapitel zu Ende bringen.«

»Fein.« Jessica vermied es, Slade anzusehen. »Michael, wir trinken unseren Kaffee im Salon, ja? Nein, nein, Betsy, ich trage das Tablett schon hinüber«, setzte sie hinzu, ehe die Haushälterin Einwände erheben konnte. Slade war schon verschwunden. »Nimm dir bitte einen Brandy«, sagte sie zu Michael, als sie den Salon betraten. »Ich trinke nur Kaffee.«

Michael schenkte sich eine großzügige Menge ein und steckte den Kristallstöpsel wieder auf die Karaffe. Betsy hatte, während sie beim Essen saßen, Feuer im Kamin gemacht. Es knisterte behaglich, doch dafür hatte weder Michael noch Jessica im Augenblick ein Ohr. Von seinem Platz am Barschrank aus sah er Jessica dabei zu, wie sie aus einer großen Porzellankanne Kaffee in die beiden Tassen goss. Das Service hatte ein dezentes Veilchenmuster auf cremefarbenem Hintergrund, und Michael zählte jede einzelne Blüte, ehe er das Wort ergriff.

»Jessica.« Ihre Finger schlossen sich fester um den Henkel des Sahnekännchens, und Michael unterdrückte einen Fluch. Seltsam, dass er sie nie mehr begehrt hatte als gerade in diesem Moment, wo er wusste, dass er sie niemals zur Frau haben würde. Er hatte sich zu sehr darauf verlassen, dass sich zum richtigen Zeitpunkt alles von selbst ergäbe. »Es war nicht meine Absicht, dich unglücklich zu machen.«

Sie hob den Blick und sah ihn an. »Michael …«

»Nein, du brauchst nichts zu sagen, es steht alles in deinem Gesicht geschrieben. Das Einzige, was du noch nie gut konntest, war und ist, deine Gefühle zu verbergen.« Er nahm einen großen Schluck von seinem Brandy. »Du wirst mich nicht heiraten.«

Raus damit, schnell!, befahl sie sich. »Ich kann nicht.« Damit erhob sie sich und ging zu ihm hin. »Ich wünschte, ich würde anders empfinden. Und ich wünschte, ich hätte deine Gefühle für mich früher erkannt.«

Er starrte in seinen Brandy – dieselbe Farbe wie ihre Augen und genauso berauschend. Er stellte das Glas ab. »Hätte es einen Unterschied gemacht, wenn ich dich vor einem Jahr gefragt hätte? Vor zwei Jahren?«

»Ich weiß es nicht.« Hilflos hob sie die Schultern. »Aber da wir heute dieselben Menschen sind wie damals, glaube ich es eigentlich nicht.« Sie berührte ihn am Arm, wünschte, sie könnte bessere Worte finden, freundlichere Worte. »Ich mag dich, Michael. Das sollst du wissen. Sehr sogar. Aber ich kann dir nicht geben, was du dir von mir wünschst.«

Er legte eine Hand in ihren Nacken und streichelte sie sanft. »Ich kann dir nicht versprechen, dass ich nicht versuchen werde, dich umzustimmen.«

»Michael …«

»Nein, jetzt werde ich dich nicht drängen.« Er drückte zärtlich ihren Nacken. »Aber ich habe den Vorteil, dich gut zu kennen – zu wissen, was du magst, und was du nicht magst.« Er nahm ihre Hand und drückte ihr einen Kuss auf die Handfläche. »Und ich liebe dich zu sehr, als dass ich dir zu nahe treten würde.« Mit einem Lächeln gab er ihre Hand frei. »Bis morgen, wir sehen uns im Laden.«

»Ja, in Ordnung.« Jessica presste die Hände aneinander. Sie hatte nur Bedauern empfunden, als er seine Lippen in ihre Hand gedrückt hatte. »Gute Nacht, Michael.«

Als die Haustür hinter ihm ins Schloss fiel, stand Jessica immer noch da wie angewurzelt. Sie hatte weder Lust, ihren Kaffee auszutrinken, noch den Nerv, das Tablett in die Küche zu tragen und sich mit Betsy oder der Köchin auseinander zu setzen. Stattdessen ließ sie alles stehen und ging nach oben.

»Jess?« Slade gebot ihr mit einem Wort Einhalt. Er kam gerade durch die Halle, als sie den Fuß auf die zweite Stufe setzte. »Alles okay?«

Plötzlich wollte sie nur noch weinen – sich umdrehen, in seine Arme stürzen und weinen. Stattdessen schnappte sie zurück: »Nein, überhaupt nichts ist okay. Wie, zum Teufel, kommst du darauf?«

»Du hast getan, was du tun musstest«, erwiderte er ruhig. »Er wird sich schon nicht von der nächsten Klippe stürzen.«

»Was weißt du denn schon!«, schoss sie zurück. »Du hast doch nicht einen Fingerhut voll Gefühl im Leib. Du weißt nicht, wie es ist, jemanden zu lieben. Und man muss ein Herz besitzen, um Schmerzen zu empfinden.« Sie wirbelte auf dem Absatz herum und rannte die Treppe hinauf, schaffte es beinahe bis zur Hälfte, und blieb dann abrupt stehen. Sie kniff die Augen ganz fest zusammen und schlug mit der Faust aufs Treppengeländer. Nach einem tiefen Atemzug drehte sie sich um und kam die Stufen wieder langsam herunter. Slade stand unten an der Treppe und wartete.

»Es tut mir Leid.«

»Warum?« Weil ihre Worte ihn tiefer getroffen hatten, als ihm lieb war, zuckte er die Achseln. »Du warst auf dem richtigen Weg.«

»Nein, war ich nicht.« Sie rieb sich erschöpft die Stirn. »Und ich hatte nicht das Recht, meinen Frust an dir auszulassen. Du hast mir heute sehr viel Unterstützung gegeben, und dafür bin ich dir sehr dankbar.«

»Geschenkt!«, meinte er und wandte sich ab.

Jetzt war sie es, die ihm Einhalt gebot. »Slade.« Er stieg noch zwei Stufen höher, fluchte und drehte sich dann um. Seine Augen waren dunkel und funkelten vor unterdrückter Wut, als ob ihre Entschuldigung ihn mehr aufgebracht hätte als ihre Beleidigungen. »Ich weiß, dass du möglicherweise anders darüber denkst, aber für Freundlichkeit kommt man nicht in die Hölle.«

Damit ließ sie ihn stehen. Slade starrte ihr sprachlos hinterher, als sie ihren Weg nach oben fortsetzte.

5

Um zwei Uhr morgens hörte Jessica die alte Steth-Thomas-Standuhr in der Halle zweimal schlagen. Körperlich war sie fix und fertig, doch ihr Verstand lief noch immer auf Hochtouren. Slades unrhythmisches Schreibmaschinengehacke hatte schon vor einer Stunde aufgehört. Er konnte schlafen, dachte sie beinahe ärgerlich und drehte sich auf den Rücken, um wieder die Decke anzustarren. Aber er stand ja auch nicht in der Mitte eines emotionalen Wirbelsturms.

Ihre Gedanken streiften Michael und sie seufzte. Nein, sei ehrlich, ermahnte sie sich. Es war nicht Michael, der sie wach hielt, sondern der Mann zwei Türen weiter auf der linken Seite des Korridors.

Eingehüllt von der Dunkelheit und den weichen Laken, glaubte sie den Sand unter ihrem Rücken zu spüren, die Sonne auf ihrer Haut und den schneidenden Wind im Gesicht. Seinen Körper, der sich an den ihren presste. Begierde flammte in ihrem erschöpften Körper auf, ihr Puls beschleunigte sich, obwohl sie versuchte, ganz ruhig zu bleiben. Das süße Ziehen in ihrem Leib wanderte langsam zu ihren Brüsten empor. Mit einem Seufzer sprang Jessica aus dem Bett und warf sich den Morgenrock über. Alles, was sie brauchte, war etwas Heißes zu trinken, um endlich einschlafen zu können, entschied sie in ihrer Verzweiflung.

Und wenn das nichts half, würde sie den Fernseher anstellen und sich von einem alten Schnulzenfilm in den Schlaf lullen lassen. Am Morgen hätte sie sich dann wieder richtig im Griff. Sie würde sich wieder in die Arbeit stürzen und Slade so lange aus dem Weg gehen, bis er das Chaos in der Bibliothek gelichtet hatte und wieder dorthin verschwunden war, wo er hergekommen ist.

Jessica schlüpfte durch ihre Tür und huschte barfuß durch den breiten Flur. Vor Slades Tür blieb sie stehen und streckte sogar eine Hand nach dem Türgriff aus, ehe sie sich zur Räson rief. Verdammt, was hast du dir dabei gedacht?, fluchte sie lautlos und eilte weiter zur Treppe. Vielleicht sollte sie lieber einen Brandy trinken statt etwas Heißes, entschied sie.

Ganz entgegen ihrer Gewohnheit schlich sie lautlos die Treppe hinunter, vermied auf die Stellen zu treten, die knarrten und ächzten. Ein doppelter Brandy und ein alter Film, das war es. Wenn sie danach nicht einschlief, konnte sie die Hoffnung auf ein paar Stunden Schlaf endgültig begraben. Als sie sah, dass die Türen zum Salon geschlossen waren, runzelte sie nachdenklich die Stirn. Wer hat die denn zugemacht?, wunderte sie sich und sagte sich dann achselzuckend, dass es wohl Slade gewesen sein musste, ehe er hinauf in die Bibliothek gegangen war. Sie durchquerte die Halle und zog den einen Türflügel auf.

Ein grelles Licht blendete sie. Es schien ihr direkt ins Gesicht und zwang sie, eine Hand vor die Augen zu halten. Zuerst kam der Schock. Sie wich einen Schritt zurück, wie betäubt von dem grellen Licht, nicht wissend, wo dieses Licht herkam. Ehe sie noch den Mund aufmachen konnte, erstarrte sie. Eine *Taschenlampe.* Was hatte jemand mitten in der Nacht mit einer Taschenlampe im Salon zu suchen?

Angst kroch in ihrem Körper hoch und blieb dann als dicker Klumpen in ihrer Kehle stecken. Ohne noch einen weiteren Gedanken zu verschwenden, drehte sie sich um und raste die Treppe hinauf.

Slade war sofort hellwach, als seine Zimmertür aufflog. Er sah einen Schatten auf sich zurasen, packte ihn instinktiv, wirbelte ihn herum und warf sich auf hin. Slade hörte ein zischendes Geräusch, als das schwarze Etwas auf der Matratze aufschlug. Und im selben Moment wusste Slade, wer dieser fliegende Schatten war – Jessica.

»Was, zum Teufel, machst du hier?«, wollte er wissen, ließ aber ihr Handgelenk nicht los. Ihr Duft stieg ihm in die Nase und das plötzlich erwachte Verlangen nach ihr ließ seine Stimme rau klingen.

Atemlos, wie sie war, hatte sie Mühe zu sprechen. Die Angst schüttelte ihren Körper unter dem seinen. »Unten«, presste sie hervor. »Unten ist jemand.«

Slades Muskeln spannten sich, doch er gab seiner Stimme einen ruhigen Klang. »Wahrscheinlich jemand vom Personal.«

»Um zwei Uhr morgens?«, zischte sie, wütend, dass er ihre Angst mit Banalitäten abtat. Und plötzlich wurde ihr bewusst, dass er nackt war und ihr Morgenmantel aufgeklafft war, als er sie aufs Bett geworfen hatte. »Mit einer Taschenlampe?«

Mit einer einzigen, blitzschnellen Bewegung rollte er von ihr herunter. »Wo?«

»Im Salon.« Ihren Morgenmantel zusammenraffend, versuchte Jessica vorzugeben, dass sie nicht den geringsten Anflug von Verlangen verspürt hatte, nicht eine Sekunde. Sie sah Slade in seine Jeans steigen. »Du gehst doch nicht etwa runter?«

»Das hast du doch von mir erwartet, oder? Sonst wärst du doch nicht in mein Zimmer gestürmt«, gab er knapp zurück. Er zog eine Schublade auf und schnappte seine Pistole.

»Nein, keineswegs. Wir müssen die Polizei holen.« Sie streckte die Hand aus und knipste das Licht an. »Wir müssen die Polizei ...« Der Rest des Satzes erstarb auf ihren Lippen, als sie sah, was er in der Hand hielt. Wieder stieg Panik in ihr auf. »Wo hast du denn die her?«

»Bleib hier.«

Er war schon fast an der Tür, als Jessica ihren erstarrten Körper endlich aus dem Bett treiben konnte. »*Nein!* Du kannst nicht mit einer Waffe in der Hand da runter gehen. Slade, wie ...«

Er brachte sie mit seiner Hand, die sich schwer auf ihre Schulter legte, zum Schweigen. Der Blick, mit dem er sie fixierte, war eiskalt und ausdruckslos. »Rühr dich nicht von der Stelle«, befahl er und schlug ihr die Tür vor der Nase zu.

Wie gelähmt vor Schock starrte sie die geschlossene Holztür an. Was, in Gottes Namen, ging hier vor?, fragte sie sich und presste die Hände an die Schläfen. Das war doch alles völlig verrückt. Jemand schlich mitten in der Nacht im Salon herum. Und Slade hantierte mit einer großen hässlichen Pistole herum, so selbstverständlich, als wäre er mit ihr in der Hand auf die Welt gekommen. Zitternd vor Angst und Nervosität begann sie im Zimmer auf und ab zu gehen. Es war zu ruhig hier, dachte sie, während sie ihre Finger ineinander verknotete. Viel zu ruhig. Sie konnte unmöglich tatenlos hier rumstehen.

Slade hatte gerade schnell aber sorgfältig den ersten Stock inspiziert, als ihm das Knacken einer Treppenstufe herumfahren ließ. Er sah Jessica gegen die Wand taumeln und ihn mit großen Augen anstarren, als er die Waffe auf sie richtete.

»*Verdammt noch mal!*« Die Worte explodierten vor ihrem Gesicht. Er ließ die Waffe sinken. »Ich hab' dir doch gesagt, dass du dich nicht vom Fleck rühren sollst!«

Jessica hatte genug Zeit, um zu registrieren, dass sie die Haltung, die er mit seiner Waffe in der Hand eingenommen hatte, schon hundertmal in Fernsehkrimis gesehen hatte. Und dann bekam sie das große Zittern. »Ich konnte nicht. Ist er weg?«

»Sieht so aus«, meinte er knapp und zog sie in den Salon. »Bleib hier. Ich sehe draußen nach.«

Jessica sank in einen Sessel und wartete. Es war dunkel; das fahle Mondlicht warf wabbernde Schatten in den Raum. Wie um sich zu schützen, schlug sie die Beine unter und umfasste ihre Ellbogen mit den Händen. Angst, überlegte sie, war ein Gefühl, das sie kaum kannte. Und auch jetzt kam sie nicht sehr gut damit zurecht. Sie schloss die Augen für einen Moment und zwang sich, ruhig und tief durchzuatmen.

Als das Zittern etwas nachließ, begannen sich ihre Gedanken wieder zu formieren. Wozu brauchte ein Schriftsteller eine Pistole? Warum hatte er nicht die Polizei gerufen? Ein Verdacht tauchte aus dem Nirgendwo auf, den sie rasch verbannte. Nein, das war doch lächerlich … War es das wirklich?

Jessica hatte sich nicht aus dem Sessel bewegt, als Slade zehn Minuten später zurückkehrte.

Im Vorbeigehen schlug er mit dem Handrücken gegen den Schalter und tauchte den Raum in helles Licht. »Nichts«, erklärte er grimmig, ohne dass Jessica etwas zu ihm gesagt hatte. »Kein Mensch weit und breit, und kein Anzeichen für ein gewaltsames Eindringen.«

»Aber ich habe jemanden gesehen«, begann sie beleidigt.

»Ich habe auch nicht das Gegenteil behauptet.« Damit verschwand er wieder und ließ ihre nächsten Worte ungehört verklingen. Kurz darauf kam er zurück, ohne Pistole. »Was hast du gesehen?«, fragte er sie und begann gleichzeitig noch einmal den Salon zu durchsuchen.

Mit zusammengekniffenen Bewegungen beobachtete sie seine routinierten Bewegungen. »Die Salontüren waren zu. Als ich sie öffnete, leuchtete mir ein grelles Licht in die Augen. Eine Taschenlampe. Ich konnte nichts sehen.«

»Ist hier irgendetwas nicht an seinem Platz?«

Sie beobachtete weiter, wie er geschickt und professionell den Raum auf Hinweise durchsuchte. Nein, ihr Verdacht war keineswegs lächerlich, stellte sie fest und merkte, wie sich ihr Magen verkrampfte. Alles passte viel zu gut zusammen. Er machte das hier nicht zum ersten Mal. Und er hatte diese Waffe schon vorher benutzt.

»Wer bist du?«

Er kauerte auf dem Boden vor dem Barschrank. Ihre Worte klirrten wie Eiswürfel. An den Kristallgläsern hatte sich niemand zu schaffen gemacht, stellte er fest. »Du weißt doch, wer ich bin, Jess«, erwiderte er, ohne sich dabei umzudrehen.

»Du bist kein Schriftsteller.«

»Doch, das bin ich.«

»Und dein Dienstgrad?«, gab sie unbeirrt zurück. »Sergeant? Lieutenant?«

Er nahm die Karaffe mit Brandy und schenkte ihr zwei Fingerbreit davon in ein Glas. Dann ging er zu ihr hinüber und reichte ihr das Glas. »Sergeant. Hier, trink das.«

Sie fing seinen Blick auf und hielt ihm stand. »Geh zur Hölle!«

Slade zuckte mit den Achseln und stellte das Glas neben sie auf den Tisch. Eine tödliche Ruhe ergriff sie und betäubte den stechenden Schmerz von Verrat. »Ich will, dass du mein Haus verlässt. Aber bevor du gehst«, setzte Jessica ganz ruhig hinzu, »möchte ich, dass du mir sagst, weshalb du gekommen bist. Onkel Charlie hat dich geschickt, nicht wahr? Befehl des Commissioner?« Der letzte Satz troff vor genau kalkuliertem Abscheu.

Slade schwieg zunächst und haderte mit sich, wie viel er ihr erzählen musste, um sie zufrieden zu stellen. Sie war leichenblass, aber nicht vor Angst. Sie war fuchsteufelswild.

»Also schön.« Den Blick weiterhin auf ihn geheftet, stand sie auf. »Dann rufe ich den Commissioner eben an. Inzwischen kannst du deine Schreibmaschine und deine Pistole einpacken, Sergeant.«

Sie musste alles erfahren, entschied er und hätte viel für eine Zigarette gegeben. »Setz dich wieder hin, Jess.« Als sie sich nicht rührte, half er mit einem kleinen Schubs nach. »Und jetzt halt den Mund und hör mir zu«, sagte er, als er sie Luft holen und zu einer wütenden Erwiderung ansetzen sah. »Es besteht der Verdacht, dass dein Laden mit einer Schmuggelorganisation in Verbindung steht. Man vermutet, dass in den importierten Möbeln Schmuggelgut versteckt ist, das hier an eine Kontaktperson weitergeleitet wird, wahrscheinlich durch den Verkauf des jeweiligen Möbelstücks.« Jessica unternahm keinen Versuch, etwas zu sagen, sondern starrte Slade nur an, als habe er den Verstand verloren. »Interpol will den Kopf der Bande fassen, nicht die niederen Chargen, die bereits seit längerem observiert werden. Er ist ihnen schon einmal durch die Lappen gegangen, und sie wollen nicht, dass das noch einmal passiert. Du, dein Laden und die Leute, die für dich arbeiten, stehen so lange unter Beobachtung, bis sie ihn dingfest gemacht haben oder die Ermittlungen auf eine andere Spur führen. In der Zwischenzeit möchte der Commissioner dich in Sicherheit wissen.«

»Ich glaube kein einziges Wort von dem, was du da eben gesagt hast.«

Doch ihre Stimme zitterte. Slade schob die Hände in die Hosentaschen. »Meine Informationen sowie mein Auftrag kamen direkt vom Commissioner.«

»Absolut lächerlich.« Ihre Stimme klang wieder fester und sogar eine Spur höhnisch. »Glaubst du im Ernst, solche Transaktionen könnten in meinem Laden laufen, ohne dass ich davon Wind bekommen würde?« Sie griff nach dem Brandyglas, registrierte dabei aber seinen Blick. Ihre Hand gefror an dem Glas, ehe sie matt nach unten sackte. »Verstehe«, flüsterte sie. Sein Blick war wie ein Schlag in die Magengrube gewesen. Sie presste automatisch eine Hand auf den Bauch, verschränkte dann ihre Finger und hielt sie in die Höhe. »Haben Sie Ihre Handschellen mitgebracht, Sergeant?«

»Vergiss es, Jess.« Weil er die Art, wie sie ihn ansah, nicht ertrug, drehte er sich um und tigerte im Salon umher. »Ich sagte, der Commissioner wollte sicher sein, dass dir nichts passiert.«

»Gehörte es auch zu deinen Aufgaben, mich so weit anzubaggern, damit ich mich zu Indiskretionen hinreißen lasse?« Als er zu ihr herumwirbelte, sprang sie auf die Füße, um seiner Wut die ihre entgegenzuhalten. »Wirst du auch dafür bezahlt, dass du mit mir schläfst?«

»Damit habe ich noch gar nicht angefangen.« Zornig packte er sie an den Aufschlägen ihres Morgenmantels und hätte sie beinahe umgerissen. »Und wenn ich gewusst hätte, dass mir jedes Mal der Kopf schwirrt, wenn ich dich nur ansehe, hätte ich diesen Job niemals angenommen. Das FBI glaubt, dass du sauber bist. Begreifst du denn nicht, dass das allein dich schon in eine gefährliche Lage bringt?«

»Wie kann ich irgendwas begreifen, wenn man mir nichts erzählt?«, versetzte sie schnippisch. »Und in welcher Gefahr soll ich mich angeblich befinden?«

»Das hier ist kein Spiel, Jess.« Er schüttelte sie frustriert. »In London wurde letzte Woche ein Agent umgebracht. Er war ganz nahe dran, zu nahe dran, herauszufinden, wer in dieser Sache die Fäden zieht. In seinem letzten Bericht sprach er von Diamanten im Wert von einer Viertelmillion Dollar.«

»Und was hat das mit mir zu tun?« Jessica entwand sich seinem Griff. »Wenn die glauben, dass in den Antiquitäten, die ich importiere, Diamanten versteckt sind, dann lass sie doch kommen. Meinetwegen können sie die Möbel Stück für Stück auseinander nehmen.«

»Und den Mann an der Spitze hochnehmen?«

»Woher weißt du, dass *ich* nicht der Boss bin?« Zu ihrer Übelkeit gesellten sich jetzt auch noch rasende Kopfschmerzen, und Jessica rieb sich seufzend die Schläfen. »Ich führe doch den Laden.«

Er beobachtete, wie ihre schlanken Finger die schmerzenden Stellen unterhalb des Haaransatzes kneteten. »Aber nicht allein.«

Jede Bewegung erstarb; langsam ließ sie die Hände sinken. »David und Michael?«, wisperte sie. Ungläubigkeit verwandelte sich in Empörung. »Nein! Ich lasse nicht zu, dass du sie beschuldigst.«

»Bislang wird niemand hier beschuldigt.«

»Nein, du bist hier, um uns auszuspionieren.«

»Mir gefällt das ebenso wenig wie dir.«

»Und warum bist du dann hier, bitteschön?«

Der unmissverständliche Hohn in ihrer Stimme reizte ihn so, dass er sie am liebsten erwürgt hätte. Seine Antwort war brutal. »Weil der Commissioner nicht will, dass jemand seiner Patentochter die Kehle aufschlitzt.«

Alle Farbe wich aus ihrem Gesicht, aber sie hielt seinem Blick stand. »Wer sollte mir so was antun – David, Michael? Selbst du müsstest einsehen, wie absurd das ist.«

»Du wärst überrascht, wenn du wüsstest, was Menschen so alles anstellen, um zu Geld zu kommen«, versetzte er knapp. »Wie dem auch sei, es sind andere Leute in diese Sache involviert – Leute, die in dir nicht mehr sehen als ein entbehrliches Hindernis.« Sie wollte darüber nicht nachdenken – durfte darüber nicht nachdenken, wenn sie verhindern wollte, dass ihre Angst übermächtig wurde. Denk praktisch, ermahnte sie sich. Denk logisch. Diesmal hob sie das Brandyglas an die Lippen und trank einen großen Schluck, ehe sie weitersprach. »Wenn du vom NYPD bist, hast du hier keine Handlungsbefugnis.«

»Der Commissioner verfügt über sehr viel Macht und Einfluss.« Es beruhigte ihn zu sehen, dass ihr Gesicht langsam wieder Farbe annahm. Sie war zäher als sie aussah. »Ich bin ohnehin nicht wegen der Schmuggelsache hier – wenigstens nicht offiziell.«

»Und weswegen bist du hier – offiziell?«

»Wie gesagt, um dich aus eventuellen Schwierigkeiten herauszuhalten.«

»Das hätte Onkel Charlie mir ja wenigstens mitteilen können.«

Slade hob die Schultern und ließ sie wieder fallen, dabei sah er sich im Salon um. »Ja, vielleicht. Schwer zu sagen, ob die Person, die hier in diesem Raum war, etwas gesucht hat oder auf dem Weg in ein anderes Zimmer war. Dieses Haus ist so verwinkelt gebaut.« Er runzelte die Stirn und fuhr sich abwesend durchs Haar. »Siehst du hier etwas, das nicht an seinem richtigen Platz steht?«

Jessica folgte seinem Blick. »Nein. Ich glaube nicht, dass er lange hier drin gewesen sein kann. Du hast bis ein Uhr geschrieben. Er hat doch bestimmt gewartet, bis das letzte Licht ausging, ehe er hier eingebrochen ist, oder?«

Er wollte sie daran erinnern, dass gar kein Einbruch stattgefunden hatte, änderte aber seine Meinung. Wenn es ihr half zu glauben, dass es ein Fremder war, würde sie wahrscheinlich besser schlafen. Er dachte an David, dessen Zimmer im Ostflügel lag, im Erdgeschoss. »Ich muss noch telefonieren und meinen Bericht durchgehen. Und du gehst jetzt am besten ins Bett.«

»Nein.« Sie wollte nicht zugeben, dass sie sich nicht traute, alleine nach oben zu gehen, und nippte noch einmal an ihrem Glas. »Ich trinke noch meinen Brandy aus.«

Sie setzte sich wieder in den Sessel, während Slade zum Telefonieren in die Halle ging. Sie versuchte absichtlich, seiner Unterhaltung nicht zu lauschen, obgleich er so leise sprach, dass sie ohnehin die Ohren hätte spitzen müssen, um etwas zu verstehen. Ihr Laden, dachte sie. Völlig absurd, dass ihr kleiner Antiquitätenladen in eine internationale Schmuggelaffäre verwickelt sein sollte. Wenn die Vorstellung nicht so Furcht einflößend gewesen wäre, hätte sie laut darüber gelacht.

Michael und David. Sie schüttelte energisch den Kopf und schloss die Augen. Nein, das glaubte sie einfach nicht. Da musste ein ganz großer Irrtum vorliegen, und irgendwann würde die Polizei oder das FBI oder wer ihr sonst auf den Fersen war, das auch merken.

Im Salon, das war ein Einbrecher gewesen. Mehr steckte nicht dahinter. Hatte Betsy sich nicht schon hundertmal darüber aufgeregt, dass sie die Alarmanlage nicht einschaltete? Dann stand ihr wieder das Bild von Slade mit der Pistole in der Hand vor Augen. Das war etwas, das sie nicht vergessen konnte.

Als er in den Salon zurückkam, saß Jessica ganz still und mit geschlossenen Augen im Sessel. Slade bemerkte die dunklen Ringe unter den gesenkten Lidern. Und was er gerade am Telefon erfahren hatte, war auch nicht dazu angetan, sie verschwinden zu lassen. Da wäre eine gute Mütze Schlaf besser.

»Komm jetzt«, sagte er brüsk und versuchte, nicht weich zu werden, als sie erschrocken die Augen aufriss. »Du bist fix und fertig. Geh nach oben und nimm eine Tablette, wenn du nicht schlafen kannst. Und morgen bleibst du daheim.«

»Aber ich muss ins Geschäft«, begann sie.

»Du musst ab jetzt genau das tun, was ich dir sage«, korrigierte er sie. »Hier im Haus, wo ich dich im Auge behalten kann, bist du sicherer. Von jetzt an setzt du ohne mich keinen Fuß mehr vor die Tür. Und keine Widerrede.« Er nahm sie bei der Hand und zog sie auf die Füße. »In diesem Punkt hast du keine Wahl; du musst mir vertrauen.«

Und das tat sie. Als er sie am Arm die Treppe hinaufführte, wurde ihr bewusst, dass, wenn auch alles andere ein heilloses Durcheinander war, dieser eine Punkt völlig klar war. Dieser allererste Eindruck, den sie von ihm gewonnen hatte, als sie damals in der Halle beinahe mit ihm zusammengestoßen wäre, hatte sich bestätigt. Bei ihm war sie sicher.

»Die Vorstellung, dass du ein Cop bist, behagt mir irgendwie nicht«, murmelte sie.

»Ja, ich bin auch nicht immer davon begeistert. Geh jetzt zu Bett, Jess.« Vor ihrer Zimmertür ließ er ihren Arm los. Doch ehe er weitergehen konnte, griff sie nach seiner Hand.

»Slade …« Sie hasste, worum sie ihn bitten wollte, hasste es, sich selbst eingestehen zu müssen, dass sie Angst davor hatte, allein zu sein. »Ich …« Sie wandte den Blick von seinen ungeduldigen Augen ab und starrte in ihr dunkles Zimmer. »Könntest du bleiben?«

»Ich sagte dir doch, dass ich strikte Anweisungen vom Commissioner habe.«

»Nein, das meine ich nicht …« Sie befeuchtete sich mit der Zungenspitze die Lippen. »Ich meine bei mir – heute Nacht.«

Sie sah zu ihm auf, blass, zart, verletzbar. Er spürte, wie sein Herz zu rasen begann. Um sich dagegen zu wehren, ließ er seine Stimme kalt und brutal klingen. »Wenn ich mit einer Frau ins Bett gehe, neige ich dazu, ihr meine volle Aufmerksamkeit zu schenken. Und dafür habe ich jetzt keine Zeit.«

Ein Schauer durchfuhr sie, eine Mischung aus Panik und Erregung. »Ich bitte dich nicht darum, mit mir zu schlafen, sondern nur, mich nicht allein zu lassen.«

Er gestattete sich, seinen Blick über ihren Körper huschen zu lassen. Warmes Fleisch, weiche Kurven, eisblaue

Seide. »Glaubst du, ich verbringe die Nacht mit dir und rühr dich nicht an?«

»Nein.« Die Antwort kam blitzschnell und war nur ein Flüstern. Das Herz schlug ihr bis zum Hals.

Mit einer schnellen Bewegung, die sie erschrecken sollte, drängte Slade sie mit dem Rücken gegen die Tür. »Dir fehlt die Erfahrung, mit mir umzugehen, Lady.« Nicht gerade zärtlich legte er ihr eine Hand an die Kehle. Unter seiner Handfläche spürte er ihren Puls hämmern, aber ihre Augen ... ihre Augen waren honigfarben und ohne jede Furcht. Er begehrte sie mit einer Verzweiflung, die alles andere aus seinem Blickfeld zu drängen drohte. »Ich bin nicht einer dieser höflichen Gentlemen, die du aus deinen Country Clubs kennst«, setzte er mit gefährlich leiser Stimme hinzu. »Du hast keine Ahnung von den Orten, an denen ich gewesen bin, von den Dingen, die ich getan habe. Ich könnte dir Tricks zeigen, die deinen französischen Lover wie einen Pfadfinder dastehen lassen. Wenn ich die Absicht hätte, dich zu nehmen, hättest du keine Chance zu fliehen.«

Sie verstand kaum, was er sagte, so dröhnte es in ihrem Kopf. Heftiges Verlangen verschleierte ihren Blick. »Wer von uns beiden flieht denn, Slade?« Ihre Arme waren schwer, doch sie brachte sie hoch und ließ die Hände in einer einzigen Bewegung über seinen nackten Rücken wandern. Slade versteifte sich. Kurzzeitig verstärkte sich der Griff seiner Finger um ihren Hals. Sie presste sich mit ihrem ganzen Körper an ihn.

»Zum Teufel mit dir, Jess.« Mit diesem Fluch fiel er über ihren Mund her.

In ihrem Kopf drehte sich alles, der heftige Ansturm ließ ihre Sinne wild durcheinander wirbeln. Sie klammerte sich an ihn. Das war genau das, was sie wollte – diese blinde Leidenschaft, die er mit einer einzigen Berührung in ihr entfachen konnte. Das war kein Kuss, wie ihn Geliebte tauschen; kein huldigendes Verschmelzen von Lippen, kein liebevolles Necken von Zungen. Dieser Kuss war der blanke Wahnsinn. Und Jessica entsagte ihrem Verstand, ohne ein zweites Mal darüber nachzudenken. Sollte er sie lehren, was immer er sie lehren wollte.

Er riss ihr noch an der Tür den Morgenmantel vom Leib und gab dem in ihm siedenden Verlangen nach, mit seinen Händen jedem Zentimeter ihrer Haut nachzuspüren. Viel weicher, so unbegreiflich viel weicher, als er es sich vorgestellt hatte, schien ihre Haut unter seinen Fingern zu fließen. Binnen Sekunden hatte er sie zum Zittern gebracht, ein Schauder nach dem anderen durchzuckte sie. Ihre Schenkel waren schlank und fest. Er strich an der Innenseite entlang nach oben, fand sie und ließ seine Finger spielen, bis sie keuchend den Gipfel der Ekstase erklommen hatte und taumelnd gegen seine Brust sackte.

Slade stieß wieder einen Fluch aus, wissend, dass das noch nicht das Ende war. Er hatte sich geschworen, sie grob zu behandeln und dann aus ihrem Dunstkreis zu verschwinden, um sie zu schützen … und sich selbst. Jetzt lag sie in seinen Armen, feucht und warm und anschmiegsam. Ihr Duft hüllte ihn ein, verführte ihn. Er schüttelte den Kopf, versuchte, einen klaren Gedanken zu fassen, doch sie presste die Lippen an seinen Hals und flüsterte mit rauer Stimme seinen Namen.

Als Jessica neben Slade im Bett lag, hätte sie nicht sagen können, ob er sie dorthin gezogen oder getragen hatte.

Sie wand sich unter ihm, erwiderte wie im Rausch seine Küsse, während sie seine Hände überall auf ihrem Körper gleichzeitig spürte. Er gab ihr keine Chance, sich zu orientieren. Unter ihr das zerdrückte Laken, der weiche Stoff seiner Jeans an ihren Beinen, um sie herum tobte ein Wirbelsturm, der sie in schwindelnde nachtschwarze Höhen emporriss. Sein keuchender Atem vibrierte in ihrem Ohr, ehe sich seine Zunge hineinschlängelte.

In einem rasenden Zickzackkurs, der ihren Verstand Purzelbäume schlagen ließ, verschlangen sie seine Lippen, knabberten an ihrer Kehle und arbeiteten sich zärtlich küssend ihren Hals entlang und erkundeten schließlich das feuchte Tal zwischen ihren Brüsten. Sie bäumte sich auf, ihre Brustspitzen hart vor Lust, und schon leckte er mit der Zunge über jede kleine Wölbung ihrer Rippen. Wie von Sinnen vergrub sie die Finger in seinem Haar, wollte, dass er sie nahm, ehe sie explodierte, wollte, dass dieser köstliche Rausch der Gefühle niemals endete.

Gierig kehrte sein Mund zu ihren Brüsten zurück, die feuchte Spur, die seine Lippen auf ihrer Haut hinterließen, schickte prickelnde Stromstöße durch ihren Körper. Seine Zähne gruben sich in das weiche Fleisch, während seine Fingerspitze zärtliche Kreise um die Knospe ihrer anderen Brust zeichnete. Seine Lippen und Finger bereiteten ihr schier unerträglich süße Qualen, die sie zuckend und sich vor Lust windend auskostete. Er saugte die harte Knospe in seinen Mund, umschloss die andere mit Daumen und Zeigefinger und begann sie sanft zu massieren. Diese herrlich sinnliche Marter entlockte ihr einen zitternden Schrei und als seine zärtlichen Neckereien sich in eine animalische Gier verwandelten, schlugen die Wellen ihrer eigenen Begierde über ihr zusammen und entfesselten auch das Tier in ihr.

Mit fliegenden Fingern zerrte sie an seiner Jeans, doch er entzog sich ihren gierigen Händen. Ohne diese letzte Barriere, würde er sie auf der Stelle nehmen, das wusste er. Aber er war noch längst nicht bereit. Er hatte ihre Leidenschaftlichkeit gespürt, hatte geahnt, dass diese faszinierende Sinnlichkeit in ihr schlummerte, aber jetzt entfachte sie ein Feuer in ihm, das er nicht vorausgesehen hatte. Sie ergab sich hemmungslos ihrer Lust, wild und ungestüm wie eine heißblütige Stute, der man die Zügel schießen lässt. Er wollte sie – sie beide – auf den höchsten Gipfel der Ekstase führen.

Der erdige, moosige Duft schien überall aus ihr herauszuströmen, wo seine Lippen ihre Haut berührten. Ihr Körper war schlank, beinahe zu schlank, besaß aber eine verführerische Fraulichkeit, die ihn dazu reizte, sie so lange zu berühren und zu schmecken, bis es keinen Millimeter Haut mehr gab, den er nicht erforscht hatte. Als sein Mund über die Wölbung ihres Magens strich, stöhnte sie auf und krallte ihre Fingernägel in seine Schultern, um seinen Kopf weiter nach unten zu schieben. Er hörte, wie sein Name zwischen keuchenden Atemzügen zitternd über ihre Lippen flatterte. Doch als seine Zunge das Zentrum ihrer Lust suchte und schließlich fand, hörte und sah er nichts mehr.

Er trieb sie von einem Gipfel der Lust zum nächsten. Und Jessica, obgleich völlig erschöpft und atemlos, hungerte immer noch nach mehr. Ihre Haut verschmolz mit der seinen, beide heiß und feucht vor Begierde. Ihr Körper war erstaunlich agil, vibrierte unter tausend hämmernden Pulsschlägen, die er ihrem wild klopfendem Herzen abverlangte. Schon lange waren ihre Lippen nicht mehr im Stande, flüsternd seinen Namen zu formen. Gemeinsam kämpften sie mit den letzten Kleidungsstücken, die sie voneinander trennten. Sie entdeckte seine Hüften, schmal und langknochig; seine Schenkel, fest und muskulös.

Ihre Vereinigung war ein animalischer Endspurt, den sie

keuchend und stöhnend unter der überwältigenden Kraft ihrer Empfindungen antraten.

Sie konnte nicht aufhören zu zittern. Ein Schauder nach dem anderen durchfuhr sie, auch noch, als Slade schon längst neben ihr lag, schweigend. Ihr ganzer Körper schmerzte. Und glühte. *Make love, not war.* Hatten sie sich geliebt oder bekriegt?, fragte sich Jessica, noch immer wie betäubt. Was immer zwischen ihnen geschehen war, sie hatte es noch nie zuvor erlebt, und sie wusste auch, dass sie das mit keinem anderen Mann jemals erleben würde.

Keine ihrer geheimen Ängste war an die Oberfläche gedrungen – das hätte er auch nicht zugelassen. Gab es einen anderen Mann mit seiner Stärke, seiner Intensität, seiner … Wildheit? Nicht für sie, wusste Jessica mit Bestimmtheit und rollte instinktiv zu ihm hin. Niemals mehr würde es einen anderen Mann für sie geben, so wie es auch zuvor nie einen anderen gegeben hatte. Sie hatte den lebenswichtigsten Teil ihres Körpers bereits an ihn verloren, und zwar schon lange, bevor sie im Bett gelandet waren – ihr Herz.

Oh, ich liebe dich, dachte sie, wer immer und was immer du bist. Und der sicherste Weg, dich jetzt zu verlieren, wäre der, es dir zu gestehen. Die Augen schließend, legte sie ihren Kopf an seine Schulter. Du wunderst dich bestimmt, wie deine Selbstbeherrschung so weit schwinden konnte, dass du mit mir ins Bett gegangen bist, folgerte sie mit instinktiver Zielsicherheit. Und du fragst dich bereits, wie du verhindern kannst, dass dies noch einmal passiert. *Aber ich werde dich nicht verlieren.* Dieser Schwur nahm feste Formen an, als ihre Hand über seine Brust strich. Du kommst mir nicht aus, Slade. Da kannst du kämpfen, so viel du willst. Mit federleichten Berührungen hauchte sie eine Spur Küsse von seiner Schulter bis zum Halsansatz.

»Jess.« Slade legte ihr die Hand ans Gesicht, um sie zu stoppen. Er konnte keinen klaren Gedanken fassen, wenn sie ihn berührte. Und wenn er einen Weg aus diesem Treibsand finden wollte, in dem er zu versinken drohte, musste er nachdenken.

Jessica küsste die Finger, die ihre Lippen erreichen konnten, und legte dann den Mund an seine Wange. »Halt mich fest«, flüsterte sie. »Nimm mich in deine Arme.«

Nur mit größter Willensanstrengung widersetzte sich Slade der mit heiserer Stimme vorgebrachten Bitte und den samtweichen Lippen, die es darauf anlegten, ihm das Gehirn zu vernebeln. »Jessica, das wäre nicht klug. Wir müssen …«

»Ich will auch nicht klug sein, Slade«, unterbrach sie ihn und stützte sich auf die Ellbogen, so dass ihr Gesicht über dem seinen schwebte, ihre Lippen über seinem Mund. »Sag nichts mehr, nicht heute Nacht.« Als sie mit den Fingerspitzen an seiner Seite entlangstrich, spürte sie, wie ein Schauder durch seinen Körper fuhr, der nicht seinem Willen unterworfen war. »Ich will dich.« Ihre Zunge berührte seine Unterlippe. »Und du willst mich. Alles andere zählt heute Nacht nicht.«

In der Dunkelheit sah er die helle Wolke ihres Haars, ihre Haut, die blass im Mondlicht schimmerte, und die Schatten, die ihre Wangenknochen warfen. Er sah das Feuer in ihren Augen glühen, ehe ihr Mund den seinen berührte.

6

Slade erwachte an Jessicas Seite. Sie war tief in einen erschöpften Schlaf versunken, ihr Atem ging langsam und regelmäßig. Unter dem Fächer ihrer gesenkten Wimpern lagen dunkle Schatten. Sein Arm umfasste ihre schlanke Taille; im Schlaf hatte er sich verraten, indem er sie dicht bei sich spüren wollte. Sie hatten sich ein Kopfkissen geteilt. Er verbrachte etliche Minuten damit, sich selbst zu verfluchen, ehe er sich leise aus dem Bett rollte. Jessica rührte sich nicht. Er schnappte sich seine Jeans, ging in sein eigenes Zimmer und direkt unter die Dusche.

Dort drehte er absichtlich nur den Kaltwasserhahn auf. Hatte er sich nicht in der vergangenen Nacht genug an ihr gelabt?, fragte er sich ärgerlich, während das eiskalte Wasser wie spitze Nadeln auf seine Haut niederprasselte. Musste er mit dem Gedanken aufwachen, dass er sie schon wieder begehrte? Und zwar mit einem so unwiderstehlichen Heißhunger, der mit seinem Job kaum vereinbar war. Slade musste sich immer wieder und wieder einhämmern, dass Jessica ein Job war, nur ein Job.

Und in dem kurzen Telefonat am Abend zuvor hatte er genug erfahren, um zu wissen, dass Jessicas Position noch heikler war, als er bis dahin angenommen hatte. Jemand suchte etwas in ihrem Haus – jemand, dem sie vertraute. Zu wissen, wer dieser Jemand war, reichte nicht aus. Slade musste herausfinden, was er suchte. Beziehungsweise das FBI musste es herausfinden, korrigierte er sich grimmig. Er durfte sie von jetzt an keine Sekunde mehr aus den Augen lassen, bis die Geschichte geklärt war.

Warum, verdammt noch mal, erlaubten sie ihm nicht, Jessica von hier wegzubringen?, dachte er und merkte, dass er schon wieder vor Wut zu kochen begann. Der Befehl über das Telefon war eindeutig gewesen und hatte keine Diskussion zugelassen. Jessica blieb. Die Ermittlungen durften nicht gefährdet werden, indem man sie frei herumspazieren ließe. Sie musste hier bleiben, wiederholte Slade schweigend. Und er musste die nächsten vierundzwanzig Stunden an ihr kleben wie eine Klette. Was natürlich nicht bedeutete, dass er auch mit ihr schlafen musste, ermahnte er sich eindringlich, während er den Kopf unter den eisigen Wasserstrahl hielt. Und es bedeutete auch nicht, dass er sich so intensiv mit ihr einlassen durfte, dass er darüber den Grund seines eigentlichen Hierseins vergaß. Aber wie, zum Teufel, sollte er es anstellen, mit ihr unter einem Dach zu leben und sie nicht anzufassen?

Er nahm das Duschgel und seifte sich von Kopf bis Fuß ein. Vielleicht konnte er wenigstens ihren Duft abwaschen, der ihm schon unter die Haut gekrochen zu sein schien.

Jessica erwachte und tastete automatisch nach Slade. Er war verschwunden, und damit gleichzeitig auch ihr Frieden. Die wenigen Stunden Schlaf hatten sie nicht entspannt. Im Gegenteil, sie war noch aufgewühlter als am Abend zuvor. Wäre er neben ihr gelegen, hätte sie sich an ihn schmiegen können und nicht diesen grausamen Stachel der Verlustangst spüren müssen.

David und Michael. Nein, sie durfte nicht einmal daran denken. Sie vergrub das Gesicht in den Händen und versuchte, diesen schrecklichen Gedanken auszublenden. Doch dann sah sie Slades eisigen Blick, als er die Waffe auf sie gerichtet hatte. Das ist völlig verrückt, ein fataler Irrtum. Diamanten im Wert von einer Viertelmillion Dollar. Interpol. *David und Michael.*

Die Vorstellung war so unerträglich, dass Jessica wie vom Teufel gejagt aus dem Bett sprang. Sie brauchte einen klaren Kopf, um nachdenken zu können. Das Haus kam ihr vor wie ein stickiges Kerkerverlies. Sie kleidete sich hastig an und machte sich auf den Weg an den Strand.

Als Slade zehn Minuten später ihre Tür einen Spalt weit öffnete, um nach ihr zu sehen, fand er ihr Bett leer vor. Die Panik, die ihn augenblicklich ergriff, war genauso untypisch für ihn wie unprofessionell. Er warf rasch einen Blick ins Bad und in ihr Wohnzimmer, ehe er nach unten eilte. Im Speisezimmer fand er Jessica auch nicht, aber Betsy.

»Wo ist sie?«, fragte er sie barsch.

Betsy räumte den Teller ab, den sie für Jessica gedeckt hatte, und knurrte dann ebenso barsch zurück: »Dann sind Sie also auch bester Laune, wie ich sehe.«

»Wo ist Jessica?«

Betsy seufzte und maß ihn mit einem wissenden Blick. »Sie sah schlecht aus heute Morgen. Hoffentlich hat sie sich nicht Davids Grippe eingefangen. Unten am Strand«, fuhr sie eilig fort, ehe Slade sie anschnauzen konnte.

»Allein?«

»Ja, allein. Hat nicht mal diesen wandelnden Mopp von Hund mitgenommen. Hat mir gesagt, dass sie heute nicht in den Laden geht und …« Betsy stemmte die Hände in die Hüften und starrte grimmig seinem entschwindenden Rücken hinterher. »Na ja«, murmelte sie und schnalzte mit der Zunge.

Es war kalt. Deshalb fiel es Slade nicht schwer, sein Pistolenhalfter unter einer Jacke zu verbergen. Als er die Strandtreppe erreichte, fielen ihm beinahe keine Flüche mehr ein. Hatte sie überhaupt irgendetwas von dem, was er ihr letzte Nacht erklärt hatte, verstanden? Er entdeckte sie unten bei den Wellenbrechern und rannte die letzten Stufen hinunter auf sie zu.

Jessica hörte ihn kommen und drehte sich um. Was immer sie hatte sagen wollen, blieb ihr in der Kehle stecken, als er sie an den Schultern packte und schüttelte.

»*Du Wahnsinnige!* Was machst du hier allein am Strand? Weißt du nicht, in welcher Lage du dich befindest?«

Anstatt zu antworten, holte Jessica aus und gab ihm eine schallende Ohrfeige. Der Schlag ließ beide erstarren und die Blicke, die sie tauschten, waren scharf wie Messerklingen. Sein Griff lockerte sich so weit, dass Jessica einen Schritt zurück machen konnte. »Schnauz mich nicht so an«, zischte sie und rieb sich automatisch die Schultern. »Das muss ich mir von niemandem gefallen lassen.«

»Von mir schon«, gab er gleichmütig zurück. »Diesmal lasse ich dir diese Ohrfeige noch durchgehen, Jess, aber das nächste Mal schlage ich zurück, merk dir das. Was hast du hier zu suchen?«

»Ich gehe spazieren«, versetzte sie schnippisch. »Vorher habe ich David noch dahingehend instruiert, dass er den Laden heute allein schmeißen muss – ganz wie befohlen, Sergeant.«

Also sind wir wieder bei dieser Leier, dachte Slade und schob wütend die Hände in die Taschen. Der Wind wehte ihm die Haare ins Gesicht. »Wunderbar. Mein nächster Befehl lautet, dass du ab jetzt nicht mehr das Haus verlässt, ohne mich vorher zu fragen.«

Die plötzlich aufsteigenden Tränen löschten das Feuer in ihren Augen. Sie umfasste ihre Ellbogen und drehte sich rasch um. Er hatte ihre Wut erlebt, ihre Leidenschaft, aber ihre Schwäche wollte sie ihm nicht zeigen. »Hausarrest?«, murmelte sie leise.

Er hätte lieber noch eine Ohrfeige von ihr eingesteckt, als sie weinen zu sehen. »Schutzhaft«, gab er zurück und legte seufzend die Hände auf ihre Schultern. »Jess …«

Sie schüttelte heftig den Kopf, wissend, dass dieser zärtliche Tonfall ihr den Rest geben würde. Als sie seine Stirn an ihrem Hinterkopf spürte, schloss sie ganz fest die Augen.

»Brich jetzt bitte nicht zusammen«, flüsterte er. »Es wird nicht für lange sein. Wenn es vorbei ist …«

»Wenn was vorbei ist?«, unterbrach sie ihn in einem kurzen Anfall von Verzweiflung. »Wenn einer der Menschen, die mir am nächsten stehen, im Gefängnis sitzt? Soll ich mich darauf vielleicht freuen?« Sie atmete schwer aus, öffnete die Augen und starrte hinaus aufs Meer. Das Wasser war grau und aufgewühlt, auf den Wellen tanzten weiße Schaumkronen. Es sah nach Sturm aus, überlegte sie nüchtern. Am Himmel zogen bereits die ersten schwarzen Wolken auf.

»Du sollst den heutigen Tag durchstehen«, erklärte er und verstärkte seinen Griff. »Und dann den morgigen.«

Das Leben, sinnierte sie. Sah so wirklich das Leben aus? War das seine Einstellung dazu? »Warum hast du mich heute Morgen allein gelassen?«

Seine Hände rutschten von ihren Schultern. Jessica wusste, dass er einen Schritt zurückgewichen war. Ihren ganzen Mut zusammennehmend, drehte sie sich zu ihm um. Die

Mauer war wieder da. Würde ihr Körper nicht noch von ihren wilden Liebesspielen schmerzen, hätte sie wahrscheinlich geglaubt, das alles nur geträumt zu haben. Der Mann, der sie da anstarrte, zeigte nicht die Spur eines Gefühls.

»Du wirst mir jetzt sagen, dass das alles ein Fehler gewesen ist«, brachte sie mühsam hervor. »Etwas, das nicht hätte passieren dürfen und gewiss nicht wieder passieren wird.« Ihr Kinn reckte sich automatisch in die Höhe, während in ihrem Inneren Liebe und Stolz erbittert miteinander fochten. »Bitte, tu dir keinen Zwang an.«

Er hätte sie gehen lassen sollen. Er war entschlossen, sie gehen zu lassen. Doch ehe er sich versah, nahm er ihren Arm und schloss sorgsam seine Finger darum, als wollte er den Umfang und die Stärke messen. »Ich werde dir jetzt sagen, dass es ein Fehler war«, begann er leise. »Etwas, das nicht hätte passieren dürfen. Aber ich kann dir nicht versprechen, dass es nicht wieder passieren wird. Ich kann nicht in deiner Nähe sein und dich nicht begehren.«

Der Mann im Schatten der Bäume kauerte sich unbemerkt nieder. Mit geübten Bewegungen öffnete er seinen Aktenkoffer und begann die einzelnen Teile eines Präzisionsgewehres zusammenzuschrauben. Den beiden Gestalten unten am Strand schenkte er dabei im Augenblick wenig Aufmerksamkeit. Eins nach dem anderen. Das war einer der Gründe für seinen Erfolg in diesem Berufszweig. Er hatte den Auftrag erst vor vier Stunden angenommen und war recht erfreut, dass die Ausführung nicht sehr viel Zeit in Anspruch nehmen würde.

Nachdem er das Visier aufgesetzt hatte, zog er ein Taschentuch hervor. Der scharfe Wind war Gift für seinen Schnupfen. Andererseits konnte er sich für zehntausend

Dollar eine Menge Schnupfenmittel kaufen. Er nieste einmal leise in sein Taschentuch, steckte es wieder ein und nahm die Gestalten am Strand ins Visier.

Jessica spürte, wie ihre Kraft allmählich wieder zurückkehrte. »Und warum war es ein Fehler?«

Slade schnaufte genervt. *Weil ich ein Cop von der Lower East Side bin und Dinge gesehen habe, von denen ich dir niemals erzählen kann. Und weil ich dich so sehr begehre – nicht nur jetzt, in dieser Sekunde, auch morgen und in zwanzig Jahren –, dass mir himmelangst wird.*

»Öl und Wasser, Jess, so einfach ist das. Du wolltest spazieren gehen, also gehen wir.« Er ließ ihren Arm los, nahm sie an der Hand und zog sie vom Wasser fort.

Der Mann ließ das Gewehr sinken, als Slades Körper sein Ziel verdeckte und einen präzisen Schuss verhinderte. Der Auftrag bezog sich nur auf die Frau, und Geschäft war Geschäft. Der Wind zerrte an seinem sandfarbenen Überzieher. Schniefend zog er abermals sein Taschentuch hervor und setzte sich nieder, um zu warten.

Jessica kickte einen kleinen Stein gegen einen Felsen. »Du bist doch Schriftsteller, oder?«

»Das rede ich mir wenigstens ein.«

»Und weshalb tust du dann so was? Es macht dir keinen Spaß – das merkt man.«

Das sollte man aber nicht. Die Tatsache, dass sie bemerkt hatte, was er bisher vor jedem anderen – einschließlich sich selbst von Zeit zu Zeit – erfolgreich hatte verbergen können, machte ihn wütend. »Jess, ich tue, was ich tun muss. Es ist mein Beruf. Nicht jeder hat die Wahl.«

»Das stimmt nicht«, gab sie zurück. »Jeder Mensch kann wählen.«

»Ich habe eine Mutter, die als Bedienung arbeitet und von der Rente eines toten Cops lebt.« Die Worte explodierten auf seinen Lippen und brachten sie augenblicklich zum Schweigen. »Und eine Schwester im dritten Collegejahr, die die Chance hat, etwas aus sich zu machen. Die Studiengebühren müssen bar bezahlt werden – die nehmen keine ungedeckten Schecks.«

Jessica umfasste sein Gesicht mit beiden Händen. Sie waren kalt und weich. »Dann hast du deine Wahl getroffen, Slade. Nicht jeder Mann hätte sich dafür entschieden. Und wenn die Zeit reif ist und du deinen Roman veröffentlicht hast, dann hast du dein Ziel erreicht.«

»Jess.« Er nahm ihre Handgelenke und hielt sie einen Moment fest, statt ihre Hände von seinem Gesicht zu lösen. Die Berührung ließ ihren Puls in die Höhe schnellen und entlockte ihm eine unwillige Bemerkung. »Ich mag dich«, raunte er.

»Und das passt dir nicht.« Sie schloss die Augen und beugte sich ihm entgegen.

Slade riss sie an sich und verschlang ihren willigen Mund. Ihre Lippen waren so kalt wie ihre Hände, erglühten aber rasch unter seinem Kuss. Bereits rasend vor Lust, packte er ihren Haarschopf und zog ihren Kopf so weit zurück, dass er alle süßen, feuchten Winkel plündern konnte. Ihre Arme flogen um seinen Nacken und hielten ihn gefangen in ihrer Weichheit, ihrem Duft, ihrer Begierde.

Sein Hinterkopf stand genau im Fadenkreuz des Zielfernrohrs eines Präzisionsgewehrs mit hochwirksamem Schalldämpfer.

»Jess.« Seine Lippen formten ihren Namen dicht an ihren Lippen. Slade löste sie nur, um Jessica an seine Brust zu ziehen und sie dort zu halten, während er versuchte, sich zu beruhigen. »Du bist müde«, sagte er, als er sie seufzen hörte. »Lass uns zurückgehen. Du solltest dich noch mal hinlegen.«

Sie ließ es zu, dass er sie an seine Seite zog. Geduld, sagte sie sich. Slade war kein Mann, der sich leicht rumkriegen ließ. »Ich bin nicht müde«, log sie, ihren Schritt dem seinen anpassend. »Ich könnte dir ein bisschen in der Bibliothek zur Hand gehen.«

»Das fehlte mir gerade noch«, murmelte er und verdrehte die Augen. Am Rande seines Blickfelds sah er ganz kurz etwas Helles zwischen den sich lichtenden Blättern der Bäume flattern. Slade versteifte sich automatisch und kniff die Augen zusammen. Sein Blick suchte instinktiv die Umgebung ab. Da war leises Rascheln, wahrscheinlich der Wind in dem welkenden Laub. Dann blitzte wieder etwas Helles auf.

»Wenn ich mir Mühe gebe, bin ich ein Ass im Ordnungschaffen«, behauptete Jessica. »Und ich …« Der Rest blieb ihr in der Kehle stecken, als Slade sie mit einer blitzschnellen Bewegung hinter einen Felsvorsprung stieß und mit sich zu Boden riss. Sie hörte ein helles Geräusch – Ping machte es, als ob ein kleiner Stein von einem Felsen abprallte. Ehe sie noch Luft holen konnte, hatte er seine Pistole gezogen. »Was ist denn, Slade? Was ist los?«

»Nicht bewegen!« Er sah sie nicht an, hielt sie aber mit einer Hand unter sich fest, während sein Blick den Strand absuchte. Jessica starrte wie gebannt auf die Waffe.

»Slade?«

»Er ist in dem Wäldchen, keine drei Meter rechts von

uns«, kalkulierte er laut. »Eine gute Position; er wird sich dort nicht wegbewegen – zumindest eine Weile nicht.«

»Wer?«, wollte sie wissen. »Wovon redest du überhaupt?«

Er sah sie kurz an und erschreckte sie mit dem harten, eiskalten Blick, den sie schon einmal bei ihm gesehen hatte. »Der Mann, der gerade auf dich geschossen hat.«

Jessica wurde steif wie eine Statue. »Niemand hat geschossen, ich habe nichts ge…«

»Er benutzt einen Schalldämpfer.« Slade reckte sich gerade so weit hoch, dass er die Strandtreppe überblicken konnte. »Er ist ein Profi und wartet ab.«

Jetzt erinnerte Jessica sich wieder an das merkwürdige Geräusch, das sie gehört hatte, als Slade sie zu Boden riss. Stein prallt auf Stein. Kugel prallt auf Felsen. Ein Schwindel erfasste sie und verschleierte ihren Blick, bis sie nichts mehr sah außer grauem Nebel. Aus weiter Ferne hörte sie Slades Stimme und kämpfte gegen die Ohnmacht an. Der Puls dröhnte ihr in den Ohren, als sie versuchte, den Blick wieder auf sein Gesicht scharf zu stellen. Er spähte immer noch an ihr vorbei zur Strandtreppe.

»… damit wir wissen, dass er dort ist.«

»Was?«

Jetzt fixierte Slade sie mit einem ungeduldigen Blick. Sie war weiß wie ein Laken. Ihre Augen starrten glasig ins Nichts. Er konnte ihr den Luxus nicht gestatten, sich in einen Schock zu flüchten. »Komm zu dir und hör mir zu«, flüsterte er mit scharfer Stimme und nahm ihr Gesicht in beide Hände. »Wenn wir Glück haben, weiß er nicht, dass wir ihn gesehen haben. Er denkt wahrscheinlich, wir liegen hier und lieben uns. Wenn er wüsste, wer ich wirklich bin, hätte er mich erledigt, anstatt zu warten, bis er dich genau in der Schusslinie hat. So, und jetzt hast du nur eines zu tun, Jess, verstanden?«

»Nur eines«, wiederholte sie und nickte.

»Rühr dich nicht von der Stelle.«

Beinahe wäre sie in ein hysterisches Kichern ausgebrochen. »Das hört sich gut an. Wie lange, glaubst du, werden wir hier bleiben müssen?«

»Du bleibst hier, bis ich zurückkomme.«

In plötzlicher, verzweifelter Panik schlang sie die Arme um seinen Hals. »Du gehst doch nicht etwa dort hinaus! Er wird dich umbringen!«

»Er hat es auf dich abgesehen«, meinte Slade nur und schälte sich aus ihrer Umklammerung. »Ich will, dass du genau das tust, was ich dir gesagt habe.«

In gebückter Haltung knapp über ihr kauernd zog er seine Jacke aus und nahm das Holster ab. Nachdem er sich das Hemd aus der Jeans gezupft hatte, steckte er die Pistole hinten in den Hosenbund. »Ich stehe jetzt auf und gehe zur Treppe. Entweder wird er denken, du hast dich geziert, oder wir sind schon fertig und du bleibst noch ein Weilchen hier.«

Sie hielt ihn nicht länger fest, weil sie wusste, dass es sinnlos wäre, ihn aufhalten zu wollen. »Und wenn er dich erschießt?«, fragte sie resigniert. »Tot wirst du einen miserablen Bodyguard abgeben.«

»Wenn er das vorhat, dann schießt er, sobald ich aufgestanden bin«, erklärte Slade trocken und nahm ihr Gesicht wieder in die Hände. »Aber dann hast du immer noch die Pistole, stimmt's?« Er küsste sie, hart und schnell, ehe sie etwas erwidern konnte. »Bleib hier, Jess. Ich komme zurück.«

Er erhob sich lässig, den Blick immer noch auf sie geheftet. Jessica hatte das Gefühl, als hätte ihr ganzer Körper auf Zeitlupe geschaltet. Ihr Gehirn, die Lungen, das Herz. Wenn sie überhaupt atmete, so war es ihr nicht bewusst. Sie lag da in einem Vakuum von Angst. Slade grinste sie an, versuchte Zuversicht auszustrahlen, die nicht bis in seine Augen reichte. Wie betäubt fragte sie sich, ob dieses Lächeln ihr oder dem Mann in dem Wäldchen gegolten hatte.

»Was immer auch passiert, du bleibst, wo du bist.« Damit drehte er sich um und schlenderte lässig auf die Treppe zu. Er hakte die Daumen in die Vordertaschen seiner Jeans, gab sich so unbekümmert, als wäre nicht jeder Muskel seines Körpers zum Zerreißen gespannt, und wartete ab. Ein dünner Rinnsal Schweiß rann an seiner Wirbelsäule herab.

Tot wirst du einen miserablen Bodyguard abgeben. Jessicas Worte hallten in seinem Kopf wider, während er sich zwang, ganz gemächlich die Treppe hinaufzusteigen. Er wusste, wie knapp diese lautlose Kugel ihr Ziel verfehlt hatte. Es war riskant, ohne jede Deckung hier herumzumarschieren, für ihn, und auch für Jessica.

Ein kalkuliertes Risiko, erinnerte sich Slade. Manchmal musste man eben ein Risiko eingehen. Er zählte die Treppenstufen. Fünf, sechs, sieben ... Es war ziemlich unwahrscheinlich, dass der Schütze im Augenblick die Waffe auf ihn gerichtet hielt. Er wartete ziemlich sicher darauf, dass Jessica hinter dem Felsen hervorkam. Zehn, elf, zwölf ... Hörte sie wenigstens diesmal auf ihn?, überlegte er, von einer kurzen Panik ergriffen. Schau dich nicht um. Um Himmels willen, schau bloß nicht zurück! Es gab nur noch eine einzige Möglichkeit, sie zu retten.

Er erreichte die oberste Treppenstufe, zog im selben Augenblick seine Pistole und rannte in gebückter Haltung in das Wäldchen.

Das Rascheln des trockenen Laubs würde ihn verraten, dachte er und kam dann zu dem Schluss, dass das unter Umständen auch ein Segen sein konnte. Es würde vielleicht die Aufmerksamkeit des Killers von Jessica ablenken. Im Zickzack lief er auf die Stelle zu, wo er vorhin etwas Helles hatte flattern sehen. Er ging gerade hinter einer Eiche in Deckung, als er einen dumpfen Schlag hörte. Beinahe unbeteiligt registrierte er, dass die Kugel genau neben ihm in einen Baum eingeschlagen war.

Das war knapp, dachte er. Sehr knapp. Aber plötzlich war er die Ruhe selbst. Der Mann wusste, dass er gepfuscht hatte. Und er wusste auch, dass, falls Slade das Glück verlassen sollte, die Polizei von der ganzen Sache wusste. Slades Waffe und die Art, wie er in Deckung ging, sagten jedem Profi, was er wissen musste.

Geduldig wartete Slade ab. Aus fünf endlosen Minuten wurden zehn. Allmählich trocknete der kalte Schweiß auf seinem Rücken. Da keiner der Männer sich lautlos vorwärtsbewegen konnte, blieben beide, wo sie waren und belagerten einander. Ein Vogel, der aufgeflogen war, als Slade in den Wald stürmte, kehrte auf seinen Ast zurück und begann fröhlich ein Lied zu zwitschern. Keine fünf Schritte von Slade entfernt hamsterte ein Eichhörnchen Bucheckern. Slade schaltete seine Gedanken ab und wartete. Die Sturmwolken kamen bedrohlich näher, schoben sich vor die Sonne und verdunkelten den Himmel. Es wurde kalt in dem Wäldchen. Der Wind fuhr ihm unter das nicht zugeknöpfte Hemd.

Dann plötzlich ein unterdrücktes Niesen und das Rascheln von Laub. Im gleichen Augenblick hechtete Slade auf das Geräusch zu, warf sich auf den Boden und rollte vorwärts, nachdem er einen kurzen Blick auf den Mann und das Gewehr erhascht hatte. Flach auf dem Bauch liegend feuerte er dreimal.

Gelähmt von einer Angst, die eisiger war als der scharfe Wind, der über den Sound fegte, kauerte Jessica hinter dem Felsen. Der Wind und das Donnern der Brandung waren die einzigen Geräusche, die sie vernahm. Früher einmal hatte sie das Rauschen des Meeres geliebt, das Heulen des Windes, das dumpfe Aufschlagen der Wellen an den Felsen. Über ihr brauten sich schwarze Gewitterwolken zusammen. Mit einer Hand hielt sie Slades Jackett umklammert. Das Leder war weich und kalt, aber es verströmte seinen Geruch. Und darauf konzentrierte sie sich. So lange sie ihn riechen konnte, war er noch am Leben. Wenn sie nur lange genug und fest genug daran glaubte, würde ihm nichts passieren.

Zu lange!, brüllte ihre innere Stimme. Es dauerte schon zu lange. Ihre Finger klammerten sich fester um das Leder. Er hat gesagt, dass er zurückkommt. Und daran würde sie nicht zweifeln. Mit zitternden Fingern berührte sie ihre Lippen, die eiskalt waren. Die Wärme, die er darauf hinterlassen hatte, hatte sich schon längst verflüchtigt.

Ich hätte ihm sagen sollen, dass ich ihn liebe, dachte sie in einem Anflug von Verzweiflung. Ja, das hätte ich ihm sagen sollen, bevor er sich da hinausgewagt hatte. Was ist, wenn er nicht … Nein, das durfte sie nicht einmal denken. Er kommt zurück, betete sie sich immer wieder vor. Ein Schmerz durchzuckte ihren verkrampften Körper, als sie ein wenig zur Seite rutschte, um die Strandtreppe beobachten zu können.

Als sie die drei Schüsse hörte, hielt sie automatisch die Luft an. Erst das Ziehen in der Brust löste ihre Starre. Ihre Lungen schrien nach Luft. Jessica befahl sich, erst einmal tief durchzuatmen, ehe sie sich hochrappelte und losrannte. Zweimal stolperte sie auf der Treppe, verlor aber nicht das Gleichgewicht, sondern zwang sich, noch schneller zu laufen. Sie stürzte in das Wäldchen und geriet auf dem trockenen Laub und den abgebrochenen Ästen ins Rutschen.

Slade wirbelte in dem Moment herum, als er sie hörte. Er war schnell, aber nicht schnell genug, um zu verhindern, dass sie sah, was er sie nicht hatte sehen lassen wollen. Taumelnd stürzte sich Jessica in seine Arme. Unendlich erleichtert, erstarrte sie Sekunden später im Schock und begann dann zu zittern wie Espenlaub.

Fluchend stellte er sich vor sie, um ihre Sicht zu blockieren. »Kannst du nicht einmal gehorchen?«, knurrte er und zog sie dann an sich.

»Ist er … hast du ihn …« Unfähig, die Frage auszusprechen, die ihr auf den Lippen brannte, schloss sie die Augen. Sie würde nicht in Ohnmacht fallen. Einer seiner Hemdknöpfe drückte sich in ihre Wange und lenkte sie ein wenig ab. »Bist du verletzt?«

»Nein«, erwiderte er knapp. Dieser Aspekt seines Lebens hätte sie nie beunruhigen dürfen, schalt er sich. Dafür hätte er sorgen müssen. »Warum bist du nicht am Strand geblieben?«

»Ich habe die Schüsse gehört und dachte, er hätte dich umgebracht.«

»In dem Fall hätte es uns beiden viel geholfen, hierher zu rennen.« Er schob sie auf Armlänge von sich weg, musterte sie und zog sie wieder an sich. »Keine Angst, es ist alles in Ordnung.«

Zum ersten Mal war sein Ton freundlich, beinahe liebevoll. Und das warf sie derart aus der Bahn, wie es weder sein Fluchen noch einer seiner Wutanfälle je vermocht hätten. Die Tränen brachen aus ihr heraus und sie begann zu weinen, von heftigen Schluchzern geschüttelt, die eine Hand in sein Hemd verkrallt, mit der anderen noch immer seine Lederjacke umklammernd.

Ohne ein Wort führte er sie an den Rand des Wäldchens. Dort setzte er sich ins Gras, zog sie auf seinen Schoß und ließ sie sich ausweinen. Nicht wissend, was er sonst tun sollte, wiegte er sie in den Armen wie ein kleines Kind, streichelte ihren Rücken und murmelte ihr beruhigende Worte ins Ohr.

»Es tut mir Leid«, sagte sie nach einer Weile mit tränenerstickter Stimme. »Ich kann nicht aufhören.«

»Wein alles heraus, Jess.« Seine Lippen berührten ihre heißen Schläfen. »Diesmal musst du nicht stark sein.«

Das Gesicht an seiner Brust vergraben, ließ sie ihren Tränen freien Lauf, bis sie keine mehr hatte. Auch als ihr Schluchzen verstummt war, streichelte er sie weiter und hielt sie fest umarmt.

Das Bedürfnis, sie zu beschützen, war schon längst kein professionelles mehr. Er wusste zwar nicht, wie er es anstellen konnte, aber am liebsten hätte er diesen Morgen aus ihrem Gedächtnis getilgt – hätte sie irgendwohin mitgenommen, fort von diesem Ort, wo nichts Hässliches sie ängstigen konnte.

»Ich konnte einfach nicht mehr unten am Strand bleiben, nachdem ich die Schüsse gehört hatte.«

»Nein.« Er küsste sie aufs Haar. »Das glaube ich dir.«

»Ich dachte, du seist tot.«

»Sch.« Er küsste ihre Lippen mit einer Zärtlichkeit, die

weder sie noch er jemals für möglich gehalten hätte. »Du solltest mehr Vertrauen in die ›guten Jungs‹ haben.«

Sie wollte ihn anlächeln, doch stattdessen schlang sie die Arme um seinen Nacken – eine weitere Bestätigung für sie, dass er heil und unverletzt war. »Oh, Slade, ich glaube nicht, dass ich so etwas noch einmal durchstehen würde. *Warum?* Warum will mich jemand umbringen? Ich verstehe das alles nicht.«

Er schob sie ein wenig von sich weg, damit sie sich in die Augen sehen konnten. Die ihren waren rot und verquollen, seine kühl und direkt. »Vielleicht weißt du etwas und bist dir dessen gar nicht bewusst. Die Sache steht Spitz auf Kopf, und wer immer in dieser Geschichte die Fäden zieht, weiß das. Du bist ein Risikofaktor geworden.«

»Aber ich *weiß* doch überhaupt nichts!«, beharrte sie und presste die Handballen gegen die Schläfen. »Irgendjemand will mich umbringen, und ich weiß weder wer, noch warum. Du hast gesagt, dass … dass der Mann ein Profi ist. Jemand bezahlt ihn dafür, dass er mich umbringt.«

»Komm, lass uns ins Haus gehen.« Er zog sie auf die Füße, doch sie riss sich los. Das hilflose Weinen war vorüber, und die Stärke hatte wieder die Oberhand gewonnen, wenn diese sich auch nahe am Rand der Hysterie bewegte.

»Wie viel bin ich ihm wert?«, wollte sie wissen.

»Das reicht jetzt, Jess.« Er legte ihr die Hände auf die Schultern und schüttelte sie einmal kurz durch. »Schluss jetzt. Du gehst jetzt ins Haus und packst eine Tasche. Ich nehme dich mit nach New York.«

»Ich gehe nirgendwohin.«

»Das glaubst aber nur du«, murmelte er und zerrte sie in Richtung Haus.

Jessica riss sich zum zweiten Mal von ihm los. »Jetzt hör

mir mal gut zu. Das ist *mein* Leben, mein Laden, meine Freunde. Und ich werde hier bleiben, bis das alles vorbei ist. Ich werde bis zu einem gewissen Punkt auf dich hören, Slade, aber ich werde nicht davonlaufen.«

Er musterte sie mit einem langen Blick. »Ich muss noch schnell telefonieren und meinen Bericht durchgeben. Du gehst inzwischen auf dein Zimmer und wartest dort auf mich.«

Sie nickte, ohne seinem schnellen Einverständnis zu trauen.

Er nickte und traute dem ihren ebenfalls nicht.

Kaum hatte Jessica ihre Zimmertür hinter sich zugemacht, begann sie sich die Kleider vom Leib zu reißen. Plötzlich war es für sie von einer ungeheuren Wichtigkeit, jedes Sandkorn abzukratzen, jede noch so kleinste Spur dieser schrecklichen Stunde, die sie eben am Strand verbracht hatte. Sie drehte den Heißwasserhahn auf und ließ die Badewanne einlaufen, bis das Badezimmer sich in eine dampfende Waschküche verwandelt hatte. Sie ließ sich in die Wanne gleiten und schnappte keuchend nach Luft, als das heiße Wasser ihren eiskalten Körper umfing. Doch dann griff sie gleich zu Seife und Waschlappen und schrubbte sich gründlich ab, bis sie den salzigen Duft des Meeres nicht mehr riechen konnte – und den Geruch ihrer Angst.

Die Geschehnisse am Strand waren ein Albtraum gewesen, redete sie sich ein. Das hier war die Wirklichkeit. Die grünen Kacheln an der Wand, der Farn auf dem Fensterbrett, die cremefarbenen Handtücher mit der hellgrünen Bordüre, die sie selbst vor einem Monat erst ausgesucht hatte.

Vor einem Monat, sinnierte sie, als ihr Leben noch ganz

einfach gewesen war. Da hatte es noch keinen Mann gegeben, der sie für ein paar Dollar eiskalt über den Haufen schießen würde. David war noch der Bruder gewesen, den sie nie hatte. Michael war ihr Freund gewesen, ihr Partner. Den Namen James Sladerman hatte sie damals noch nicht einmal gehört.

Sie schloss die Augen und presste ihre heißen, dampfenden Finger dagegen. Nein, das war kein Albtraum gewesen, sondern die Wirklichkeit. Sie hatte hinter diesem Felsen gekauert, während ein Mann, den sie kaum kannte – und den sie liebte – sein Leben riskiert hatte, um das ihre zu schützen. Es war schrecklich, schrecklich real. Und sie musste sich dieser Realität stellen. Die Zeit war vorbei, dass sie Slades Worte als Irrtum abtun konnte. Während sie einem geliebten Menschen blindlings vertraut hatte, hatte dieser sie getäuscht, sie benutzt.

Aber wer?, fragte sie sich. Wem würde sie so etwas zutrauen? Würden David und Michael tatenlos zusehen, dass jemand einen Killer anheuerte mit dem Auftrag, sie umzubringen? Jessica ließ die Hände sinken und versuchte sich zu beruhigen. Nein, was immer sie sonst glaubte, das konnte sie nicht glauben.

Slade vermutete, dass sie unter Umständen etwas wusste, ohne sich dessen bewusst zu sein. Aber selbst wenn das der Wahrheit entsprach, war sie der Lösung keinen Schritt näher als zuvor. Jessica tauchte tief in die Wanne hinein und schloss wieder die Augen. Im Augenblick konnte sie nichts anderes tun als abzuwarten.

Alles andere als zufrieden mit dem Gespräch mit seinem Kontaktmann, ließ Slade sich direkt mit dem Commissioner verbinden.

»Sergeant, was haben Sie mir Neues zu berichten?«

»Jemand hat heute Morgen versucht, Jessica umzubringen«, antwortete er knapp.

Einen Augenblick lang herrschte tödliches Schweigen am anderen Ende der Leitung. Dann Dodsons fordernde Stimme: »Ich will alle Einzelheiten.«

Emotionslos und mit knappen Worten erstattete Slade Bericht, während an seiner Hand, die den Hörer hielt, die Knöchel weiß hervortraten. »Freiwillig verlässt sie ihr Haus nicht«, endete er. »Ich möchte, dass sie noch heute von hier verschwindet. Jetzt. Sie müssen mir offiziell die Erlaubnis geben, sie in Schutzhaft zu nehmen. In weniger als zwei Stunden wird sie in New York sein.«

»Ich nehme an, Sie haben bereits mit den Kollegen vom FBI gesprochen.«

»Die Kollegen vom FBI möchten, dass sie bleibt.« Diesmal versuchte er nicht, die Verbitterung in seiner Stimme zu verbergen. »Sie wollen in diesem prekären Stadium die Ermittlungen in keinster Weise stören«, zitierte er und rammte sich eine Zigarette zwischen die Lippen. »Solange sie bereit ist, mit ihnen zu kooperieren, werden sie sie nicht von hier fortbringen.«

»Und dazu ist Jessica bereit.«

»Sie ist eine sture, dickköpfige Närrin, die viel zu beschäftigt damit ist, sich über Ryce und Adams und diesen ach so wichtigen Laden den Kopf zu zerbrechen.«

»Wie ich sehe, haben Sie sie bereits gut kennen gelernt«, stellte der Commissioner trocken fest. »Vertraut sie Ihnen?«

Slade stieß eine Rauchwolke aus. »Sie vertraut mir.«

»Behalten Sie sie im Haus, Slade. In ihrem Zimmer, wenn Sie das für nötig erachten. Erzählen Sie den Angestellten, sie fühle sich nicht wohl.«

»Ich möchte …«

»Was Sie möchten, ist völlig unwichtig«, schnitt ihm Dodson das Wort ab. »Oder was ich möchte«, fügte er etwas ruhiger hinzu. »Wenn es schon so weit ist, dass sie einen professionellen Killer auf sie angesetzt haben, wird sie dort mit Ihnen sicherer sein als irgendwo anders. Wir müssen diesen Drahtzieher so schnell wie möglich dingfest machen, mit etwas Glück noch ehe bekannt wird, dass der Mordauftrag nicht mehr ausführbar ist.«

»Jessica ist nur noch ein Köder«, bemerkte Slade bitter.

»Dann sehen Sie zu, dass sie nicht geschluckt wird«, gab Dodson zurück. »Sie haben Ihre Befehle.«

»Ja, die habe ich.« Angewidert knallte Slade den Hörer auf die Gabel. Ein Blick auf seine Hände sagte ihm, dass diese so gut wie gefesselt waren. Er stand vor einer soliden Mauer der Ablehnung, und es ging um Jessicas Leben. Die Ermittlungen, die Gerechtigkeit, das alles zählte nicht mehr für ihn. Nur sie allein war ihm wichtig. Und dieser Umstand zerstörte seine Objektivität und machte sie dadurch verwundbar. Er hatte sie viel zu gern, um noch logisch zu denken.

Seine Hände ballten sich zu Fäusten. Nein, *gern haben* war nicht der richtige Ausdruck, gestand er sich ein. Er war in sie verliebt. Wann oder wie das passiert war, wusste er nicht. Vielleicht schon an diesem allerersten Tag, als sie die Treppe heruntergestürmt kam? Und es war absolut idiotisch.

Er rieb sich mit den Händen übers Gesicht. Auch ohne diese ganze Geschichte, in der sie drinsteckten, war es idiotisch. Sie waren auf verschiedenen Seiten des Zauns geboren worden. Er hatte kein Recht, sie zu lieben, und durfte auch nicht hoffen, dass sie seine Liebe erwiderte. Sie brauchte ihn jetzt, als professionellen Beschützer und als moralischen Beistand. Aber das würde sich schnell ändern, wenn es vorbei war.

Im Augenblick wollte er nicht daran denken, wie er mit seinen Gefühlen umgehen würde, sobald Jessica wieder in Sicherheit war. Zunächst einmal musste er dafür sorgen, dass es dazu kam. Ganz langsam und mit sehr viel mehr Kraft als notwendig drückte er seine Zigarette aus, dann ging er nach oben zu ihr.

Sie kamen gleichzeitig in ihr Schlafzimmer, Jessica aus dem Bad, er vom Flur. Sie war in eines der cremefarbenen Badetücher mit den hellgrünen Bordüren gewickelt. Das feuchte Haar fiel ihr über die Schultern, und der durchdringende Duft von Seife umwehte sie. Ihre Haut war krebsrot, glühte noch von dem heißen Bad.

Einen Moment lang standen sie nur da und sahen sich an. Jessica spürte die Enttäuschung und die Wut, die in ihm brodelte, als er sich umdrehte und die Tür hinter sich zuzog.

»Bist du in Ordnung?«

»Ja.« Sie seufzte leise, weil es beinahe die Wahrheit war. »Es geht mir besser. Und sei mir nicht mehr böse, Slade.«

»Bitte nicht um das Unmögliche.«

»Also schön.« Um sich zu beschäftigen, trat sie vor die Frisierkommode und nahm ihre Bürste zur Hand. »Was machen wir jetzt?«

»Wir warten ab.« Um dieses Gefühl der Ohnmacht abzublocken, rammte er die geballten Fäuste in die Jackentaschen. »Du wirst im Haus bleiben. Erzähl den Dienstboten, dass du krank bist oder müde oder einfach nur faul. Du wirst weder an die Tür gehen, noch den Telefonhörer abnehmen, noch mit irgendjemandem sprechen, wenn ich nicht bei dir bin.«

Jessica knallte die Bürste auf die Frisierkommode und fixierte Slade im Spiegel. »Ich lass mich nicht in meinem eigenen Haus einsperren.«

»Entweder hier oder in einer Zelle«, improvisierte er und setzte achselzuckend hinzu. »Wie es dir lieber ist.«

»Du kannst mich nicht in eine Zelle stecken.«

»Darauf würde ich mich an deiner Stelle nicht verlassen.« Er lehnte sich mit dem Rücken an die Tür und versuchte sich mit aller Kraft zu entspannen. »Du wirst dich nach meinen Anweisungen richten, Jess. Und zwar von jetzt an und unwiderruflich.«

Ganz automatisch setzte sie zu einer protestierenden Antwort an, doch dann erinnerte sie sich an die grauenvollen Stunden am Strand. Sie setzte nicht nur ihr eigenes Leben aufs Spiel, erkannte sie, sondern auch das seine. »Du hast Recht«, murmelte sie. »Verzeih mir.« Plötzlich wirbelte sie herum. »Ich *hasse* das! Ich hasse das alles!«

»Ich habe Betsy gesagt, dass du nicht gestört werden möchtest«, entgegnete er ruhig. »Sie hat sich darauf versteift, dass du dich bei David angesteckt hast. Lassen wir sie in dem Glauben. Warum legst du dich nicht noch ein bisschen hin?«

»Geh nicht«, sagte sie schnell, als er die Hand nach der Klinke ausstreckte.

»Ich werde unten in der Bibliothek sein. Du musst dich ausruhen, Jess, du bist fix und fertig.«

»Ich brauche dich«, verbesserte sie sich und ging zu ihm. »Schlaf mit mir, Slade … als wären wir einfach nur ein Mann und eine Frau, die zusammen sein wollen.« Sie hob die Arme und legte sie um seinen Nacken. »Können wir nicht einfach für ein paar Stunden daran glauben, dass es wahr ist? Komm, lass uns den restlichen Vormittag gemeinsam verleben.«

Er legte seinen Handrücken an ihre Wange, eine Geste, die sie beide ungewöhnlich fanden. Im Stillen fragte Slade sich, ob sie wusste, dass sein Verlangen genauso groß war wie das ihre – das Verlangen, sie zu berühren, sich in endlosen Liebesspielen zu verlieren. Beinahe, dachte er, während er mit den Fingern der Linie ihrer Wangenknochen folgte. Beinahe hätte er sie verloren.

»Du hast dunkle Schatten unter den Augen.« Seine Stimme klang rau vor Leidenschaft. »Du solltest noch ein wenig schlafen.« Doch sein Mund war bereits auf der Suche nach dem ihren.

Ihre Lippen begegneten sich – kosend, liebevoll, ermunternd. Jessica schmolz dahin, überwältigt von seiner Zärtlichkeit. Seine Hand lag noch immer an ihrem Gesicht und spürte ihren Zügen nach, als wollte sie sich jede einzelne Linie einprägen. Mit einem Seufzer teilten sich ihre Lippen, wurden immer weicher, bis er glaubte, darin zu versinken.

Erst am Abend zuvor waren sie hier gestanden, in einer Umarmung gefesselt, die turbulent vor Leidenschaft, beinahe brutal vor Begehren gewesen war. Die besänftigende Zärtlichkeit seines Kusses war nicht weniger erregend.

Slade spürte den kräftigen Schlag ihres Pulses unter seinen Fingern, als er an ihrer Halsschlagader entlangstrich. Sie begehrte ihn, er begehrte sie. Seine Gedanken einzig und allein auf diese Tatsache konzentriert, knotete er ihr das Handtuch auf und ließ es zu Boden fallen, ehe er sie zum Bett trug.

Jessica sah seine Augen, die dunkel und intensiv über ihren Körper wanderten, während sie sein Hemd aufknöpfte. Dann wurden ihre Hände zwischen ihren Körpern eingeklemmt, sein Mund nahm von dem ihren Besitz. Am Abend zuvor hatte er sie zum Sieden gebracht; jetzt schwebte sie. Sanfte Küsse, geflüsterte Zärtlichkeiten, beides unerwartet, regneten auf sie hernieder. Seine Finger pflügten durch ihr feuchtes Haar, breiteten es fächerförmig auf dem Kopfkissen aus, tauchten ein in die seidige Weichheit, als wollten sie jede einzelne Strähne erspüren.

Ihre Hände waren wieder frei und nestelten zitternd an dem letzten Knopf seines Hemdes. Ein Schauder folgte den Berührungen ihrer Finger, sie hörte ihn Unzusammenhängendes murmeln, während sie ihn aus seinen Kleidern schälte. Draußen klatschten dicke Regentropfen gegen die Fensterscheiben.

Er war nie ein zärtlicher Liebhaber gewesen – konzentriert, ja, leidenschaftlich, ja, aber niemals zärtlich. Doch sie hatte etwas in ihm entfesselt, das Bedürfnis zu geben, sanft zu sein. Er begehrte sie nicht weniger verzweifelt als am Abend zuvor, doch jetzt wurde diese Gier von dem ruhigen Atem der Liebe getragen. Diese friedliche Stimmung führte beide sanft an den Punkt, wo ihre unausgesprochenen Bedürfnisse sich begegneten und erhört wurden. *Berühr mich hier. Lass mich dich schmecken. Sieh mich an.* Worte waren überflüssig, wo Herzen und der Verstand sich aufeinander einstimmten.

Er erforschte ihren Körper, den er bereits so gut kannte. In dem grauen, düsteren Licht huldigte er ihren Händen, ihren Lippen und ihren Augen. Nackt, mit schweren Lidern und von Verlangen geröteten Wangen lag Jessica ganz still da und ließ sich von seinen Blicken einnehmen – eine willige Gefangene in der dichten, sirrenden Welt, die Lust und

Sinnlichkeit erschuf. Der Regen wurde heftiger, das Licht schwand.

Sie legte die Hände um sein Gesicht und zog ihn zu sich herab. Mit der Zungenspitze zeichnete sie die Form seiner Lippen nach und schob sie dann in seinen Mund hinein, um ihn ganz zu schmecken. Erdige, scharfe Aromen durchdrangen sie, sickerten tief in sie hinein, weckten ihr Verlangen nach mehr, hoben ihre Sinnlichkeit auf eine höhere Ebene.

Ihr Verlangen nacheinander wuchs mit jeder Berührung. Die Küsse wurden fordernder, die Zärtlichkeiten dringlicher. Der prasselnde Regen dämpfte das Keuchen seines Atems. Unter dem Druck ihrer Hände spürte sie, wie seine Muskeln sich anspannten. Die schmelzende Lust, die sie bisher getrieben hatte, verwandelte sich in einen wilden, mitreißenden Strom, der sie aus diesem grauen, düsteren Raum hinein in eine golden lodernde Feuersbrunst katapultierte.

Sengend, suchend, verführend wanderten seine Lippen über ihren Körper, bis ihre Haut glühte. Mit einer eben erst neu erwachten Kraft rollte sie sich auf ihn. Sie wanden und schlängelten sich umeinander in einem zügellosen Tanz der Leidenschaft. Das Licht leuchtete nicht mehr golden, sondern feuerrot, die Flammen waren blaue Zungen.

Sie hörte ihren Namen, der sich von seinen Lippen losriss, ehe diese sich wieder auf die ihren pressten. Was immer er ihr an Zärtlichkeiten zuflüsterte, wurde von seiner Gier nahezu erstickt. Ihr köstlicher, von tausend Empfindungen genährter Taumel wurde zu einem Rausch der Sinne, als sie endlich eins wurden. Getrieben von unerschöpflicher Energie und verzweifelter Begierde erklommen sie den Gipfel der Ekstase, während ihre Münder sich verschlangen, die Seufzer des anderen verschluckten und mit den eigenen vereinten.

Irgendwann lag sie erschöpft unter ihm. Sein Mund ruhte an ihrem Hals, seine Hände waren in ihrem Haar vergraben. Der Regen trommelte gegen die Fensterscheiben, der Wind heulte in den Bäumen. Sein Körper lag warm und feucht und schwer auf ihr. Ein Gefühl von Sicherheit durchströmte sie, gefolgt von einer Schwere, die ihr bis in die Knochen fuhr. Slade hob den Kopf und sah die Müdigkeit, die ihre Augen verschleierte.

»Du wirst jetzt schlafen.« Eine Feststellung, die er mit einem Kuss bekräftigte.

»Bleibst du hier?«, fragte sie mit schwerer Zunge und kämpfte lange genug gegen den Schlaf an, um seine Antwort zu hören.

»Ich werde Feuer machen.« Er stieg aus dem Bett und ging hinüber zu dem gemauerten und weiß gekalkten Kamin, um Zeitungspapier zwischen die Holzspäne zu stecken. Das lange Streichholz zischte, als er es anriss. Vor dem Kamin kauernd, beobachtete er, wie die Flammen an den Spänen leckten und sie schließlich entzündeten.

Minuten verstrichen, während derer Slade sich nicht rührte, nur in das auflodernde Feuer starrte, ohne es wahrzunehmen. Er wusste, was mit ihm geschah. Nein, was mit ihm geschehen war, korrigierte er sich. Er war in eine Frau verliebt, die er niemals auch nur hätte anfassen dürfen. Eine Frau, die zu lieben ihm nicht zustand. Eine Frau, ermahnte er sich grimmig, deren Leben von ihm abhing. Solange sie nicht außer Gefahr war, konnte er es sich nicht leisten, an seine Gefühle zu denken oder an die damit verbundenen Konsequenzen. Ihretwegen musste er in erster Linie Cop sein, der Mann in ihm war zweitrangig.

Er richtete sich aus der Hocke auf und drehte sich zu ihr um. Der Schock vorhin am Strand hatte seinen Tribut in Form von völliger Erschöpfung gefordert, wie er feststellte. Sie lag auf dem Bauch, eine Hand locker auf dem Kopfkissen zur Faust geschlossen. Ihr Haar, das inzwischen trocken war, fiel wie ein Fächer um ihre Schultern, einige Strähnen ringelten sich über ihrem blassen Gesicht. Die Augen waren umschattet, ihr Atem ging schwer. Das Feuer warf seinen flackernden Schein in den Raum und ließ ihn über ihre Haut tanzen.

Sie war zu klein, dachte er, zu zierlich, um diese Geschehnisse zu verkraften; um die drohende Gefahr und die Vorstellung, was passieren könnte, auszuhalten. Und wie viel würde er zu ihrem Schutz beitragen können?, fragte er sich, während sein Blick über ihren schlafenden Körper wanderte. Die Liebe beeinträchtigte sein Urteilsvermögen, bremste seine Reflexe. Wenn er heute Morgen nur ein bisschen langsamer reagiert hätte … Kopfschüttelnd begann er sich anzukleiden. Das würde nicht wieder vorkommen. Er würde dafür sorgen, dass sie das Haus nicht mehr verließ, und wenn er sie anketten müsste. Er würde sie da durchboxen, sie beschützen und dann …

Und dann aus ihrem Leben verschwinden, schwor er sich. Und sie aus dem seinen verbannen.

Er deckte sie zu und gestattete es sich, seine Hand einen Moment auf ihrem Haar liegen zu lassen, ehe er ihr Schlafzimmer verließ.

7

Spät an diesem Vormittag, während Jessica schlief, stand Slade in der Bibliothek vor einem der Fenster, die in den Garten hinausgingen. Milchiges Sonnenlicht kämpfte sich durch die Wolken und fiel auf nasse Sträucher und aufgeweichtes Gras. Die Rosenbüsche waren kahl und dornig. Herbstblumen ließen die Köpfe hängen, Wasser tropfte aus den regennassen, zerrupften Blüten. Der Sturm hatte die Blätter von den Bäumen gerissen, die jetzt welk auf dem Rasen lagen. Es war völlig windstill.

Jemand hatte Ulysses rausgelassen. Der Hund lief träge über den nassen Rasen, schnüffelte hier und dort, offenbar ohne große Begeisterung. Er fand einen kleinen Ast, klemmte ihn zwischen die Zähne und trottete damit hinunter zum Strand. Ein toller Wachhund, dachte Slade verdrossen. Aber andererseits konnte man ihm auch keinen Vorwurf machen, dass er jemanden, den er kannte, nicht meldete – jemanden, der schon seit Jahren in diesem Haus ein- und ausging.

Er rieb sich seufzend das Gesicht und wandte sich vom Fenster ab. Das Warten zerrte an seinen Nerven – ein weiteres Anzeichen dafür, dass er seine Objektivität verlor. Von Rechts wegen müsste er diesen Teil seines Auftrags spielend meistern. Und solange Jessica sich genau an seine Anweisungen hielt, hatte der Mörder praktisch keine Chance, in ihre Nähe zu gelangen. Der Mann, der am Abend zuvor in den Salon eingedrungen war, würde es aus Angst, entdeckt zu werden, nicht wagen, untertags noch einmal zurückzukommen, solange es in dem Haus vor Angestellten nur so wimmelte. Wenn alles nach Plan lief, musste er nur so lange die Augen und Ohren offen halten, bis das FBI den entscheidenden Schritt machte. *Wenn* alles nach Plan lief, dachte Slade zähneknirschend. Pläne neigten dazu, vom Kurs abzuweichen, wenn das menschliche Element mit einbezogen war.

Ein Blick auf die Uhr sagte ihm, dass Jessica seit einer halben Stunde schlief. Wenn er Glück hatte, würde sie den ganzen Tag durchschlafen. Solange sie schlief, war sie sicher – und jede Stunde, die sie sich in Sicherheit befand, brachte ihn seinem Ziel ein Stück näher.

Abwesend nahm er das oberste Buch von dem Stapel, den er bereits sortiert hatte. Sie brauchte jemanden, der sich um dieses Chaos kümmerte, überlegte er – wenn ihr Leben wieder in normalen Bahnen verlief. Wenn ihr Leben wieder in normalen Bahnen verlief, wiederholte er schweigend, und er wieder in New York war, weit weg von ihr. Fluchend warf er das Buch zurück auf den Tisch. Würde er jemals von ihr loskommen?, fragte er sich mit einem unangenehmen Gefühl, das an Angst grenzte. Oh, er könnte Distanz zwischen ihnen schaffen – er bräuchte nur in seinen Wagen zu steigen und ihn in die richtige Richtung zu steuern. Aber wie lange würde er brauchen, um sie aus seinen Gedanken zu verbannen? Darüber würde er morgen nachdenken, beschloss er und war plötzlich unendlich müde. Nein, er hatte Wichtigeres zu tun, als an morgen zu denken.

»Slade?«

Er fuhr herum und sah Jessica in der Tür stehen. Es passte ihm nicht, dass sie dort stand. Es machte ihn wütend, dass sie immer noch leichenblass war und dunkle Ringe unter den Augen hatte. »Warum bist du auf?«, herrschte er sie an. »Du siehst verheerend aus.«

Jessica brachte ein schwaches Lächeln zu Stande. »Vielen Dank für das Kompliment. Sie wissen, wie man eine Frau moralisch aufbaut, Sergeant.«

»Du solltest dich ausschlafen«, erinnerte er sie.

»Ich konnte aber nicht mehr schlafen.«

»Dann nimm eine Tablette.«

»Ich nehme nie Tabletten.« Ihre Hände waren klamm, deshalb verschränkte sie sie vor der Brust. Sie würde ihm nichts von dem Albtraum erzählen, der sie aus dem Schlaf gerissen hatte – von der panischen Angst, die ihr mit eiskalten, schweißnassen Fingern den Hals zugeschnürt und ihren Aufschrei erstickt hatte. Noch würde sie ihm erzählen, wie ihre Finger nach ihm getastet hatten, nur um das Bett leer zu finden. »Arbeitest du?«

Slade runzelte die Stirn und folgte ihrem Blick zu dem Bücherstapel neben ihm. »Ja, ich dachte, ich könnte mich weiter durch das Chaos hier arbeiten«, meinte er achselzuckend. »Im Augenblick habe ich ja viel Zeit.«

»Ich könnte dir helfen.« Jessica merkte sehr wohl, dass ihre Bewegungen tapsig und unbeholfen waren, als sie ein paar Schritte auf ihn zu machte. »Verschon mich bitte mit irgendwelchen spöttischen Bemerkungen«, setzte sie rasch hinzu. »Ich weiß, dass die Bibliothek in einem desolaten Zustand ist, den ich mir selbst zuzuschreiben habe, aber ich besitze sehr wohl ein Talent für Ordnung, wenn ich mich darum bemühe. Zumindest kann ich dir Bücher zureichen oder …«

Slade stoppte ihren hastigen Redefluss, indem er seine Hand auf die ihre legte, als sie nach einem Buch griff. Ihre Hand war eiskalt. Instinktiv verstärkte er seinen Griff, um sie zu wärmen. »Jess, geh wieder ins Bett. Schlaf noch ein bisschen. Ich werde Betsy bitten, dir später etwas zu Essen aufs Zimmer zu bringen.«

»Ich bin doch nicht krank!«, wehrte sie empört ab und entzog ihm ihre Hand.

»Aber das wirst du bald sein«, gab Slade ungerührt zurück, »wenn du nicht aufpasst.«

»Hör auf, mich wie ein kleines Kind zu behandeln«, beschied sie ihm und betonte dabei jedes einzelne Wort. »Ich brauche keinen Babysitter.«

»Nein?«, meinte er und lachte kurz in Erinnerung an seine frühere Vorstellung von diesem Job. »Dann verrat mir doch mal, wie viele Stunden du in den letzten zwei Tagen geschlafen und wann du zum letzten Mal einen Bissen gegessen hast.«

»Gestern Abend.«

»Gestern Abend, da hast du dein Essen von einem Tellerrand zum anderen geschoben«, stellte er richtig. »Mach nur so weiter. Im Grunde kann ich nur froh sein, wenn du aus den Pantinen kippst. Das erleichtert mir meinen Job nämlich ungemein.«

»Ich werde nicht aus den Pantinen kippen«, versetzte sie leise. Ihre Augen hatten sich verdunkelt und bildeten einen noch krasseren Kontrast zu ihrer fahlen Blässe.

Slade, der kurz davor war, die Beherrschung zu verlieren, entschloss sich zu einem Rückzieher. »Na, darauf würde ich meinen Kopf nicht verwetten«, entgegnete er gleichmütig. »Aber mach, was du willst. Im Großen und Ganzen spielt es keine Rolle, ob du bewusstlos bist oder nicht.« Damit wandte er sich wieder den Büchern zu und gab sich den Anschein, als sei der Fall für ihn erledigt.

»Verzeih mir, wenn ich in diesen Dingen nicht so routiniert bin wie du«, begann Jessica in einem Tonfall, der anfangs noch ruhig klang, doch rasch heftiger wurde. »Es passiert mir leider nicht jeden Tag, dass ich vom FBI beschattet und von einem professionellen Killer aufs Korn genommen werde. Aber beim nächsten Mal bin ich sicherlich in der Lage, mich auf einer Cocktailparty köstlich zu amüsieren, nachdem ich eine Leiche auf meinem Grundstück gefunden habe. Für dich ist das Routine, nicht wahr, Slade? Einen Mann zu erschießen?«

In seinem Magen ballte sich ein harter Knoten zusammen, in seiner Brust ein zweiter. Lässig klopfte er eine Zigarette aus der Packung und zündete sie an.

Jessicas Brust hob und senkte sich heftig unter der Bedeutung der Worte, die sie eben ausgesprochen hatte. »Empfindest du denn *gar nichts* dabei?«

Slade nahm einen langen Zug von seiner Zigarette und erwiderte dann ganz ruhig: »Was soll ich deiner Meinung nach denn empfinden? Wenn ich heute Morgen etwas langsamer gewesen wäre, wäre ich jetzt tot.«

Jessica wandte sich hastig ab und presste die Stirn an die Fensterscheibe. Die Regentropfen, die noch an der Scheibe hafteten, verschwammen vor ihren Augen und schienen sich zu vervielfachen. Sie wandte sich ab. *Und du auch*, rief sie sich in Erinnerung. Was er getan hatte, hat er für dich getan. »Es tut mir Leid«, murmelte sie. »Verzeih mir.«

»Warum?« Seine Stimme war so kalt wie die Glasscheibe und ebenso hart. »Du hast den Nagel genau auf den Kopf getroffen.«

Jessica holte tief Luft, ehe sie sich wieder umdrehte und

Slade ansah. Ja, die Mauer war wieder da, aber jetzt kannte sie ihn besser. Was er heute Morgen getan hatte, war kein kaltblütiger Akt gewesen. »Du hasst es, daran erinnert zu werden, dass du genauso menschlich bist wie wir auch, habe ich Recht? Es macht dich wütend, dass auch du von Gefühlen und Bedürfnissen regiert wirst.« Langsam ging sie auf ihn zu. »Vielleicht rennst du deshalb immer weg, nachdem wir uns geliebt haben. Hast du Angst, ich könnte eine Schwachstelle bei dir entdecken, Slade? Einen kleinen Riss, den ich möglicherweise weiter aufbrechen könnte?«

»Pass auf, wie weit du gehst«, warnte er sie leise. »Der Rückweg könnte dir nicht gefallen.«

»Du verabscheust es, mich zu begehren, stimmt's?«

Mit einer bewusst kontrollierten Bewegung drückte Slade seine Zigarette aus. »Ja.«

Als Jessica den Mund öffnete, um weiterzusprechen, schwang die Tür zur Bibliothek auf. Sie drehten sich beide abrupt um und sahen David hereinschlendern. Er musterte Jessica einen Moment und schob die Brille wieder auf die Nase zurück.

»Du siehst aus wie ein Gespenst? Warum bist du nicht im Bett?«

»David.« Sie konnte das Zittern in ihrer Stimme nicht abstellen noch den Drang unterdrücken, sich in seine Arme zu werfen und ihn fest an sich zu drücken. David warf Slade einen argwöhnischen Blick über die Schulter hinweg zu, während er ihr linkisch den Rücken tätschelte.

»Was ist denn mit dir? Hast du Fieber? Komm, red schon, Jessie.«

Nicht er, bitte, betete sie im Stillen. Bitte, lieber Gott, nicht David. Jessica musste ihre ganze Willenskraft mobilisieren, um die Tränen zurückzudrängen, die ihr in den Augen brannten.

Schweigend beobachtete Slade die Szene. Jessica klammerte sich an Davids dünnen Körper wie an einen Rettungsanker, während er gleichzeitig verwirrt, besorgt und verlegen im Raum umherblickte. Nachdenklich versenkte Slade seine Hände in den Taschen.

»Hey, was ist denn hier los? Ist sie im Fieberwahn?«, wollte David von Slade wissen, drückte aber Jessica weit genug von sich weg, um ihr ins Gesicht sehen zu können. »Du siehst aus, also ob du jeden Augenblick zusammenklappst«, stellte er fest und legte prüfend eine Hand an ihre Stirn. »Mom hat mich im Laden angerufen und mir die Hölle heiß gemacht, weil ich dich angeblich angesteckt habe.« Er drehte den Kopf zur Seite und schnitt eine Grimasse. »Das kommt davon, dass du in mein Zimmer gekommen bist und mir unbedingt diese Hühnerbrühe einflößen musstest.«

»Mir geht's gut, David«, brachte sie heraus. »Bin nur ein bisschen müde.«

»Klar, erzähl das jemand anderem, der nicht die ganze letzte Woche mit Grippe flachgelegen ist.«

Jessica hätte sich am liebsten wieder in seine Arme gestürzt und ihm alles erzählt, was in ihr brodelte. Stattdessen trat sie einen Schritt zurück, lächelte und verabscheute sich. »Keine Sorge, es geht mir wirklich gut. Aber ich werde die nächsten paar Tage einfach etwas langsamer treten.«

»Hast du den Doktor angerufen?«

»David …«

Die Empörung in ihrer Stimme zu hören freute ihn. »Schön, die Situation umgekehrt zu erleben«, erklärte er Slade. »Zwei Wochen lang hat sie mich mit ihrer Betulichkeit genervt. Und, hast du?«, fragte er Jessica noch einmal.

»Wenn ich einen Arzt brauche, dann ruf ich schon einen. Warum bist du nicht im Geschäft?«

»Reg dich nicht auf, ich fahre gleich wieder hin.« David grinste sie an, erleichtert von ihrer Frage und ihrem barschen Tonfall. Das klang schon eher nach Jessica. »Nachdem Mom mich angerufen hatte und mit ihrer Gardinenpredigt fertig war, wollte ich kurz selbst nach dir sehen. Die Lieferungen sind gestern ohne Probleme rausgegangen. Viel ist nicht los, aber ich mache genug Umsatz, um mir mein Gehalt zu verdienen.« Er zupfte sie freundschaftlich an einer Haarsträhne. »Ich möchte dich bis nächste Woche nicht im Laden sehen, Kleine. Michael und ich kommen bestens klar. Wirklich, Jessie, du siehst aus, als ob du eine Erholungspause vertragen könntest.«

»Wenn du jetzt noch einmal sagst, dass ich furchtbar aussehe, kannst du die Gehaltserhöhung vergessen, auf die du anspielst.«

»Tja, so geht es einem, wenn man für eine Frau arbeitet«, meinte David an Slade gewandt und ging zur Tür. »Mom lässt ausrichten, dass ihr zum Lunch runterkommen sollt. Diesmal kriegst *du* die Hühnerbrühe.« Mit einem zufriedenen Grinsen verließ er die Bibliothek.

Kaum war die Tür ins Schloss gefallen, presste Jessica beide Hände auf den Mund. Das Gefühl, das sie durchfuhr, war kein Schmerz, nicht einmal ein Unbehagen, sondern eine schreckliche Art von Pein, die ihr Herz und ihren Verstand lähmte. Sie rührte sich nicht und gab keinen Laut von sich. Einen Augenblick lang glaubte sie, dass sie einfach aufgehört hatte zu existieren.

»Nicht David.« Ihre eigenen, nur geflüsterten Worte versetzten ihr einen Schock. Und dieser Schock löste sofort einen Sturzbach von Gefühlen aus. »*Nicht David!*«, wiederholte sie und schnellte zu Slade herum. »Das kann ich nicht glauben. Nichts, was du sagst, könnte mich dazu bringen zu glauben, dass er mir wehtun würde. Dazu ist er nicht fähig, und Michael genauso wenig.«

»In ein paar Tagen wird alles vorbei sein.« Slade schlug bewusst einen neutralen Tonfall an. »Dann wirst du es wissen, so oder so.«

»Ich weiß es *jetzt* schon!«, rief sie erregt und rannte zur Tür. Slades Hand legte sich schwer auf die ihre, die bereits die Klinke umfasst hatte.

»Du wirst ihm nicht nachlaufen«, sagte er ruhig. Als sie versuchte, sich loszureißen, nahm er sie bei den Schultern, zärtlicher, als ihm zu Mute war. Er hasste es, sie in diesem Zustand zu sehen, aufgewühlt, verzweifelt – hasste die Gewissheit, dass sie sich gegen ihn wenden würde. Aber er hatte keine andere Wahl. »Du wirst ihm nicht nachlaufen«, sagte er noch einmal, jedes Wort betonend. »Solange ich dein Wort nicht habe, werde ich dich ans Bett fesseln und die Tür abschließen.« Er kniff drohend die Brauen zusammen, als ihre Hand unter der seinen nicht aufhörte zu ziehen. »Ich meine es ernst, Jess.«

Sie wehrte sich nicht gegen ihn, sondern suchte Zuflucht bei ihm, und das war für Slade noch schlimmer. »Nicht David«, flüsterte sie und schmiegte sich an ihn. »Slade, das ertrage ich nicht. Alles könnte ich verkraften, nur nicht zu wissen, dass einer der beiden etwas mit dem zu tun hat, was … was heute Morgen passiert ist.«

Sie wirkte so zerbrechlich. Slade befürchtete beinahe, sie würde auseinander brechen, wenn er nur den leisesten Druck auf sie ausübte. Was mache ich jetzt mit ihr?, fragte er sich, als er seine Wange an ihr Haar legte. Er wusste mit ihr umzugehen, wenn sie wütend war. Auch wenn sie schluchzend in Tränen ausbrach. Aber wie verhielt er sich, wenn sie völlig kraftlos und erschöpft und total auf ihn angewiesen war? Sie bat ihn um eine beruhigende Rückversicherung, die er nicht geben konnte, um Gefühle, die zu zeigen er sich fürchtete.

»Jess, tu dir das nicht an. Blende diese Gedanken aus, nur für ein paar Tage.« Er hob ihr Kinn an, bis sich ihre Blicke trafen. Er sah Vertrauen und ein stummes Flehen. »Lass es einfach zu, dass ich mich um dich kümmere«, hörte er sich sagen. »Ich möchte mich um dich kümmern.« Er merkte gar nicht, dass er sich bewegte, bis seine Lippen die ihren berührten. Ihre Verletzlichkeit brachte seine Mauer zum Einsturz. Unheil von ihr abzuwenden und jede Art von Verletzung, schien sein einziges Ziel zu sein. »Denk an mich«, murmelte er, unbewusst die Gedanken aussprechend, die ihm im Kopf herumwirbelten. »Denk einfach nur an mich.« Slade zog sie näher an sich heran und veränderte seine Haltung, um sie noch zärtlicher zu küssen. »Sag mir, dass du mich begehrst. Sprich es laut aus, ich will es hören.«

»Ja, ich will dich.« Atemlos und ohne jeden Widerstand erlaubte sie ihm zu geben und zu nehmen, während sie völlig passiv blieb. Im Augenblick besaß Jessica nicht die Kraft, ihm etwas anderes als Hingabe anzubieten, doch das genügte beiden. In seinen Armen gelang es ihr beinahe, den Albtraum zu vergessen und die Realität.

Er nahm ihre Hände und presste seine Lippen erst in die eine Handfläche, dann in die andere. Überrascht stellte er fest, dass er sie damit nicht erregte, sondern sie beruhigte. Slade war kein Mann für geflüsterte Zärtlichkeiten, für banale romantische Gesten. Als ein Prickeln durch ihren Arm fuhr, wurde Jessica bewusst, dass ihre Schwäche und ihre Verzweiflung seine schwierige Aufgabe unmöglich machten. Wahrscheinlich wusste er gar nicht, wie klug es von ihm war, sie zu bitten, an ihn zu denken. Ihre letzten Kraftreserven mobilisierend, straffte sie die Schultern und lächelte ihn an. »Betsy kann sehr böse werden, wenn sie das Essen stundenlang warm halten muss.«

Dankbar erwiderte er ihr Lächeln. »Hungrig?«

»Ja«, log sie.

Jessica gelang es, ein wenig zu essen, obgleich sie das Gefühl hatte, das Essen bliebe ihr im Hals stecken. Und da sie wusste, dass Slade sie beobachtete, gab sie sich Mühe, so zu tun, als genieße sie die Mahlzeit. Sie sprach – plapperte – über sämtliche Nichtigkeiten, die ihr gerade in den Sinn kamen. Es gab zu viele Themen, die geradewegs zu ihrem Laden, zu David und Michael führen konnten. Zu dem Mann in dem Wäldchen. Jessica merkte, dass sie geradezu gegen den Drang ankämpfen musste, nicht aus dem Fenster zu sehen. Dort hinauszusehen würde sie nur daran erinnern, dass sie eine Gefangene in ihrem eigenen Haus war.

»Erzähl mir von deiner Familie«, bat sie Slade, verzweifelt um ein unverfängliches Thema bemüht.

Slade hielt es für klüger, sie gewähren zu lassen anstatt darauf zu bestehen, dass sie richtig aß oder sich ausruhte. Er reichte ihr die Sahne für den Kaffee, den sie kalt hatte werden lassen. »Meine Mutter ist eine sehr stille Frau – sie redet nur, wenn sie etwas zu sagen hat. Sie liebt kleine Dinge wie die Figur, die ich in deinem Laden gekauft habe, und sammelt Glastiere. Sie spielt Klavier – hat letztes Jahr wieder angefangen, Unterricht zu nehmen. Das Einzige, worauf sie jemals bestanden hat, war, dass Janice und ich Klavierspielen lernen.«

»Und, spielst du?«

Slade, dem ihr erstaunter Tonfall nicht entgangen war, warf ihr einen finsteren Blick zu. »Schlecht«, gab er zu. »Irgendwann hat sie ihre Bemühungen aufgegeben.«

»Und wie denkt sie über …«, Jessica zögerte kurz und nahm den Kaffeelöffel von ihrer Untertasse. »Über deinen Job?«

»Darüber spricht sie nicht.« Slade sah Jessica zu, wie sie so lange in ihrem Kaffee rührte, bis sich ein kleiner Strudel in der Tasse gebildet hatte. »Ich glaube, es ist nicht einfacher, die Mutter eines Cops zu sein, als die Frau. Aber sie kommt damit zurecht. Sie kam immer damit zurecht.«

Mit einem andächtigen Nicken schob Jessica die unberührte Kaffeetasse beiseite. »Und deine Schwester, Janice … du hast gesagt, sie besucht das College.«

»Sie möchte Chemikerin werden«, sagte Slade mit einem geheimnisvollen Lachen. »Davon träumt sie schon seit ihrer ersten Chemiestunde in der Highschool. Du solltest mal sehen, mit welcher Begeisterung sie all diese Pülverchen und Flüssigkeiten zusammenmischt. Dieses ellenlange, dürre Geschöpf mit den sanften Augen und wunderschönen Händen – ganz das Gegenteil von diesen verrückten Wissenschaftlern. Mit sechzehn hat sie unser Badezimmer in die Luft gejagt.«

Jessica lachte – das erste natürliche Lachen in den letzten vierundzwanzig Stunden. »Hat sie das wirklich?«

»Es war eine mittlere Explosion«, fuhr Slade fort, glücklich, wieder dieses leise Kichern zu hören, das bis vor einem Tag so selbstverständlich zu Jessica gehört hatte. »Ihr Lehrer war nicht sonderlich beeindruckt von ihrem Bericht über das Verhalten instabiler Verbindungen.«

»Das kann ich mir vorstellen«, meinte Jessica. »Auf welches College geht sie denn?«

»Princeton. Sie bekommt ein halbes Stipendium.«

Und selbst damit müssen die Schulgebühren sein Einkommen auffressen, überlegte sie. Wie viel verdient wohl ein Cop? Nicht genug, dachte sie sofort. Bei weitem nicht genug, um das Risiko aufzuwiegen, das er jeden Tag eingeht. Vielleicht finanziert er mit seiner Schriftstellerei die Ausbildung seiner Schwester. Jessica starrte in ihren kalten Kaffee und überlegte, ob Janice Sladerman überhaupt bewusst war, welche Opfer ihr Bruder für sie zu bringen bereit war.

»Du musst sie sehr lieben«, murmelte sie, »und deine Mutter auch.«

Slade hob eine Braue. Darüber hatte er noch nie nachgedacht. Es war einfach so. »Ja, das tue ich. Die beiden haben es nicht leicht gehabt. Aber sie beklagen sich nie, erwarten nichts.«

»Und du?« Jessica sah von ihrer Tasse auf und musterte ihn mit einem langen, intensiven Blick. »Wie hast du es geschafft, vor ihnen zu verbergen, was du wirklich willst?« Sie spürte, wie er sich zurückzog und griff nach seiner Hand. »Du willst unter allen Umständen vermeiden, dass irgendjemand merkt, was für ein netter Mensch du bist, stimmt's, Slade? Passt nicht zu dem knallharten Cop-Image, wie?« Sie grinste, zufrieden, ihn in Verlegenheit gebracht zu haben. »Du erzählst mir lieber, wie du Verdächtige so lange piesackst, bis sie darum betteln, ein Geständnis ablegen zu dürfen.«

»Du hast zu viele alte Filme gesehen.« Er verhakte seine Finger mit den ihren und zog sie auf die Füße.

»Alte Filme sind mein heimliches Laster«, gestand sie ihm. »Ich kann dir gar nicht sagen, wie oft ich *The Big Sleep* gesehen habe.«

»Da geht es um einen Privatdetektiv und nicht einen Cop«, stellte er richtig und führte sie zurück in die Bibliothek.

»Und wo ist da der Unterschied?«

»Wie viel Zeit hast du?«, gab er grinsend zurück.

»Ach, genügend.« Sie war froh, die Welt draußen für einige Augenblicke vergessen zu können. »Es würde mich schon interessieren, warum die einen Bullen und die anderen Schnüffler genannt werden.«

Slade blieb stehen und warf ihr einen teils amüsierten, teils wütenden Blick zu. »Das sind wirklich alte Filme«, entschied er.

»Klassiker«, berichtigte sie. »Ich sehe sie mir nur wegen ihres kulturellen Werts an.«

Slade runzelte die Stirn, eine Geste, wie Jessica inzwischen gelernt hatte, die bei ihm für ein Dutzend Worte stand. »Wenn du mir unbedingt helfen willst, kannst du das Katalogisieren übernehmen.« Er deutete auf die Bücherstapel auf dem Arbeitstisch. »Deine Handschrift ist bestimmt leserlicher als meine.«

»Wird gemacht.« Glücklich, eine Aufgabe zu haben, nahm Jessica die oberste Karteikarte von einem ordentlich aufgeschichteten Stapel. »Ich nehme an, du willst das Stichwortverzeichnis mit Verweisen und Querverweisen und allem Drum und Dran bestückt haben.«

»Ja, so ungefähr.«

»Slade.« Sie legte die Karte zurück, ehe sie sich zu ihm umdrehte. »Wahrscheinlich würdest du lieber an deinem Buch schreiben, als hier Ordnung zu schaffen. Warum nimmst du dir nicht ein paar Stunden für dich?«

Er dachte an seinen Roman, der beinahe fertig war und oben auf dem Schreibtisch auf ihn wartete. Dann dachte er daran, wie Jessica ausgesehen hatte, als sie vor einer Stunde in die Bibliothek gekommen war.

»Dieses Chaos macht mich verrückt«, erklärte er. »Solange ich hier bin, wäre es sinnvoll, dich auf den richtigen Weg zu bringen. Wie viele Bücher stehen hier herum?«, fragte er sie, ehe sie noch einen anderen Einwand vorbringen konnte.

Momentan abgelenkt, sah sie sich um. »Ich habe nicht die geringste Ahnung. Die meisten Bücher hier gehörten meinem Vater. Er las für sein Leben gern.« Ein Lächeln spielte um ihre Mundwinkel und zeigte sich auch in ihren Augen. »Sein Geschmack war breit gefächert, um es milde auszudrücken, aber ich glaube, er hatte ein Faible für Krimis.« Plötzlich fiel ihr etwas ein. »Ich weiß immer noch nicht, worum es in deinem Buch überhaupt geht. Ist es ein Kriminalroman?«

»Das, an dem ich gerade arbeite?« Er grinste. »Nein.«

»Hm.« Sie lehnte sich mit der Hüfte an die Tischkante. »Na komm, verrat mir schon, worum es geht.«

Slade begann, sich Platz für seine Arbeit zu schaffen. »Es ist die Geschichte einer Familie, beginnend in den Vierzigerjahren nach Kriegsende bis hinein in unsere Zeit. Veränderungen, Anpassungen, Enttäuschungen, Siege.«

»Lass es mich lesen«, bat sie ihn impulsiv. Seine geschriebenen Worte, wusste sie, würden viel mehr von seinem Wesen enthüllen als seine gesprochenen.

»Es ist noch nicht fertig.«

»Dann lese ich eben das, was du bisher geschrieben hast.«

Um die Antwort hinauszuzögern, blickte er sich suchend nach einem Bleistift um. Er wollte, dass seine Bücher gelesen wurden. Es war ein Traum, dem er schon zu viele Jahre nachhing. Aber mit Jessica war es etwas anderes; sie war nicht das anonyme, gesichtslose Publikum. Ihre Meinung, positiv oder negativ, war ihm viel zu wichtig. »Vielleicht«, raunte er. »Wenn du mir helfen willst, solltest du dich besser hinsetzen.«

»Slade.« Jessica schlang die Arme um seine Hüften und legte die Wange an seinen Rücken. »Ich werde dich so lange nerven, bis du Ja sagst. Darin bin ich großartig.«

Etwas an dieser zwanglosen, intimen Umarmung berührte ihn bis ins tiefste Innere seiner Seele. Ihre Brüste drückten leicht gegen seinen Rücken; ihre Hände umfassten locker seine Hüften. In diesem Augenblick kapitulierte er vor der Liebe, die er für sie empfand. Sie war intensiver als Verlangen, dringlicher als Begehren.

Sieht sie denn nicht, dass ich ihr keinen Wunsch abschlagen kann?, dachte Slade, als er seine Hände auf die ihren legte. Sieht sie denn nicht, welche Bedeutung sie für mich bekommen hat, und das alles in wenigen Tagen? Wenn sie so tun konnten – ihretwegen –, als lauerte keine Gefahr außerhalb dieser Mauern, konnten sie vielleicht seinetwegen so tun, als gehörte sie ihm.

»Nerv mich«, sagte er und drehte sich um, damit er sie in die Arme nehmen konnte. »Aber ich warne dich, ich halte viel aus.«

Jessica stellte sich auf die Zehenspitzen und hauchte ihm einen Kuss auf die Lippen. »Ich kann nur hoffen, dass ich der Aufgabe gewachsen bin.« Den Kuss vertiefend, ließ sie die Hände unter sein Hemd gleiten und an seinem Rücken emporwandern.

»Das könnte dir ein paar Seiten einbringen«, murmelte er. »Na, traust du dir ein ganzes Kapitel zu?«

Sie fuhr mit der Zungenspitze träge über seine Lippen

und knabberte daran, indes sie mit den Fingerspitzen an seiner Wirbelsäule entlangstrich. Sie spürte genau, dass er auf ihre Zärtlichkeiten reagierte, und spürte ebenfalls seine Weigerung, es ihr zu zeigen. »Feilschen ist meine Stärke«, säuselte sie an seinen Lippen. Sie gab ihm einen langen, intensiven Kuss und wich zurück, als der Druck seiner Lippen sich verstärkte. »Wie viele Kapitel hat dein Buch denn?«

Slade schloss die Augen, um das Gefühl, verführt zu werden, so richtig auszukosten. »Ungefähr fünfundzwanzig.«

»Hmmm.« Er spürte, dass sie lächelte, als ihre Lippen sich wieder berührten. »Das kann ja den ganzen Tag dauern.«

»Darauf kannst du wetten.« Plötzlich schob er sie von sich weg und nahm ihr Gesicht in beide Hände. »Wir können sofort mit den Verhandlungen anfangen, nachdem wir mit unserem Arbeitspensum durch sind.«

»Oh.« Die Zunge zwischen die Zähne geklemmt, ließ Jessica den Blick über die Bücherstapel schweifen. »Nachdem?«

»Nachdem«, sagte Slade mit fester Stimme und manövrierte sie sanft auf einen Stuhl. »Fang an zu schreiben.«

Jessica merkte kaum, wie die Stunden verstrichen – eine, zwei und drei. Er arbeitete leise, systematisch und mit einer Engelsgeduld, die sie niemals aufbringen könnte. Slade kannte sich in der Literatur sehr viel besser aus als sie. Jessica sparte sich das Lesen für die seltenen Gelegenheiten auf, wenn ihre körperliche Energie ihrer geistigen hinterherhinkte. Sie hatte Spaß an Büchern. Er liebte sie. Diese kleine Erkenntnis bedeutete für Jessica einen weiteren Schritt auf dem langen Weg, diesen Mann zu enträtseln.

Es war leichter, ihn in der stillen Abgeschiedenheit der Bibliothek zum Reden zu animieren. *Hast du dieses Buch gelesen? Wie hat es dir gefallen?* Und er antwortete ihr, beiläufig und auch ausführlich, ohne seine Arbeit dabei zu unterbrechen. Slade hätte ihrem Vater gefallen, dachte Jessica. Er hätte seine Klugheit bewundert, seine Stärke und seinen Humor. Er hätte seine Anständigkeit, die Güte und Freundlichkeit erkannt, die zu verbergen Slade sich solche Mühe gab.

Sie bezweifelte, dass Slade überhaupt bewusst war, dass er ihr seine andere Seite enthüllte – den Träumer –, indem er sie mit ihm zusammen arbeiten ließ. Vielleicht hatte sie diese andere Seite schon immer erahnt, die er so gekonnt hinter dem Image des harten Straßenkämpfers verbarg. Er war ein Mann mit vielen Gesichtern, ein Mann, der mit einer Pistole umgehen und Byrons *Don Juan* zitieren konnte, und beides mit der gleichen Selbstverständlichkeit. Heute Nachmittag brauchte sie den Träumer. Vielleicht wusste er das.

Das Licht verblasste zu einem sanften Grau. Schatten machten sich in den Ecken des Raums breit. Jessica hatte ihre Anspannung vergessen und überließ sich völlig der geistlosen Aufgabe, die jeweiligen Buchtitel und die Namen der Autoren auf den Karteikarten einzutragen. Als das Telefon klingelte, fiel ihr vor Schreck ein ganzes Päckchen Karten aus der Hand. Sie bückte sich rasch, um sie wieder vom Boden aufzusammeln.

»Ich bin nur erschrocken«, sagte sie, als Slade sie schweigend ansah. Ihre zittrigen Hände verfluchend, ordnete sie die Karten wieder zu einem Stapel. »Es war die ganze Zeit so still, deshalb.« Vor lauter Wut über ihre Ungeschicktheit fielen ihr die Karten noch einmal aus der Hand. »Verdammt, sitz nicht einfach so da und starr mich an. Das ist noch schlimmer, als wenn du mich anbrüllst.«

Slade stand auf, ging zu ihr hinüber und ging vor ihr in die Hocke. »Sieh nur, was du für ein Chaos angerichtet hast«, sagte er leise. »Wenn du so weitermachst, muss ich mich nach einer anderen Assistentin umsehen.«

Mit einem Laut, der eine Mischung aus Seufzen und Lachen war, lehnte sie die Stirn an die seine. »Bitte, hab Nachsehen mit mir. Es ist mein erster Arbeitstag.«

Betsy öffnete die Tür zur Bibliothek, zog unwillkürlich die Augenbrauen hoch und schürzte die Lippen. Tja, wo Rauch war, da gab es auch Feuer, dachte sie. Und sie hatte den Rauch schon in dem Augenblick gerochen, als die beiden sich zum ersten Mal begegnet waren. Sie räusperte sich missbilligend und sah Jessica hochfahren, als hätte sie sich verbrannt.

»Mr. Adams ist am Telefon«, verkündete Betsy würdevoll und schloss wieder die Tür.

Slade nahm Jessicas Hand. »Ruf sie zurück«, sagte er leise. »Sie soll ihm ausrichten, dass du schläfst.«

»Nein.« Jessica schüttelte heftig den Kopf und stand auf. »Zwinge mich nicht, davonzurennen, Slade, ich könnte es möglicherweise tun. Und ich würde mich dafür hassen.« Sie drehte sich um, griff nach dem Hörer. »Hallo, Michael.«

Slade richtete sich langsam auf, schob die Hände in die Taschen und beobachtete sie.

»Nein, es ist nichts Schlimmes, wirklich. Nur eine kleine Erkältung.« Jessica sprach in ruhigem Tonfall, wickelte dabei aber unaufhörlich die Telefonschnur um ihren Finger. »David hat nur ein schlechtes Gewissen, weil er glaubt, ich hätte mich bei ihm angesteckt. Er hätte dich nicht beunruhigen sollen. Ich passe schon auf mich auf.« Sie kniff einen Moment die Augen zu, doch ihre Stimme blieb weiterhin unbeschwert. »Nein, morgen komme ich nicht.« Vorsichtig wickelte Jessica das Telefonkabel wieder von ihrem Finger. »Das ist nicht nötig, Michael … nein, wirklich nicht. Ich verspreche dir – mach dir keine Sorgen … ja, in ein paar Tagen bin ich wieder fit. Ja, das mache ich … Auf Wiedersehen.«

Jessica legte den Hörer auf und starrte einen Moment ihre leere Hand an. »Er hat sich Sorgen gemacht«, wisperte sie. »Ich war nämlich noch nie krank. Er wollte vorbeikommen und nach mir sehen, aber ich habe ihn abgewimmelt.«

»Gut.« Mitleid würde ihr im Augenblick nicht helfen, entschied er. »Ich glaube, für heute haben wir hier genug getan. Komm, lass uns nach oben gehen.« Er stand auf und ging zur Tür, als setzte er ihre Zustimmung als selbstverständlich voraus. Die Hand an der Türklinke hielt er inne und drehte sich noch einmal um. Jessica hatte sich nicht vom Fleck gerührt. »Na komm schon, Jess.«

Sie durchquerte den Raum, blieb aber vor der Tür stehen. »Michael würde mir niemals wehtun«, sagte sie, ohne Slade dabei anzusehen. »Ich möchte nur, dass du das begreifst.«

»Ja, wenn du begreifst, dass ich jeden hier als potenzielle Bedrohung betrachten muss«, versetzte er gleichmütig. »Du wirst keinen von beiden – und auch sonst niemanden – sehen, wenn ich nicht dabei bin.« Als er Trotz in ihren Augen aufblitzen sah, fuhr er rasch fort: »Falls David und Michael unschuldig sind, wird ihnen in den nächsten Tagen nichts passieren. Und wenn du so felsenfest von ihrer Unschuld überzeugt bist«, sagte er, ohne sich um ihren wütenden Blick zu kümmern, »solltest du in der Lage sein, die Geschichte durchzustehen.«

Er war nicht bereit, auch nur einen Millimeter nachzugeben, stellte Jessica fest, mit Tränen und ihrer Wut kämpfend. Vielleicht war es auch besser so. Sie holte ein paarmal tief Luft. »Ja, du hast Recht. Und ich werde die Sache durchstehen. Arbeitest du jetzt weiter an deinem Buch?«

Slade ließ nicht erkennen, ob ihn der Themenwechsel erleichterte oder nicht. »Ja, das hatte ich eigentlich vor.«

Jessica war entschlossen, sich genauso sachlich zu geben wie er – zumindest nach außen hin. »Fein. Dann geh schon mal nach oben. Ich hole uns Kaffee und komme dann nach. Du kannst mir vertrauen«, setzte sie schnell hinzu, um einen möglichen Einwand abzuschmettern. »Ich werde mich peinlichst genau an deine Vorschriften halten – nur um dir zu beweisen, dass du dich irrst. Ich *werde* beweisen, dass du dich irrst, Slade«, erklärte sie mit ruhiger Entschlossenheit.

»Einverstanden, aber nur, solange du dich an die Regeln hältst.«

Jessica, die sich mit diesem Ziel vor Augen erheblich besser fühlte, schenkte ihm ein freundliches Lächeln. »Ich besorge uns eine Kanne Kaffee, und während du an deinem Roman weiterschreibst, werde ich die ersten Kapitel lesen. Das ist die einfachste Möglichkeit, mich für den Rest des Tages zu beschäftigen.«

Slade kniff sie ins Ohrläppchen. »Das hört sich sehr nach Erpressung an, oder täusche ich mich?«

»Wenn dir das nicht klar ist, bist du ein verdammt lausiger Cop.«

8

Jessicas Kaffee wurde wieder einmal kalt. Sie saß auf Slades Bett, mit dem Rücken ans Kopfteil gelehnt, rechts und links von sich einen Stapel Manuskriptblätter. Der Stapel zu ihrer Linken mit den gelesenen Blättern wuchs rasch über den zu ihrer Rechten hinaus. Sie war so gefesselt von ihrer Lektüre, dass sie Betsys vorwurfsvolle Ermahnungen, doch endlich etwas zu essen, widerspruchslos über sich ergehen ließ, als die Haushälterin ein Tablett mit Suppe und Sandwiches nach oben brachte. Abwesend hatte sie ihr versprochen, tüchtig zuzulangen, und ihr Versprechen in dem Augenblick schon wieder vergessen, als Betsy die Tür hinter sich zuzog. Ebenfalls vergessen hatte sie, obwohl die Seitenränder der Blätter mit Hinweisen und Notizen voll gekritzelt waren, dass sie Slades Buch las. Die Geschichte und die handelnden Personen hatten sie völlig in ihren Bann gezogen.

Sie durchlebte mit einer ganz normalen Familie die ersten Jahre nach dem zweiten Weltkrieg, folgte ihnen durch das Auf und Ab der Fünfziger, durch die Turbulenzen und die sich rasch verändernden Moralvorstellungen der Sechzigerjahre. Kinder wuchsen heran, neue Wertvorstellungen verschafften sich Gehör. Es gab Todesfälle und Geburten, manche Träume wurden wahr, andere zerplatzten wie Seifenblasen. Jessica lernte die einzelnen Familienmitglieder besser kennen. Es waren Menschen, die ihr in ihrem Leben auch hätten begegnen können – Menschen, die sie ohne Zweifel gern gehabt hätte.

Die Worte flossen dahin, zeitweise sanft wie ein sprudelnder Quell, manchmal besaßen sie aber auch eine so knirschende Härte, dass sich ihr Magen unwillkürlich zusammenzog. Es war keine harmlose Geschichte – dafür waren seine Charaktere zu natürlich, zu menschlich. Sie zeigte ihr Dinge, die sie nicht immer sehen wollte, aber sie spielte nie mit dem Gedanken, die Seiten wegzulegen.

Am Ende eines der Kapitel griff sie automatisch zum nächsten Blatt und stellte erstaunt und im nächsten Moment enttäuscht fest, dass der Stapel zu Ende war und sie alle Seiten durchgelesen hatte, die Slade ihr gegeben hatte. Zum ersten Mal seit beinahe drei Stunden nahm sie das Klappern von Slades Schreibmaschine wahr.

Draußen vorm Fenster stand ein voller Mond. Auch das überraschte sie. Sein Licht schien ins Zimmer und wetteiferte mit dem Schein der Nachttischlampe. Das Feuer im Kamin, das Slade angezündet hatte, als sie nach oben gegangen waren, war bis auf die Glut niedergebrannt. Jessica streckte die verkrampften Beine aus und gönnte sich noch ein paar Minuten Rast, ehe sie zu Slade hinübergehen wollte.

Als sie darauf bestanden hatte, seinen Roman zu lesen, war sie sich nicht sicher gewesen, was sie empfinden oder was sie ihm sagen würde, wenn sie ihn zu Ende gelesen hätte. Sie wusste zwar, dass sie sich viel zu leicht von Gefühlen beeinflussen ließ, war aber davon überzeugt, in seinem Buch einige Vorzüge zu entdecken. Jetzt brauchte sie noch etwas Zeit, um zu entscheiden, inwieweit ihre Gefühle für Slade etwas mit dem Eindruck zu tun hatten, den sie von dieser Geschichte gewonnen hatte.

Überhaupt nicht, stellte sie fest. Noch ehe sie das erste Kapitel zu Ende gelesen hatte, vergaß sie bereits, warum sie dieses Buch unbedingt hatte lesen wollen, obgleich sich der eigentliche Zweck erfüllt hatte. Sie kannte Slade jetzt besser als vorher.

Er besaß eine scharfe Beobachtungsgabe, die sie nur erahnt hatte, ein tiefes Verständnis für die Menschen, um das sie ihn beneidete und ihn gleichzeitig dafür bewunderte. Er geizte beim Schreiben ebenso mit Worten wie beim Sprechen – doch beim Schreiben offenbarte er mehr von seiner Persönlichkeit. Er mochte seine Gefühle verborgen halten, seine Personen hingegen besaßen eine Palette an Gefühlen, die ihre Wurzeln in ihrem Erfinder hatten.

Und, sinnierte Jessica weiter, sie hatte sich geirrt, als sie ihm erklärt hatte, er verstünde die Frauen nicht. Er verstand sie sehr gut – beinahe zu gut, dachte sie und strich abwesend über eine Manuskriptseite. Wie viel von dem, was sie als absolut persönlich und für niemanden durchschaubar betrachtete, sah er, wenn er ihr in die Augen blickte? Welche Gefühlsregungen, die sie glaubte verbergen zu können, spürte er, wenn er sie berührte?

Wusste er, dass sie ihn liebte? Instinktiv warf Jessica einen Blick durch den Türbogen, der das Schlafzimmer und das Wohnzimmer trennte. Slade tippte immer noch. Nein, sie war davon überzeugt, dass er nicht die geringste Ahnung hatte, wie tief ihre Gefühle gingen. Oder, dachte sie mit einem kleinen Lächeln, dass sie entschlossen war, ihn nicht aus ihrem Leben verschwinden zu lassen, sobald sich die Dinge auf die eine oder andere Weise geklärt hatten. Wüsste er es, überlegte sie, würde er sie auf Armlänge von sich fern halten. Er war ein vorsichtiger Mann. Slade war ein sehr vorsichtiger Mann – einer, der glaubte, für ein Leben in Einsamkeit geboren zu sein. Na, da werden noch einige Überraschungen auf ihn zukommen, dachte sie schmunzelnd. Sobald sie ihr Leben wieder nach ihrem eigenen Gutdünken gestalten konnte, würde sie ihm einige davon bescheren.

Sie stand auf und ging zur Tür. Slade saß mit dem Rücken zu ihr am Tisch, das Licht der Schreibtischlampe fiel auf seine Hände, die behände über die Tasten flogen. An seiner Schulterhaltung und der Art, wie er den Kopf geneigt hatte, konnte sie sehen, dass er in tiefe Konzentration versunken war. Weil sie ihn nicht stören wollte, blieb sie ein Weilchen an den Türrahmen gelehnt stehen. Der Aschenbecher neben ihm war halb voll, eine Zigarette qualmte vergessen darin vor sich hin. Seine Kaffeetasse war leer, aber sein Abendessen auf dem Tablett hatte er nicht angerührt. Als Jessica das sah, hätte sie ihm am liebsten in schönster Betsy-Manier die Hölle heiß gemacht, weil er nichts gegessen hatte.

So könnte es sein, schoss es ihr spontan durch den Kopf, wenn dieser Albtraum vorüber wäre. Er könnte hier arbeiten, und ich würde das Klappern der Schreibmaschine hören, wenn ich nach Hause komme. Manchmal würde er vielleicht mitten in der Nacht aufstehen und die Tür zumachen, damit mich das Geräusch nicht aufweckt. Am Sonntagmorgen würden wir am Strand spazieren gehen … an regnerischen Nachmittagen gemütlich vor dem Kamin sitzen. Ja, eines Tages könnte das passieren.

Mit einem ärgerlichen Seufzer hörte Slade auf zu tippen und rieb sich den verspannten Nacken. Welche Kraft ihn auch immer die letzten drei Stunden angetrieben hatte, sie war plötzlich versiegt, und er war noch nicht fertig. Automatisch griff er nach der Kaffeetasse, nur um festzustellen, dass sie leer war. Vielleicht käme er wieder in Schwung, wenn er nach unten ginge und sich noch einen Kaffee holte. Während er noch darüber nachdachte, kam Jessica auf ihn zu.

Sie legte die Arme um seinen Nacken und stützte das Kinn auf seinen Kopf. Ach, ich liebe ihn, dachte sie. Sie drückte ihn kurz und überschwänglich und drängte die Worte zurück, die zu hören er, wie sie befürchtete, noch nicht bereit war. Aber es gab genug, was sie ihm vorher noch sagen wollte.

»Slade, hör nie auf das zu tun, was du tun musst.«

Nicht sicher, ob er die Bedeutung ihrer Worte begriffen hatte, starrte er auf die Seite, die er gerade getippt hatte. »Wie viel hast du schon gelesen?«

»Alles, was du mir gegeben hast – und längst nicht genug. Wann wirst du fertig sein? Oh, Slade, es ist großartig!« Jessica sprach rasch weiter, ehe er etwas erwidern konnte. »Es ist ein fantastisches Werk. Alles – die Worte, die Gefühle, die Menschen.«

Slade drehte sich zu ihr um. Er wollte keine Plattitüden hören. Nicht von ihr. Ihre Augen strahlten vor Begeisterung, doch seine blieben kühl und wachsam. »Warum?«

»Weil du eine Geschichte mit Tiefgang erzählt hast, über Menschen, die wir alle kennen oder die so sind wie wir selbst.« Sie spreizte die Finger, suchte nach Worten, die ihn zufrieden stellen würden. »Weil mich die Geschichte zum Weinen gebracht hat, zum Lachen, und sie hat mich auch erschreckt. Es gab Abschnitte – diese Szene auf dem Parkplatz im siebten Kapitel –, die ich nicht lesen wollte. Sie war so hart, so grausam. Aber ich musste weiterlesen, auch wenn es mir wehgetan hat. Slade, niemand, der das liest, wird davon unberührt bleiben.« Sie legte ihm die Hände auf die Schultern. »Und genau deshalb schreibt ein Schriftsteller doch auch, oder?«

Sein Blick ließ ihre Augen keine Sekunde los. Er wartete und wog das, was er in ihren Augen sah, mit ihren Worten ab. »Weißt du«, begann er bedächtig, »ich glaube, mir wird erst jetzt klar, welches Risiko ich eingegangen bin, indem ich dich das Manuskript lesen ließ.«

»Risiko?«, wiederholte sie erstaunt. »Aber warum denn?«

»Wenn dich die Geschichte nicht bewegt hätte, dann weiß ich nicht, ob ich sie hätte zu Ende schreiben können.«

Nichts hätte ihr mehr bedeuten können. Jessica legte die Hände an ihre Wangen und fragte sich, ob ihm überhaupt bewusst war, wie viel er mit diesem einen Satz gesagt hatte. »Ich war berührt, Slade«, sagte sie. »Wenn das Buch auf dem Markt ist und ich es dann im Ganzen lese, werde ich daran denken, dass Teile davon hier entstanden sind.«

»Wirst du mir ein Denkmal errichten?«, fragte er grinsend.

»Nein. Nur eine kleine Erinnerungstafel«, gab sie zurück und küsste ihn. »Ich möchte nicht, dass dir der Erfolg zu Kopf steigt. Sag mal, hast du überhaupt einen Agenten?«, fiel ihr plötzlich ein.

Schmunzelnd zog er sie auf seinen Schoß. »Ja, ich habe einen. Wir sind zwar bisher noch nicht zu Reichtum gekommen, aber er hat ein paar Kurzgeschichten von mir vermarktet und tut sein Möglichstes, meinen anderen Roman an den Mann zu bringen.«

»Den anderen?« Jessica drehte den Kopf weg, als Slade an ihrem Ohr zu knabbern begann. »Der ist demnach fertig.«

»Mmm–hmm. Komm wieder her«, bat er sie, weil er ihre weiche, duftende Haut noch einmal spüren wollte.

»Wovon handelt dieses Buch?«, wollte sie wissen und entzog sich ihm geschickt. »Wann kann ich es lesen? Ist es so gut wie dieses hier?«

»Hat dir schon mal jemand gesagt, dass du zu viele Fragen stellst?« Seine Hände schlüpften unter ihr Sweatshirt und wölbten sich um ihre Brüste. Er strich mit den Daumen träge über die kleinen Knospen, bis sie hart wurden und ihr Puls zu hüpfen begann. »Ich mag das«, raunte er, an ihrem Hals knabbernd. »Ich kann genau spüren, wie dein Puls an der Stelle anfängt zu rasen, wo ich dich berühre.« Mit einer langen Bewegung ließ er die Hände seitlich an ihrem Brustkorb entlang zu den Hüften wandern. »Du wirst immer dünner«, meinte er tadelnd. »Hast du überhaupt etwas zu Abend gegessen?«

»Hat dir schon mal jemand gesagt, dass du zu viel redest?«, konterte Jessica, ehe sie die Lippen auf seinen Mund presste.

Seine Antwort war ein langes, lustvolles Stöhnen. Sie schmeckte warm – eher scharf als süß –, als ihre Zungenspitze mit seiner spielte und sich dann lockend zurückzog. Er glaubte, sie lachen gehört zu haben, tief und rau, dann legte er die Hand an ihren Nacken und verschlang sie mit einem tiefen Kuss. Ihr Duft und ihr Geschmack waren eins; er glaubte, darin zu versinken. Ehe er sie zum Bett tragen konnte, hatte sie ihn auf den Boden gezogen.

Einer Stichflamme gleich entbrannte in ihr ein sengendes Verlangen. Ihre für sie typische Energie, die sie den ganzen Tag über verlassen zu haben schien, kehrte in einer Eruption von Leidenschaft zurück. Sie zerrte an seinem Hemd, gierig, seine Nacktheit zu spüren, während ihre wilden Küsse sein Gesicht und seinen Hals versengten. Ihre überschäumende Gier verwirrte und erregte ihn gleichermaßen. Und weil er wusste, dass diese hemmungslose Leidenschaft teilweise aus dem Zwang entstand, die Angst zu vertreiben, überließ Slade ihr die Führung. Sie bestimmte den Rhythmus – und der war atemberaubend.

Binnen kürzester Zeit war er so von ihrer Sinnlichkeit berauscht, dass er nicht mehr denken konnte. Sie entkleidete ihn mit fliegenden Fingern und ihre Lippen begrüßten seine nackte Haut mit ungestümen Küssen, bis sich seine gesamten Empfindungen nur noch auf sie konzentrierten. Erregende Gedanken, sinnliche Düfte, elektrisierende Berührungen – sie ließ ihm keine Zeit, nur einem dieser aufregenden Eindrücke nachzuspüren, sondern trieb ihn dazu, alles in einem einzigen rasenden Sinnestaumel zu erleben.

Verletzlichkeit war etwas ganz Neues für ihn, doch plötzlich fand er sich in einer lüstern tückischen Welt gefangen, wo keine Mauern und kein Schutz existierten. Sie trieb ihn an den Punkt und noch darüber hinaus, wo der Verstand restlos aussetzte und er nicht mehr in der Lage war, ihr Einhalt zu gebieten und die Führung zu übernehmen. Diesmal gab es für ihn nur Antworten und Reaktionen. Sie strömten aus ihm heraus, nährten ihre Stärke und erschöpften die seine.

Als ihre Lippen wieder seinen Mund vereinnahmten, fummelte er ungeschickt an ihrem Sweatshirt. Er, dessen Hände sich immer zielsicher bewegten, merkte, dass sie schweißnass waren und zitterten, als sie endlich ihre Haut berührten. Obwohl sie genauso glühte wie er, erlaubte sie seinen Händen nicht, auch nur eine Sekunde an einer Stelle ihres Körpers zu verweilen, sondern bewegte sich um ihn herum mit einer Behändigkeit und Lebhaftigkeit, die seine Hände frustriert und seinen Körper zitternd zurückließen. Haut glitt über Haut, ihr hungriger, feuchter Mund nahm sich, wonach es ihm verlangte, ebenso die gierigen Hände.

Das Wissen, dass er ihrer Verführung hilflos erlegen war, erregte sie. Dieser starke, hart gesottene Mann war gegen ihren Zauber machtlos. Doch sie spielte keinen Zauber aus, sondern folgte ihrem Verlangen, ihrer Liebe. Und sie stellte fest, dass sie ihn noch mehr liebte, nachdem sie gesehen hatte, dass er auch schwach sein konnte. Sein sonst so harter und muskulöser Körper erschauderte jetzt – für sie.

Das Licht der Nachttischlampe fiel über sein Gesicht; sie konnte seine Augen sehen, dunkel und undurchsichtig vor Verlangen. Der Anblick seines Mundes reizte sie, und sie küsste ihn, kostete die hitzige Schärfe, die seine Lust verströmte. Ihr offener Mund empfing seinen warmen Atem, der ihn stoßweise und keuchend ausfüllte. Plötzlich stieg ihr die Mischung aus Bienenwachs und Zitronenpolitur in die Nase, die von dem Holz des Schreibtischs ausging. Und sie wusste, dass sie diesen Duft ab jetzt stets mit dem ersten Mal in Verbindung bringen würde, als Slade sich ihr ganz rückhaltlos hingegeben hatte. Denn jetzt besaß sie ihn – Verstand, Gefühl und Körper. Selbst wenn er sich anschließend zurückzöge, würde ihr immer dieser eine Augenblick in Erinnerung bleiben, als er nichts vor ihr zurückgehalten hatte.

Also gab sie sich ihm hin, nahm ihn in sich auf in einem Taumel glitzernder Lust. Ihre Leidenschaft bekam Flügel, trieb sie beide hart und unerbittlich dem Höhepunkt entgegen, den sie bis zur Erschöpfung auskosteten. Als ihre aufgepeitschten Sinne allmählich zur Ruhe kamen, und sie glaubte, sich in ihm aufzulösen, blieben sie beide ineinander verschlungen liegen, vereint und wohlig ermattet.

Slade versuchte mit dem letzten Rest seiner verbliebenen Kraft seinen Kopf zu klären, musste aber feststellen, dass sie sein ganzes Denken vereinnahmt hatte. Die Energie, die sie angetrieben hatte, war dahingeschmolzen, ihr Körper, der auf seinem lag, schien kein Gewicht mehr zu besitzen, und doch spürte er, dass sie ihn immer noch beherrschte. Er wollte sich ihr entziehen, vielleicht um ihnen beiden zu beweisen, dass er dazu in der Lage war, dass er noch einen freien Willen besaß. Seine Hände vergruben sich nur noch tiefer in ihrem Haar, bis sie ihren schlanken, weichen Nacken fanden. Obwohl sie ganz still unter ihm lag und kaum atmete, spürte er ihr Herz an seiner Brust hämmern. Keine noch so große Willensanstrengung hätte seinen Pulsschlag in einen normalen Rhythmus zurückbringen können, obgleich er körperlich völlig befriedigt war. Es verlangte ihn nach ihr – aber im Augenblick nur nach ihrer Nähe.

»Jess.« Er hob ihr Gesicht an, ohne auch nur eine Ahnung zu haben, welche Gedanken sich als Worte Gehör verschaffen würden. Ihre Augen waren riesengroß, dunkel und umschattet; ihre Gesichtszüge weich und sanft gerötet von dem Nachglühen der Lust, aber er sah auch ihre Erschöpfung. Er hatte kein Recht, dachte er schuldbewusst, ihre letzten Kraftreserven zu erschöpfen, um seine Bedürfnisse zu befriedigen.

»Nein, bitte nicht.« Jessica sah die Veränderung in seinem Ausdruck. Schon jetzt, dachte sie, wollte er wieder zurücknehmen, was er ihr eben noch so freimütig gegeben hatte. »Schließ mich nicht aus«, sagte sie hastig. »Nicht so schnell.«

Ohne sich bewusst zu sein, was er tat, strich er ihr mit dem Daumen sanft über die Lippen. »Schlaf heute Nacht bei mir«, war alles, was er sagte.

Slade wartete, bis er sicher sein konnte, dass sie fest eingeschlafen war, ehe er leise aus dem Bett stieg. Ohne Jessica aus den Augen zu lassen, kleidete er sich an. Silbriges Mondlicht ergoss sich über ihr Gesicht und ihre Schultern und verdüsterte sich, als sich eine Wolke vor den Mond schob. Mit etwas Glück, überlegte er, könnte er sich ausgiebig im ersten Stockwerk umsehen und anschließend den Salon unter die Lupe nehmen und wieder im Bett liegen, ohne dass Jessica überhaupt etwas von seinen nächtlichen Manövern merkte. Nach einem letzten Blick auf die Schlafende schlüpfte er durch die Tür.

Mit der absolut lautlosen Gründlichkeit, die von jahrelanger Erfahrung herrührte, untersuchte Slade sämtliche Türen und Fenster und stellte verdrossen fest, dass die einfachen Schlösser und Riegel höchstens einem stümperhaften Amateur standhalten würden.

Dieses Haus ist voll gestopft mit Tafelsilber und tausend kleinen, leicht zu transportierenden Kunstgegenständen, überlegte er. Ein wahres Einbrecherparadies – das Jessica mit billigen Kaufhausschlössern zu sichern glaubte. Eine Kreditkarte und eine Haarnadel, mehr brauchte man nicht, um sich hier Einlass zu verschaffen, konstatierte Slade, als er die hintere Küchentür in Augenschein nahm. Er musste unbedingt dafür sorgen, dass Jessica anständige Schlösser anbringen ließ, ehe er dieses Haus verließ.

Vor der Hintertür, auf dem nackten Fliesenboden, lag Ulysses, ein weißer Fellhaufen, der leise vor sich hinschnarchte und sich nicht rührte, als Slade über ihn hinwegstieg. Auch als er versuchsweise an der Tür rüttelte, schnarchte der Hund selig weiter.

»Wach auf, du nutzloser Bettvorleger.«

Auf das Kommando hin öffnete Ulysses ein Auge, schlug

mit dem Schwanz zweimal träge auf den Boden und sank schnaufend wieder in tiefsten Schlaf.

Slade rieb sich ungehalten den Nacken, befand, dass ein gewöhnlicher Einbrecher im Augenblick nicht das eigentliche Problem darstellte, und überließ den Hund seinen Träumen.

Vorsichtig schlich er durch den Flügel, in dem die Hausangestellten ihre Zimmer hatten. Unter einer der Türen schimmerte Licht und er hörte das gedämpfte Lachen einer Late-Night-Show im Fernsehen. Hinter den anderen Türen war es still. Ein Blick auf seine Armbanduhr sagte ihm, dass es kurz nach Mitternacht war. Slade ging zurück in den Salon, um dort zu warten.

Er setzte sich in den großen Ohrensessel, der jetzt völlig im Schatten lag. Ohren spitzen und warten. Mehr konnte er im Moment nicht tun. Dabei juckte es ihn in den Fingerspitzen, etwas zu unternehmen – irgendetwas, das die Ermittlungen voranbrachte. Vielleicht hatte der Commissioner am Ende doch auf den falschen Mann gesetzt, überlegte er. Diesmal war Slade wirklich auf Ärger aus. Wer immer diesen Killer angeheuert hatte, würde dafür bezahlen, diesbezüglich hatte er nicht die geringsten Zweifel. Und er wollte die Bezahlung persönlich entgegennehmen.

Die Frau, die dort oben in seinem Bett schlief, war das Einzige, was im Moment für ihn zählte. Die Diamanten waren nebensächlich – Steine im Grunde genommen, mit einem gewissen Marktwert. Jessica hingegen war unbezahlbar. Mit einem stummen Lachen streckte er die Beine aus. Dodson hatte kaum vorhersehen können, dass sein handverlesener Bodyguard sich in seine Schutzbefohlene verlieben würde. Slade kannte seinen Ruf: gründlich, verlässlich, abgebrüht.

Nun ja, dachte er, seine Abgebrühtheit hatte er in dem Augenblick verloren, als er zum ersten Mal diesem blonden Wirbelwind mit den Wikinger-Backenknochen gegenüberstand. Er dachte nicht mehr wie ein Cop, sondern wie ein Mann – ein Mann, der auf Rache sann. Und das war gefährlich. Solange er seinen Job als Polizist versah, musste er sich an die Regeln halten. Und die Regel Nummer eins lautete: kein persönliches Engagement.

Bei diesem Gedanken hätte Slade beinahe laut gelacht. Zum Teufel mit Regel Nummer eins, beschloss er und fuhr sich durchs Haar. Könnte sein Engagement überhaupt noch persönlicher sein? Er war in sie verliebt und inzwischen auch ihr Geliebter geworden. Der nächste logische Schritt in Richtung persönliches Engagement würde aufs Heiraten und Kinderkriegen hinauslaufen.

Dieser Schluss versetzte ihm einen Schock. Er konnte nicht zulassen, dass seine Gedanken in eine solche Richtung abdrifteten. Er war nicht für sie bestimmt. Sobald die Ermittlungen abgeschlossen waren, würden sich ihre Wege wieder trennen. Das war es auch, was er eigentlich wollte, sagte er sich, doch dieser Gedanke machte seinen Blick nicht freundlicher. Er hatte genug damit zu tun, sich um sein eigenes Leben zu kümmern – die Anforderungen seines Berufs, seine Verpflichtungen, seine Schriftstellerei. Und selbst wenn in seinem Leben noch Raum für eine Frau wäre – ihre Wege liefen in verschiedenen Richtungen. Sie würden sich nicht wieder begegnen. Nur der Zufall hatte sie dieses eine Mal zusammengeführt und umständehalber eine Intimität zwischen ihnen hervorgerufen, die zu dieser gefühlsmäßigen Verbundenheit geführt hatte. Er würde darüber hinwegkommen. Er knetete den Nasenrücken mit Daumen und Zeigefinger. Oder auch nicht.

War es einem Mann denn nicht erlaubt, ein paar Träumen nachzuhängen, wenn er allein im Dunkeln in einem Raum saß, der nach Bienenwachs und Herbstlaub roch? War es ihm nicht gestattet, sich eine Zukunft auszumalen mit der Frau, die währenddessen weich und warm in seinem Bett lag? Er hatte doch verdammt noch mal das Recht auf ein paar egoistische Gedanken, oder etwa nicht? Mit einem leisen Seufzer lehnte er sich tiefer in den Sessel. Der Mann hatte vielleicht das Recht, nicht aber der Cop. Und Jessica, ermahnte er sich, brauchte im Augenblick den Cop nötiger, ob sie es nun glaubte oder nicht.

Slade blendete weitere Gedankengänge dieser Art aus und verbrachte beinahe drei Stunden wartend in seinem Sessel. Dann wusste er instinktiv, dass er nur seine Zeit verschwendete. Und er brauchte dringend ein paar Stunden Schlaf, um so fit zu sein, dass er für Jessicas Sicherheit garantieren und sie den nächsten Tag über beschäftigten konnte. Steif vom langen Sitzen rollte er abwesend die Schultern, als er lautlos durch die Halle zur Treppe ging. Ein Tag noch, allerhöchstens zwei – falls Agent Brewster der Lösung des Falles so nahe war, wie er Slade hatte glauben lassen.

Kaum hatten sich seine Muskeln ein wenig entspannt, überfiel ihn eine bleierne Müdigkeit. Vier Stunden Schlaf mussten reichen, um Kräfte zu sammeln – er war schon mit weniger ausgekommen. Leise drehte er den Türknauf seiner Schlafzimmertür.

Jessica saß mitten im Bett, mit angezogenen Beinen, die Arme um die Unterschenkel geschlungen, die Stirn auf die Knie gestützt. Sie atmete tief und keuchend wie eine Ertrinkende, die nach Luft ringt. Der Mond tauchte die zitternde Gestalt in sein fahles Licht.

»Jess?«

In ihrer Kehle formte sich ein Schrei. Als ihr Kopf in die Höhe schnellte, sah Slade den gehetzten Ausdruck der Panik in ihren Augen, ehe sie ihren Blick auf ihn richtete. Sie konnte den Schrei zurückhalten, indem sie sich fest auf die Lippen biss, doch das Zittern konnte sie nicht abstellen. Mit drei großen Schritten war Slade bei ihr. Ihre Haut fühlte sich klamm an, als er die Hände auf ihre Schultern legte. Auf ihrem Gesicht glänzte eine Mischung aus Tränen und Angstschweiß. Jemand hatte sich an ihm vorbei in ihr Zimmer geschlichen, schoss es ihm durch den Kopf, doch im nächsten Moment verwarf er diesen Gedanken.

»Was ist los?«, fragte er sie. »Was ist passiert?«

»Nichts.« Verzweifelt versuchte sie gegen das Zittern anzukämpfen. Der Albtraum war zurückgekehrt, so grauenhaft lebendig, dass sie sich nicht dagegen wehren konnte. Eiskalter Wind, der Geruch salziger Gischt, das Dröhnen der Brandung – hinter ihr das Geräusch schwerer Schritte im Sand, die sie verfolgten, umherhuschende Schatten, wenn sich eine Wolke vor die Sonne schob, der metallene Geschmack der Angst auf ihrer Zunge. Und schlimmer noch, viel schlimmer, sie hatte panische Angst davor, sich umzudrehen und in ihrem Verfolger einen Menschen zu erblicken, den sie liebte.

»Ich bin aufgewacht«, brachte sie mühsam heraus. »Wahrscheinlich bin ich in Panik geraten, als du nicht da warst.« Das entsprach halb der Wahrheit und war ohnehin nicht leicht einzugestehen. Doch zuzugeben, dass Albträume sie terrorisierten, das brachte sie nicht über sich.

»Ich war nur unten.« Er strich ihr ein paar verschwitzte Strähnen aus der Stirn. »Ich wollte nur nachsehen, ob auch alle Türen versperrt sind.«

»Die Macht der Gewohnheit?« Sie brachte beinahe ein Lächeln zu Stande, ehe sie den Kopf an seine Schulter sinken ließ.

»So ähnlich.« Selbst als er sie an sich zog, zitterte sie noch. Das war nicht der rechte Augenblick, um ihr Vorträge über billige Schlösser und dünne Vorhängeketten zu halten. »Warte, ich werde dir einen Brandy holen.«

»Nein!« Sie biss sich auf die Lippen wegen des hastig ausgestoßenen Widerspruchs. »Nein, bitte, ich komme mir ohnehin schon vor wie ein Idiot.«

»Es ist doch kein Wunder, dass du mit den Nerven am Ende bist, Jess«, beruhigte sie Slade und hauchte ihr einen Kuss aufs Haar.

Sie wollte sich an ihn klammern und ihn anflehen, sie keine Sekunde allein zu lassen. Sie wollte ihm ihre Ängste, ihre Fantasien und ihre Panik anvertrauen. Aber das konnte sie nicht, um ihretwillen und auch um seinetwillen nicht. »Was, mit einem Polizisten im Haus?«, konterte sie. Sie warf den Kopf zurück und sah zu ihm hoch. Ein markantes Gesicht, überlegte sie. Starke Arme, ernsthafter Blick. »Komm ins Bett; du musst todmüde sein.« Mit einiger Anstrengung gelang es ihr, ihm ein Lächeln zu entbieten. »Wie schafft es ein Mann, an zwei Karrieren zu arbeiten, Sergeant?«

Er zuckte die Achseln, während er ihre verkrampften Schultern massierte. »Kein Problem. Aber wie schafft es eine Frau, um drei Uhr morgens so bezaubernd auszusehen?«

»Meine Mutter behauptet, es liegt an meinem Knochenbau.« Ihr Lächeln wurde ein wenig lockerer, als sie sich unter seinen Händen zu entspannen begann. »Ich persönlich würde eine weniger wissenschaftliche Erklärung vorziehen … würde dir lieber antworten, ich sei während einer Mondfinsternis zur Welt gekommen.«

Slade unterbrach schmunzelnd seine Nackenmassage. »Und, bist du?«

»Aber sicher. Mein Vater sagte immer, deshalb hätte ich Katzenaugen – damit ich im Dunkeln sehen könne.«

Slade küsste sie zärtlich und stand wieder auf. »Wenn du nicht noch ein paar Stunden schläfst, werden deine Katzenaugen blutunterlaufen sein.«

»Nein, was für ein galant vorgebrachter Ratschlag«, meinte sie mit gespielter Empörung. »Und, was ist mit dir?«

»Ich komme leicht mit drei Stunden Schlaf aus, wenn es sein muss.«

»Dein Männlichkeitswahn ist wirklich beeindruckend«, gab sie schnaubend zurück.

Als er den Kopf drehte, fiel das Mondlicht über sein Gesicht und erhellte sein jungenhaftes Grinsen, das ihr Herz zu einem aufgeregten Sprung veranlasste. Sollte sie sich inzwischen nicht schon an ihn gewöhnt haben?, überlegte sie. An seine verheerenden Launen, den burschikosen Humor, der zuweilen bei diesem meist zu ernsthaften Mann durchbrach? Sein Körper war schlank und geschmeidig, stromlinienförmig wie der eines professionellen Schwimmers und muskulös wie der eines Leichtgewichtboxers. Sein Gesicht spiegelte die Voraussetzungen für seine beiden Berufe wider – Intelligenz und Tatkraft.

Er wird sich um mich kümmern, beruhigte sie ihren Verstand. Vertrau ihm nur. Doch das Mondlicht unterstrich auch harte Linien in seinem Gesicht, die von Müdigkeit und körperlicher Erschöpfung herrührten. *Und du kümmerst dich um sein Wohl*, setzte die innere Stimme hinzu. Lächelnd streckte sie ihm die Arme entgegen.

»Komm ins Bett«, forderte sie ihn auf.

Slade legte sich neben sie und zog sie dicht an sich. Im Augenblick spürte er nicht dieses dringende Verlangen, sie zu besitzen, sondern nur eine heitere Gelassenheit, die er umso mehr schätzte, da sie so selten war. In den nächsten Stunden würden sie ein ganz normales Liebespaar sein, einander verbunden in der Intimität des Schlafes. Sie schmiegte sich dicht an seinen Körper, suchte seine wohltuende Wärme und spendete ihm die ihre. Worte waren zwischen ihnen nicht mehr nötig.

Jessica lag ganz still da, kontrollierte ihren Atem, bis er tief und regelmäßig kam und sie merkte, dass Slade eingeschlafen war. Mit offenen Augen und von einer abgrundtiefen Furcht geplagt, die immer noch am Rande ihres Bewusstseins schwelte, beobachtete sie, wie das Mondlicht seine sich rhythmisch hebenden und senkenden Schultern beschien. Das Licht nahm bereits den dunstigen Schein der bevorstehenden Morgendämmerung an, als auch sie endlich einschlief.

Das Schrillen des Telefons riss ihn aus einem unruhigen Schlaf. Schweißtropfen perlten auf seiner Stirn, als er nach dem Hörer griff. Er fürchtete sich davor, abzuheben, aber noch mehr davor, nicht abzuheben. »Ja, hallo.«

»Ihre Zeit ist abgelaufen.«

»Ich brauche noch etwas Zeit«, sagte er schnell. Wissend, dass Schwäche nicht geduldet wurde, schluckte er das Zittern in seiner Stimme hinunter. »Nur ein paar Tage … Es ist nicht leicht, dranzukommen, solange das Haus voller Menschen ist.«

»Muss ich Sie daran erinnern, dass Sie nicht dafür bezahlt werden, nur das zu tun, was Ihnen leicht fällt?«

»Ich hab es gestern Nacht versucht … und bin beinahe erwischt worden.«

»Dann waren Sie unvorsichtig. Und für Unvorsichtigkeit habe ich kein Verständnis.«

Für Unvorsichtigkeit noch weniger als für Schwäche, dachte er bei sich und leckte sich die staubtrockenen Lippen. »Jessica – Jessica fühlt sich nicht wohl.« Er griff nach seinen Zigaretten, um seine flatternden Nerven zu beruhigen. Er musste schnell und besonnen denken, wenn er am Leben bleiben wollte. »Sie wird auch nicht in den Laden gehen. Aber in ein paar Tagen sollte ich sie dazu überreden können, übers Wochenende wegzufahren und einmal richtig auszuspannen. Sie wird auf mich hören.« Er nahm einen tiefen Zug von der Zigarette und betete im Stillen, dass er die Wahrheit sprach. »Wenn sie nicht im Haus ist, kann ich die Diamanten an mich nehmen, ohne ein Risiko einzugehen.« Auf seiner Oberlippe lag ein feuchter Schweißfilm, den er sich mit dem Handrücken abwischte. »Kommendes Wochenende haben Sie die Steine. Ein paar Tage spielen doch keine Rolle, oder?«

Das eisige Seufzen am anderen Ende der Leitung ließ ihm das Blut in den Adern gefrieren. »Sie irren sich schon wieder – Sie machen zu viele Fehler, mein junger Freund. Erinnern Sie sich an meinen Partner in Paris? Der hat auch einen Fehler gemacht.«

Seine schweißnasse Hand klammerte sich fester um den Hörer. Natürlich erinnerte er sich an den Mann, den man tot in der Seine treibend gefunden hatte. »Heute Nacht«, flüsterte er in seiner Verzweiflung. »Ich besorge sie Ihnen noch heute Nacht.«

»Wir sehen uns morgen Früh um Punkt zehn Uhr im Laden.« Er machte eine Pause, um sicherzugehen, dass die

Waffe Angst ihren Zweck erfüllt hatte. Das leise, keuchende Schnaufen des Mannes stellte ihn zufrieden. »Wenn Sie diesmal versagen, werde ich mich nicht mehr so … verständnisvoll zeigen. Sie haben gute Arbeit geleistet, seit Sie in meinen Diensten stehen. Ich würde Sie nur ungern verlieren.«

»Ich werde Ihnen die Steine besorgen. Aber danach will ich … aussteigen.«

»Darüber unterhalten wir uns später. Zehn Uhr.« Mit einem leisen Klicken brach die Verbindung ab.

9

Slades Verstand und Körper erwachten im selben Augenblick. Langsam wach zu werden war ein Luxus, den er sich schon seit vielen Jahren nicht mehr leisten konnte. Er hatte sich einen kurzen, leichten Schlaf antrainieren müssen, und die Fähigkeit, ebenso schnell aufzuwachen, um sofort zu funktionieren. Er sehnte sich danach, eines Tages mit dieser Angewohnheit brechen zu können, obwohl er nicht wirklich glaubte, dass es jemals dazu kommen würde.

Am Stand der Sonne konnte er ablesen, dass es noch früh am Morgen war, dennoch warf er einen Blick auf die Kaminuhr. Kurz nach sieben. Die vier Stunden Schlaf hatten ausgereicht; er fühlte sich einigermaßen fit.

Er drehte sich um und sah auf Jessica herab. Beim Anblick der bläulichen Ringe unter ihren Augen runzelte er unwillkürlich die Stirn. Obwohl sie nach seinen Berechnungen gute acht Stunden geschlafen hatte, schienen die Schatten noch dunkler zu sein als am Tag zuvor. Heute würde er dafür sorgen, dass sie sich wirklich ausruhte – und wenn er ihr eine Schlaftablette in den Kaffee schmuggeln müsste. Und sie würde anständig essen – notfalls würde er sie mit Gewalt füttern. Er konnte geradezu spüren, wie die Pfunde von ihren Knochen schmolzen.

Obwohl er ganz vorsichtig von ihr abrückte, klammerte

sich ihre Hand sogleich fester um seinen Arm. Ihre Lider flogen auf. »Schlaf noch ein bisschen«, flüsterte er ihr zu und küsste sie zart auf die Lippen.

»Wie spät ist es?« Ihre Stimme klang rau und verschlafen, doch ihre Hand gab seinen Arm nicht frei.

»Noch früh.«

Jessica entspannte sich, Muskel für Muskel, ließ ihn aber nicht los. »Wie früh?«

»Zu früh.« Er beugte sich über sie, um sie noch einmal zu küssen, ehe er aufstand, doch sie zog ihn schnell an sich.

»Zu früh für was?«

Sie spürte, wie sich seine Lippen an den ihren bewegten. »Du bist ja noch nicht einmal richtig wach.«

»Wollen wir wetten?«, gab sie zurück und strich mit der Hand über seinen flachen Bauch. In ihrem verschlafenen Kuss begann aufkeimende Leidenschaft zu schwelen. »Vielleicht reichen dir drei oder vier Stunden Schlaf doch nicht ganz.«

Slade zog eine Augenbraue hoch und sah sie grinsend an. »Wollen wir wetten?«

Seine Lippen dämpften ihr Lachen.

So war es für sie noch nie gewesen. Jedes Liebesspiel mit Slade überraschte sie, verführte sie und nahm sie schlussendlich gefangen. In seinen Armen, wenn seine Hände und Lippen wild und ungehemmt ihren Körper vereinnahmten, konnte sie sich absolut fallen lassen. Und das brauchte sie jetzt wie nichts anderes.

Er wusste von Anfang an, wie er sie nehmen musste. Jedes Mal, wenn sie sich liebten, überraschte er sie mit neuen Variationen, gab ihr keine Gelegenheit, sich an eine Berührung zu gewöhnen oder eine Liebkosung vorherzusehen. Gänzlich mühelos beherrschte er ihre Sinne und entführte sie in eine Welt, die nur aus heftigen Gefühlen und intensiven Eindrücken bestand.

Jede Berührung verzauberte sie, vom federleichten Streicheln einer Fingerspitze bis hin zum beinahe brutalen Druck seiner Lippen. Jessica glaubte sogar, jede einzelne Faser des Bettlakens an ihrem nackten Rücken zu spüren, so sensibel machte er sie. Das Wispern der Uhr klang wie ein Gewitter. Das bleiche Morgenlicht tanzte durch den Raum, grau und gespenstisch. Sie sah es über sein Haar fallen und die dunklen Farbnuancen hervorheben, als ihre Hände in seinen dichten Haarschopf eintauchten.

Slade flüsterte etwas Poetisches, Törichtes über die Beschaffenheit ihrer Haut an ihr Ohr. So schwach seine Stimme klang, so fordernd waren seine Hände, die sie zur Raserei brachten und gleichzeitig betäubten. Sie ließ ihn wissen, was sie wollte und erfüllte im Gegenzug seine Bedürfnisse.

Als er in sie eindrang, tat er es ohne Eile und beobachtete dabei das Aufflackern von Leidenschaft und Lust auf ihrem Gesicht. Er genoss die köstlichen Schauder, die durch seinen Körper jagten, wenn sie sich bewegte, und knabberte dabei zärtlich an ihren geöffneten Lippen. Er verkostete sie, ehe er ihre geschlossenen Lider küsste. Sie wirkte so zerbrechlich, dachte er, obwohl ihre Hüften ihn drängten, sie zu nehmen, sie schnell zu nehmen. Mit eiserner Beherrschung behielt er seinen gemächlichen Rhythmus bei, um den Höhepunkt so lange wie möglich hinauszuzögern.

»Jess.« Sein Atem ging so schwer, dass er kaum ihren Namen aussprechen konnte. »Mach die Augen auf, Jess. Ich möchte deine Augen sehen.« Ihre Lider flatterten, als drückten die goldenen Wimpern sie nieder. »Mach die Augen auf, Liebling, und schau mich an.«

Er war kein Mann für schmachtende Liebeserklärungen, das wusste sie, auch wenn Verlangen und Leidenschaft ihre Sinne trübten. Eine unbekannte Wärme erfüllte sie – ein ganz reines Gefühl –, das ihre körperliche Lust noch verstärkte. Sie schlug die Augen auf.

Sie waren trüb, der satte Bernsteinton von Leidenschaft verschleiert. Als er sich in ihr bewegte, flatterten ihre Wimpern und die schweren Lider drohten sich wieder zu senken. »Nein, schau mich dabei an.« Seine Stimme war nur noch ein heiseres Flüstern. Ihre Lippen waren sich so nah, dass ihr Atem sich bei jedem Schauder vermischte. Jessica sah, dass Slades Augen dunkel waren, dunkelgrau und so intensiv, als könnten sie in sie hineinsehen und jeden verrückten Gedanken lesen, der ihr durch den Kopf raste. »Sag mir, dass du mich brauchst«, forderte er. »Ich muss es von dir hören, einmal wenigstens.«

Jessica hatte Mühe, die Worte zu formulieren, während seine Zärtlichkeiten sie in immer höhere Lustgefilde katapultierten. »Ich brauche dich, Slade … du bist der Einzige.«

Seine Lippen pressten sich beinahe gewaltsam auf die ihren und erstickten ihren Aufschrei, der ihm sagte, dass sie den Gipfel der Ekstase erklommen hatte. Sein letzter rationaler Gedanke war eher ein Stoßgebet – dass die Worte, die er ihr abverlangt hatte, ihm genügten.

Merkwürdig, dass sein Körper sich jetzt entspannter und ausgeruhter anfühlte als beim Aufwachen. Slade rutschte nach unten und küsste die feuchtwarme Spalte zwischen ihren Brüsten, ehe er sich neben sie legte. »So, und jetzt schlaf noch ein Stündchen«, sagte er in mildem Befehlston, doch als er aufstehen wollte, schlang sie die Arme um seinen Nacken und hielt ihn fest.

»Ich war in meinem Leben noch nie wacher. Was hast du heute mit mir vor, Slade? Lässt du mich noch mehr von diesen dämlichen Karten ausfüllen?«

»Diese dämlichen Karten«, entgegnete er und schob eine Hand unter ihre Knie, »sind ein wesentlicher Bestandteil jeder übersichtlich geführten Bibliothek.«

»Ich finde sie langweilig«, meinte sie trotzig.

»Verzogener Fratz«, grinste er und trug sie ins Badezimmer.

»Das bin ich mit Sicherheit nicht.« Zwischen ihren Brauen erschien wieder diese steile Falte, als er die Dusche anstellte.

»Bist du schon«, insistierte er. »Aber das ist in Ordnung. Irgendwie mag ich dich so.«

»Oh, vielen Dank. Da habe ich ja Glück gehabt.«

Mit einem schmatzenden Kuss auf den Mund stellte er sie in der Duschkabine wieder auf die Füße. Im nächsten Augenblick stieß Jessica einen gellenden Schrei aus. »Slade! Das Wasser ist ja eiskalt!«

»Natürlich, das ist das beste Mittel, um morgens den Kreislauf in Schwung zu bringen.« Er stieg zu ihr in die Dusche und hielt mit seinem Rücken den eiskalten Wasserguss zum Teil von ihr ab. »Nein, das zweitbeste Mittel«, verbesserte er sich und erstickte ihre undamenhafte Fluchtirade mit einem Kuss.

»Dreh das heiße Wasser an«, verlangte sie, als er ihren Mund wieder freigab. »Ich bin schon ganz blau gefroren.«

Er kniff sie grinsend in den Arm. »Noch nicht ganz«, widersprach er und reichte ihr die Seife.

»Nein, vielen Dank. Ich gehe unter meine eigene Dusche.« Sie versuchte hastig aus der Duschkabine zu entkommen, doch Slade packte sie und stellte sie direkt unter den eiskalten Strahl. »Lass mich los! Das ist brutal.« Sie hob das Gesicht, um ihren Worten mit einer drohenden Gebärde Nachdruck zu verleihen, und bekam die nadelspitzen Wasserstrahlen jetzt erst richtig ab. Prustend blinzelte sie sich das Wasser aus den Augen. Ihren vor Kälte zitternden Körper hielt er fest an sich gedrückt. »Warte, dafür wirst du bezahlen, da kannst du Gift drauf nehmen.«

Jessica, der die nassen Haare vor den Augen klebten, versuchte sich wild strampelnd von Slade frei zu machen. Doch der hielt sie mit einer Hand gekonnt im Polizeigriff fest und seifte sie mit der anderen gründlich ein.

»Aufhören!«, brüllte sie, wütend und schon wieder sinnlich erregt. Als er ihr seelenruhig den Rücken und anschließend den Hintern einseifte, wurde ihr Widerstand immer geringer. Doch dann hörte sie ihn lachen. Und sofort gewann ihre Empörung wieder die Oberhand. Sie warf den Kopf zurück und scherte sich nicht darum, dass ihr das Wasser ins Gesicht spitzte und ihr die Sicht nahm.

»Jetzt hör mir mal zu«, begann sie. Seifige Finger zupften an ihren Brüsten. »Slade, lass das!« Leise aufstöhnend wich sie zurück. Seine Hand schlüpfte zwischen ihre Oberschenkel. »Nein.«

Doch ihr Mund suchte blind den seinen. Und plötzlich war es Jessica nicht mehr kalt.

Als sie aus der Dusche stieg, glühte sie am ganzen Körper. Sogar ihre Wangen hatten wieder etwas Farbe angenommen, was Slade mit einer Mischung aus Erleichterung und Zufriedenheit feststellte, obwohl Jessica ihr Bestes tat, nach außen hin die Empörte zu mimen.

»Ich gehe mich jetzt anziehen«, ließ sie ihn wissen, während sie ein Handtuch um ihre nassen Haare schlang. Da sie ansonsten splitternackt vor ihm stand, fiel es Slade schwer, sich von ihrem barschen Tonfall beleidigt zu fühlen. Erfrischt wickelte er sich sein eigenes Handtuch um die Hüften.

»Okay, dann treffen wir uns in zehn Minuten unten beim Frühstück.«

»Ich werde kommen«, erklärte sie würdevoll und hob im Gehen sein Hemd auf, »wenn ich fertig bin.«

Grinsend sah er ihr dabei zu, wie sie in sein Hemd schlüpfte und es zuknöpfte. »Ich könnte mich an diesen Anblick von dir gewöhnen«, meinte er aufgeräumt. Auf ihren bitterbösen Blick hin floss sein Grinsen noch mehr in die Breite. »Nass und halb nackt«, erläuterte er.

»Da kommt schon wieder der Macho bei dir durch«, maulte Jessica, ein Lachen unterdrückend. Dann drehte sie sich um und stolzierte zur Tür.

»In zehn Minuten«, erinnerte er sie.

Jessica bedachte ihn mit einem vernichtenden Blick über die Schulter und knallte die Tür hinter sich zu. Draußen ließ sie ihrem Grinsen freien Lauf, doch das verblasste augenblicklich, als sie David vor ihrer eigenen Schlafzimmertür stehen sah, die Hand bereits zum Anklopfen zur Faust gekrümmt. Sein Kopf war auf das Geräusch der knallenden Tür hin herumgeschossen, doch er selbst stand da wie festgefroren. Seine Augen musterten sie von oben bis unten, registrierten Slades Oberhemd, ihre feuchte, erhitzte Haut und die Schatten unter ihren Augen.

»Wie ich sehe«, begann er und sein Blick sowie seine Stimme erstarrten zu Eis, »bist du bereits auf«.

Jessica spürte, wie ihr noch mehr Blut in die ohnehin schon knallroten Wangen schoss. Obwohl David und sie sich sehr nahe standen und unter einem Dach lebten, waren sie sich noch nie unter solchen Umständen begegnet.

Beide waren bisher immer sehr darauf bedacht gewesen, ihre Privatsphäre zu wahren.

Wir sind doch beide erwachsen, beschwichtigte sich Jessica und ging auf ihn zu – und sie waren zusammen aufgewachsen.

»Ja, ich bin schon auf. Brauchst du mich?« Ein Teil von ihr wollte zu ihm hinlaufen, wie sie es am Tag zuvor getan hatte, der andere Teil traute ihm nicht mehr so bedingungslos. Und das Wissen darum machte sie nur noch abweisender.

»Ich dachte nur, ich sehe mal nach dir, ehe ich ins Geschäft fahre, mehr nicht.« Wieder streifte sie ein kurzer, viel sagender Blick von ihm. »Aber nachdem du beschäftigt bist …«

»Ich bin nicht beschäftigt, David. Komm rein.« Mit gelassener Höflichkeit öffnete Jessica ihre Tür und bedeutete ihm, einzutreten. Es kam ihr keine Sekunde in den Sinn, dass sie Slades Regel missachtete, indem sie mit David allein sprach. Und selbst wenn dem so gewesen wäre, hätte sie nicht anders gehandelt. »Gab es gestern irgendwelche Probleme im Geschäft?«

»Nein …« Sein Blick blieb an ihrem Bett haften, das ganz offensichtlich unbenutzt war. Seine Stimme wurde eine Spur schärfer. »Nein, nichts Wichtiges. Wie es aussieht, konzentrierst du dich im Augenblick ohnehin auf andere Dinge.«

»Spar dir den Sarkasmus, David. Der passt nicht zu dir.« Sie wickelte das Handtuch vom Kopf und warf es aufs Bett. »Wenn du mir etwas zu sagen hast, dann raus damit«, setzte sie, zu ihrem Kamm greifend, hinzu und begann ihn durch die nassen Haare zu ziehen.

»Weißt du, was du da tust?«, stieß er hervor.

Jessicas Hand blieb auf halber Haarlänge stehen. Ganz langsam ließ sie den Kamm sinken und legte ihn zurück auf die Frisierkommode. Dabei fiel ihr Blick auf ihr Spiegelbild: blass, tiefe Augenringe und recht dürftig bekleidet mit Slades verknittertem Hemd. »Drück dich etwas genauer aus.«

»Du schläfst mit dem Schreiberling.« Er schob die Brille hoch und machte einen Schritt auf sie zu.

»Und wenn dem so wäre«, gab sie knapp zurück. »Weshalb sollte dich das stören?«

»Was weißt du überhaupt von ihm?«, verlangte David mit solcher Heftigkeit zu wissen, dass es Jessica kurz die Sprache verschlug. »Er kommt hier hereingeschneit und das wahrscheinlich ohne einen Penny in der Tasche. Und hübsch hat er's hier. Großes Haus, freie Mahlzeiten und eine willige Hausherrin.«

»Sei vorsichtig, David.« Sie straffte die Schultern, als ihr wütender Blick dem seinen begegnete.

»Woher willst du wissen, dass er kein Heiratsschwindler ist? Ein paar Millionen Dollar können recht verlockend sein.«

Ihre hitzige Röte verblasste unter dem stechenden Schmerz dieser beleidigenden Mutmaßung. »Na klar, was könnte ihn wohl sonst an mir interessieren außer mein Geld?«

Als sie sich wegdrehen wollte, hielt er sie an den Schultern fest. »Ach, komm, Jessie.« Der Blick hinter den Brillengläsern wurde sanfter. »Du weißt, dass ich das nicht so gemeint habe. Aber er ist ein Fremder und du bist … manchmal zu vertrauensselig.«

»Bin ich das, David?« Sie schluckte gegen die plötzlich aufsteigenden Tränen an, während sie in sein so vertrautes

Gesicht blickte. »Habe ich einen Fehler begangen, indem ich jemandem vertraute?«

»Ich möchte doch nur nicht, dass dir jemand wehtut.« Er drückte ihre Schultern, ehe er die Hände sinken ließ. »Du weißt, dass ich dich liebe.« Dieses Eingeständnis schien ihm Unbehagen zu bereiten, und um es zu überspielen, schob er achselzuckend die Hände in die Taschen. »Und, verdammt noch mal, Jessie, du weißt, dass Michael verrückt nach dir ist. Er ist seit Jahren sterbensverliebt in dich.«

»Aber ich nicht in ihn«, entgegnete sie ruhig. »Ich bin in Slade verliebt.«

»In Slade? Jessie, du kennst den Kerl doch kaum.«

Davids wortgewaltiger Ausruf entlockte ihr ein kurzes Lachen. »Ach, David, ich kenne ihn besser, als du glaubst«, versetzte sie und strich, in sich hineinlächelnd, ihr Haar zurück.

»Warum lässt du mich nicht ein paar Nachforschungen über ihn anstellen. Vielleicht finde ich ja etwa …«

»Nein!«, fiel ihm Jessica eilig ins Wort. »Kommt nicht in Frage, David, das erlaube ich nicht. Slade ist meine Angelegenheit.«

»Ach, wie dieser miese Typ aus der Madison Avenue, der dich um zehntausend Dollar erleichtert hat?«, murmelte er.

Jessica drehte sich um und verbarg das Gesicht in den Händen. Es war schon merkwürdig, dachte sie. Eigentlich hätte sie darüber lachen müssen. Die zwei wichtigsten Menschen in ihrem Leben warnten sie eindringlich voreinander.

»He, Jessica, es tut mir Leid.« Linkisch tätschelte David ihr nasses Haar. »Das war eine blöde Bemerkung. Ich nehme sie zurück, aber … ja, sei einfach vorsichtig, okay?« David trat verlegen von einem Fuß auf den anderen und wunderte sich, warum sie plötzlich so gefühlsduselig wurde. »Du fängst doch jetzt nicht etwa an zu heulen, oder?«

»Nein.« Die Frage entlockte ihr ein kleines Schmunzeln. Er klang so misstrauisch wie damals, als er zwölf war und sie nach einem Streit mit ihrem damaligen Freund nach Hause gekommen war. In diesem Augenblick stand Loyalität an erster Stelle. »David …« Jessica wandte sich wieder um, legte ihm die Hände auf die Schultern und sah ihm durch die Brillengläser hindurch tief in die Augen. »Wenn du in Schwierigkeiten stecktest – absichtlich oder unabsichtlich einen Fehler gemacht hättest, einen ganz schweren Fehler –, würdest du mir davon erzählen?«

Er kniff leicht die Augen zusammen, ob aus Neugier oder Schuldbewusstsein, das wusste sie nicht. »Weiß ich nicht. Ich glaube, es käme darauf an.«

»Was du getan hast, würde keine Rolle spielen, David. Ich stehe immer auf deiner Seite.«

Ihr Tonfall war so ernst, dass David unbehaglich die dünnen Schultern zuckte und gespielt leichtfertig erklärte: »Gut, ich werde dich daran erinnern, wenn du mir das nächste Mal Vorhaltungen wegen irgendeinem Fehler in der Buchhaltung machst. Aber Jessie, du siehst wirklich nicht gut aus. Du solltest demnächst mal für ein paar Tage wegfahren und richtig ausspannen.«

»Kein Grund zur Panik«, wiegelte sie ab, doch um einem Streit vorzubeugen, setzte sie rasch hinzu: »Aber ich werde darüber nachdenken.«

»Gut. Ich muss jetzt gehen. Habe Michael versprochen, heute Morgen den Laden aufzusperren.« Er gab ihr einen schnellen Kuss auf die Wange. »Verzeih mir, wenn ich vorhin ein bisschen grob war. Aber ich denke immer noch …« Zögernd hob er wieder die Schultern. »Ach, jeder von uns muss seine Angelegenheiten so regeln, wie er es für richtig hält.«

»Ja«, murmelte sie, als David zur Tür ging. »Ja, das stimmt. Ach, David … wenn du oder Michael, wenn ihr Geld braucht …«

»Bekommen wir eine Gehaltserhöhung?«, fragte er grinsend, die Hand bereits auf dem Türknauf.

Jessica zwang ein Lächeln auf ihr Gesicht und griff wieder nach dem Kamm. »Darüber unterhalten wir uns, wenn ich wieder im Laden bin.«

»Hoffentlich ist das bald«, rief er über die Schulter hinweg und war verschwunden.

Jessica starrte die geschlossene Tür an, dann den Kamm in ihrer Hand, und schleuderte ihn in einem plötzlichen Anfall von Wut durchs Zimmer. Mein Gott, was hatte sie getan! David ausgequetscht, teilweise in der Hoffnung, er würde gestehen, damit endlich Schluss mit dieser Geschichte wäre. Sie hatte ihn genau beobachtet und nach Anzeichen für seine Schuld gespechtet. Und sie würde das Gleiche mit Michael tun. Ihr Mangel an Vertrauen erschreckte sie.

Sie ließ sich auf den Stuhl vor ihrer Frisierkommode fallen und starrte ihr Spiegelbild an. Es war irgendwie nicht richtig, so misstrauisch zu sein, sich den beiden Menschen derart zu entfremden, denen sie sich bisher am nächsten gefühlt hatte.

Sie unterzog ihr Gesicht einer langen, intensiven Musterung. Ihr Haar war nass und ringelte sich um ihr unnatürlich blasses Gesicht, in dem die Schatten unter den Augen umso deutlicher hervortraten. Sie sah fix und fertig aus.

Aber dagegen ließ sich mit einfachen Mitteln etwas unternehmen. Sie richtete sich auf und tupfte Make-up auf die dunklen Augenringe. Wenn sie nur noch die Illusion von Stärke besaß, musste sie das Beste daraus machen.

Als das Telefon klingelte, erschrak sie so, dass sie eine kleine chinesische Vase umstieß. Frustriert betrachtete sie die tausend Scherben auf dem Fußboden, die man nie wieder zusammensetzen konnte.

Betsy nahm den Hörer ab, als Slade gerade die Treppe herunterkam. »Ja, er ist hier. Darf ich fragen, wer am Apparat ist?« Sie bedeutete Slade mit einem argwöhnischen Blick, stehen zu bleiben und hielt ihm den Hörer hin. »Es ist eine *Mrs.* Sladerman«, verkündete sie spitz.

Slade runzelte grimmig die Stirn und nahm ihr den Hörer ab. »Mom?« Betsy kommentierte die Begrüßung mit einem verächtlichen Schnauben und schlurfte davon. »Warum rufst du mich hier an? Du weißt doch, dass ich arbeite. Ist etwas passiert?«, fragte er schnell, als sein Ärger sich plötzlich in Besorgnis wandelte. »Ist etwas mit Janice?«

»Nein, es ist nichts passiert und Janice geht es gut«, beruhigte ihn seine Mutter, sobald sie zu Wort kam. »Und wie geht es dir?«

Sein Ärger verschaffte sich sogleich wieder Gehör. »Mom, du weißt doch, dass du mich nicht anrufen sollst, wenn es nicht wirklich wichtig ist. Wenn die Abflüsse schon wieder verstopft sind, dann ruf bitte den Klempner an.«

»Danke für den Ratschlag. Auf die Idee wäre ich vermutlich auch allein gekommen«, meinte Mrs. Sladerman.

»Mutter, in ein paar Tagen bin ich wieder zu Hause und erledige dann, was immer anliegen mag.«

»In Ordnung«, erwiderte sie freundlich. »Aber hast du

nicht gesagt, dass ich dich anrufen soll, wenn ich etwas von deinem Agenten höre? Na schön, darüber sprechen wir, wenn du wieder hier bist. Auf Wiedersehen, Slade.«

»Warte.« Slade schnaufte ungeduldig und nahm den Hörer in die andere Hand. »Wegen einer Absage brauchst du mich auch nicht eigens anzurufen.«

»Nein«, stimmte sie ihm zu. »Aber ich dachte, ich sollte dich vielleicht von einer Zusage in Kenntnis setzen.«

Er wollte etwas sagen, hielt es aber zurück. Erwartungen führten nur zu Enttäuschungen. »Ach, hat der *Mirror* die neue Kurzgeschichte angenommen?«

»Ja, ich glaube, die hat dein Agent auch erwähnt ...« Sie ließ den Satz so lange ausklingen, bis Slade kurz davor war, sie anzubrüllen. »Aber er war so begeistert davon, dass er deinen Roman verkauft hat, dass ich nicht alles genau mitbekommen habe.«

Slade spürte, wie ihm der Puls in den Ohren hämmerte. »Welchen Roman?«

»Deinen Roman, du Schafskopf«, erklärte sie lachend, »der demnächst bei Fullbright & Co. erscheinen wird.«

Gedanken und Gefühle überschlugen sich und brachten ihn so durcheinander, dass er die Stirn an den Hörer drückte und die Augen schloss. Sein ganzes Leben lang hatte er auf diesen Augenblick gewartet und jetzt traf ihn die Nachricht völlig unvorbereitet. Er versuchte zu sprechen, merkte, dass er einen Kloß im Hals hatte und räusperte sich ein paarmal.

»Bist du sicher?«

»Ob ich sicher bin?«, murmelte sie. »Slade, ich bin meiner Muttersprache sehr wohl mächtig. Der Typ hat zwar dieses Agentenkauderwelsch gesprochen, aber ich habe deutlich verstanden, dass der Verlag dabei ist, einen Vertrag auszuarbeiten. Inzwischen kümmert er sich um andere Dinge wie die Filmrechte, Verträge für Serien und dergleichen. Selbstverständlich«, fuhr sie fort, als er immer noch schwieg, »liegt die Entscheidung ganz bei dir. Wenn du den Fünzigtausend-Dollar-Vorschuss nicht *willst* …« Sie wartete und seufzte dann in mütterlicher Verzweiflung. »Du warst schon immer ein eher stiller Mensch, Slade, aber das hier wird langsam lächerlich. Kommt dir wirklich kein Ton über die Lippen, nachdem du endlich erreicht hast, was du dir immer gewünscht hast?«

Immer gewünscht, dachte er wie betäubt. Natürlich hatte sie das die ganze Zeit gewusst. Wie hatte er sich jemals zu dem Glauben versteigen können, dass es ihm gelungen war, seinen größten Wunsch vor ihr zu verheimlichen? Die Summe, die sie ihm genannt hatte, war noch gar nicht bei ihm angekommen. Er hörte nur immer wieder die magischen Worte: *Erschienen bei Fullbright & Co.* »Ich kann jetzt nicht denken.«

»Also schön, wenn du dazu wieder in der Lage bist, dann sieh zu, dass du deinen Job dort schnell zu Ende bringst. Die wollen dich unbedingt kennen lernen. Scheint, als glaubten sie, ein ganz heißes Eisen im Feuer zu haben. Slade … ich frage mich gerade, ob ich dir wohl oft genug gesagt habe, dass ich stolz auf dich bin?«

»Ja.« Er atmetete tief ein. »Hast du. Danke.«

Ihr Kichern klang warm an seinem Ohr. »So ist es recht, Liebling, spar dir die Worte für deine Geschichten auf. Auf Wiedersehen. Ich muss jetzt mindestens hundert Telefonate tätigen und mit meinem genialen Sohn angeben. Herzlichen Glückwunsch.«

»Danke«, war wieder alles, was er herausbrachte. »Mom …«

»Ja?«

»Kauf ein neues Klavier.«

Sie lachte. »Auf Wiedersehen, Slade.«

Slade saß regungslos da und lauschte eine geschlagene Minute dem Freizeichen.

»Verzeihung, Mr. Sladerman. Möchten Sie jetzt frühstücken?«

Slade drehte sich langsam um und starrte Betsy an, als sähe er sie zum ersten Mal. Sie stand hinter ihm – schwarze Knopfaugen in dem faltigen Gesicht, angegrautes Haar und kurze, stämmige Beine. Sie duftete schwach nach Silberpolitur und Lavendelkissen. Das Lächeln, das Slade ihr schenkte, ließ sie einen Schritt zurückweichen. Es war ein bisschen irre.

»Sie sind schön.«

Argwöhnisch wich sie noch einen Schritt zurück. »Sir?«

»Wirklich wunderschön«, sagte er, packte sie und wirbelte sie in einem weiten Kreis herum und drückte ihr einen schmatzenden Kuss mitten auf den Mund. Betsy stieß einen spitzen Schrei aus. Seit zehn Jahren prickelten ihre Lippen zum ersten Mal wieder.

»Lassen Sie mich runter und benehmen Sie sich«, herrschte sie ihn an, um ihre Würde wieder herzustellen.

»Betsy, ich bin verrückt nach Ihnen.«

»Verrückt, Punkt«, verbesserte sie ihn und versuchte, sich nicht vom dem Leuchten in seinen Augen beeindrucken zu lassen. »Typisch Schriftsteller, sich schon vor dem Frühstück über die Brandyflasche herzumachen. Lassen Sie mich runter, dann koche ich Ihnen einen schönen schwarzen Kaffee.«

»Ich *bin* ein Schriftsteller«, erklärte er mit einer Stimme, in der Staunen und Verwunderung mitschwangen.

»Ja, gewiss«, meinte sie versöhnlich. »Aber jetzt seien Sie ein guter Junge und lassen mich los, ja?«

Jessica blieb wie angewurzelt auf der halben Treppe stehen. War das tatsächlich Slade, der wie ein Irrer grinste und ihre Haushälterin im Arm hielt? Als er dann Betsy noch einen Kuss auf die eisern zusammengepressten Lippen drückte, fiel ihr die Kinnlade runter.

»Slade?«

Er schwang Betsy, deren Beine noch immer in der Luft baumelten, mit sich herum, als er sich zu Jessica umdrehte. Zum ersten Mal, seit sie ihn kannte, sah er total glücklich aus, schoss es ihr durch den Kopf. »Du bist als Nächste dran«, verkündete er und stellte Betsy wieder auf die Füße.

»Blau wie ein Veilchen«, raunte sie Jessica mit einem wissenden Nicken zu. »Vor dem Frühstück.«

»Veröffentlicht«, korrigierte Slade und schnappte sich Jessica. »Vor dem Frühstück.« Seine Lippen erstickten ihre verwunderte Frage mit einem Kuss, in dem seine Gefühle wie Blitze zuckten. Intensive, klare Gefühle ohne Wirbel und Unterströmungen. Sein Glück floss zu ihr über, dass sie lachte, als er ihren Mund wieder freigab.

»Veröffentlicht? Dein Roman? Wann? Wie?«

»Ja. Ja.« Er küsste sie noch einmal, ehe er ihre Fragen beantwortete. »Ich habe gerade einen Anruf bekommen. Fullbright & Company haben meinen Roman angenommen und möchten auch das Manuskript sehen, an dem ich gerade arbeite.« Etwas veränderte sich in seinem Blick, als er sie an sich zog. Jessica sah es nur ganz kurz. Es war, als dämmerte ihm plötzlich eine grundlegende Erkenntnis. »Mein Leben gehört jetzt mir«, murmelte er. »Es gehört endlich mir.«

»Oh, Slade.« Jessica klammerte sich an ihn, wollte den Augenblick mit ihm teilen. »Ich freue mich so für dich.« Sie hob den Kopf und nahm sein Gesicht in beide Hände. »Und das ist erst der Anfang. Jetzt kann dich nichts mehr aufhalten. Ich spüre es. Betsy, wir brauchen Champagner«, rief sie und schlang die Arme wieder um Slades Nacken.

»Um neun Uhr morgens?«, stammelte Betsy sichtlich schockiert.

»Wir brauchen Champagner um neun Uhr *heute* Morgen«, erklärte Jessica. »Im Salon. Wir haben etwas zu feiern.«

Vernehmlich mit der Zunge schnalzend, watschelte Betsy durch die Halle. Schreiberlinge, dachte sie, waren kaum besser als Künstler. Und man wusste ja, was für eine Art Leben *die* führten. Aber charmant war dieser Kerl, das musste man ihm lassen. Sie erlaubte sich ein kurzes Schmunzeln, bevor sie in der Küche verschwand, um die Neuigkeiten an die Köchin weiterzugeben.

»Komm in den Salon«, drängte Jessica, »und erzähl mir alles ganz genau.«

»Das war schon alles«, sagte Slade, während Jessica ihn durch die Tür schob. »Sie wollen mein Buch, das ist das Wichtigste. Nach den Einzelheiten muss ich meinen Agenten fragen.« Allmählich drang auch die Zahl fünfzigtausend in sein Bewusstsein vor. »Und sie zahlen mir einen Vorschuss«, setzte er mit einem erstaunten Lachen hinzu. »Damit komme ich locker über die Runden, bis sie das zweite Buch verlegen.«

»Das wird nicht lange dauern – ich hab' es gelesen, erinnerst du dich?« Mit einem plötzlichen Energieschub packte sie seine Hand. »Aus der Geschichte könnte man einen tollen Film machen! Überleg dir das, Slade. Du könntest das Drehbuch schreiben. Aber du musst vorsichtig sein mit diesen Filmfritzen und ihren Verträgen. Unterschreib ja nichts, was du nicht vorher genau geprüft hast. Man könnte auch eine Serie daraus machen«, entschied sie. »Ja, das wäre noch besser, dann könntest du …«

»Hast du schon mal mit dem Gedanken gespielt, die Antiquitäten aufzugeben und eine Agentur zu gründen?«, erkundigte er sich grinsend.

»Feilschen bleibt Feilschen«, gab sie zurück und grinste ebenfalls. »Und Künstlerin bin ich ohnehin.«

Das Gesicht in missbilligende Falten gelegt, betrat Betsy mit einem Tablett den Salon. »Sonst noch einen Wunsch, Miss Winslow?«

Wenn Betsy so förmlich wurde, das wusste Jessica aus Erfahrung, verzichtete sie auf jegliche Art des Tadels. »Nein danke, Betsy.« Sie wartete, bis die Haushälterin wieder gegangen war, ehe sie Slade einen unheilvollen Blick zuwarf. »Das ist deine Schuld, wirklich«, erklärte sie. »Jetzt wird sie den ganzen Tag über höflich und duldsam sein, nur weil du sie unsittlich belästigt hast und ich mit dir vor dem Frühstück einer Champagnerorgie fröne.«

»Wir könnten sie doch bitten, ein Glas mit uns zu trinken«, schlug Slade vor.

»Willst du mich wirklich in Teufels Küche bringen?« Jessica hielt ihm die beiden Gläser hin, als er den Korken aus der Flasche poppen ließ. »Auf den Autor James Sladerman, dessen Namen ich persönlich auf eine dieser ach so wichtigen Karteikarten kritzeln werde«, sagte sie.

Lachend stieß er mit ihr an. »Du bekommst das erste Exemplar«, versprach er und trank sein Glas auf einen Sitz aus.

»Wie fühlst du dich, Slade?« Jessica, die etwas vorsichtiger trank, sah Slade zu, wie er sein Glas wieder auffüllte. »Wie fühlst du dich wirklich?«

Er studierte die aufsteigenden Blasen in seinem Glas, als suchte er nach dem richtigen Wort. »Frei«, sagte er leise. »Ich fühle mich frei.« Kopfschüttelnd begann er im Salon umherzulaufen. »Nach all den Jahren, in denen ich getan habe, was ich tun musste, habe ich jetzt endlich Gelegenheit, das zu tun, was ich will. Dank des Vorschusses muss ich nicht hungern, auch nicht, wenn ich das Schulgeld für das letzte Jahr bezahlt habe. Aber jetzt steht die Tür offen. Sie ist offen«, wiederholte er, »und ich werde hindurchgehen.«

Jessica befeuchtete die Lippen und schluckte. »Wirst du deinen Dienst quittieren?«

»Ich hatte es im nächsten Jahr vor.« Er spielte mit dem Docht einer Kerze auf dem Flügel. Rastlosigkeit schlich sich in die anderen Gefühle – eine Rastlosigkeit, die er sich bisher nicht hatte durchgehen lassen. »Aber jetzt kann ich schon eher aufhören. Viel eher. Dann bin ich endlich wieder Zivilist.«

Jessica dachte an die Pistole, die er irgendwo oben in seinem Zimmer versteckt hatte. Erleichterung durchströmte sie, der sogleich ein Gefühl der Angst folgte. »Ich kann mir vorstellen, dass es gar nicht leicht sein wird, sich daran zu gewöhnen.«

»Ach, da habe ich keine Bedenken.«

»Kündigst du deinen Dienst sofort?«

»Warum sollte ich noch länger warten?«, überlegte er laut. »Bis der Vertrag unter Dach und Fach ist, komme ich durch. Und ich brauche Zeit, falls sie möchten, dass ich Passagen umschreibe. Außerdem habe ich noch an diesem Roman zu arbeiten und an einem anderen, der halb fertig in einer Schublade herumliegt. Bin ja gespannt, wie es sein wird, den ganzen Tag über schreiben zu können.«

»Ja, das solltest du tun«, murmelte sie.

»So bald das hier vorbei ist, werde ich es herausfinden.«

»Vorbei?« Ihr Blick fixierte ihn, doch er sah sie nicht an. »Du bleibst also hier?«

»Was?«, fragte er zerstreut und drehte sich zu ihr um. Ihr Gesichtsausdruck machte ihn stutzig. »Was hast du eben gesagt?«

»Ich dachte, du würdest den Auftrag jemand anderem übergeben.« Jessica griff nach der Champagnerflasche und schenkte sich nach, obwohl ihr Glas noch voll war. »Und direkt nach New York fahren wollen.«

Ganz vorsichtig stellte Slade sein Glas ab. »Was ich angefangen habe, bringe ich auch zu Ende.«

»Ja.« Sie stellte die Flasche zurück. »Ja, selbstverständlich.«

»Glaubst du etwa, ich würde einfach abhauen?«

Nach dem ärgerlichen Unterton in seiner Stimme musste sie sich mit einem Schluck Champagner stärken. »Ich glaube«, begann sie langsam, »wenn jemand endlich das erreicht hat, worauf er so lange hingearbeitet und gewartet hat, dann sollte er es nicht aufs Spiel setzen.«

Slade trat vor sie hin, nahm ihr das Glas aus der Hand und stellte es neben die halb leere Flasche. »Und ich glaube, du solltest endlich deine Klappe halten.« Als sie dennoch zum Sprechen ansetzte, umfasste er ihr Kinn mit seiner starken Hand. »Hast du mich verstanden?«

»Es wäre idiotisch zu bleiben, wenn du die Wahl hast«, platzte sie heraus. Seine Augen wurden schmal vor unterdrücktem Zorn. Er küsste sie kurz und hart. »Es wäre irdiotisch anzunehmen, ich hätte sie.«

»Natürlich hast du«, versetzte Jessica ruhig. »Ich sagte dir doch schon mal, dass wir immer die Wahl haben.«

»Also schön«, nickte Slade, ohne den Blick von ihr zu wenden. »Ein Wort von dir, und ich gehe heute noch zurück nach New York … wenn du mitkommst«, setzte er rasch hinzu. Ihre Antwort war ein trotziges Kopfschütteln. »Dann ziehen wir diese Geschichte eben gemeinsam bis zum Ende durch.«

Jessica warf sich an seine Brust und drückte ihn an sich. Sie brauchte ihn und wollte gleichzeitig, dass er ging. Aber im Augenblick wollte sie nicht weiter denken als bis zum morgigen Tag. »Aber vergiss nicht, dass du deine Chance hattest. Eine zweite gebe ich dir nicht.« Sie legte den Kopf zurück und lächelte ihn an. »Eines Tages werde ich dich daran erinnern. Wir stecken beide da drin.«

Er nickte und verkniff sich die Bemerkung, dass sie ihm gerade die Worte aus dem Mund genommen hatte. »Okay, aber jetzt lass uns zusehen, dass wir ein Frühstück zu unserem Champagner bekommen, ehe Betsy dich für heute vollends abschreibt«.

10

Für Jessica kroch der Tag im Schneckentempo dahin. Der Hausarrest, zu dem sie verdammt war, war an sich schon schlimm genug, aber auch noch die Sonne durch die Fenster scheinen zu sehen, während sie in irgendwelchen Zimmern festsaß, machte sie schier verrückt. Selbst der Strand war tabu, so dass sie nicht einmal Gelegenheit hatte festzustellen, ob sie dort spazieren gehen könnte, ohne alle paar Sekunden über die Schulter zu spähen.

Der Gedanke an ihren Laden bescherte ihr nur einen dumpfen, quälenden Kopfschmerz. Die einzige Sache, die sie in eigener Regie aufgebaut und geleitet hatte, war ihr aus den Händen genommen worden. Vielleicht würde sie nie wieder denselben Stolz darüber empfinden und mit derselben Hingabe versuchen, das Beste daraus zu machen. Schlimmer noch, ihre physische Erschöpfung brachte sie allmählich an den Punkt, wo ihr die ganze Sache gleichgültig wurde.

Jessica hasste es, krank zu sein. Normalerweise bekämpfte sie irgendwelche Unpässlichkeiten damit, dass sie sie ignorierte und einfach weitermachte. Und das konnte und wollte sie auch nicht ändern. Aber im Augenblick hatte sie keine Möglichkeit, sich anderweitig abzulenken. Die stille Bibliothek und die eintönigen Arbeiten, die Slade ihr aufgetragen hatte, nagten an ihrem ohnehin schon dünnen

Nervenkostüm. Seufzend warf sie den Bleistift über den Tisch und sprang auf.

»Ich halte es hier nicht mehr aus!«, rief sie und machte eine weit ausholende Geste, die den ganzen Raum einschloss. »Wenn ich noch eine einzige Karte ausfüllen muss, schnappe ich über. Gibt es denn nichts, was wir sonst tun können? *Irgendwas?* Dieses Warten bringt mich noch um den Verstand«.

Slade lehnte sich in seinem Stuhl zurück und lauschte schweigend ihrem Gezeter. Den ganzen Vormittag schon zappelte sie herum und kämpfte gegen Langeweile, Nervosität und Erschöpfung. Es überraschte ihn nur, dass es solange gedauert hatte, bis sie explodierte. Still sitzen, überlegte er, war nicht Jess Winslows größte Tugend.

»Gin?«, fragte er und schob einen Stapel Bücher zur Seite.

Jessica schob wutschnaubend die Hände in ihre Hosentaschen. »Verdammt noch mal, Slade, ich will keinen Drink. Ich muss etwas *tun.*«

»Rommé?«

»Rommé?« Einen Moment starrte sie ihn verdutzt an, dann stieß sie einen genervten Seufzer aus. »*Karten?* Ich bin kurz davor, die Wände hochzugehen, und du willst Karten spielen?«

»Klar, warum nicht. Hast du welche?«

»Ja, irgendwo.« Jessica fuhr sich ungestüm durchs Haar und schob sich ein paar Strähnen aus dem Gesicht, ehe sie mutlos die Hand sinken ließ. »Etwas Besseres fällt dir wohl nicht ein, wie?«

»Doch.« Slade kam um den Tisch herum und zeichnete mit dem Daumen die Schatten unter ihren Augen nach. »Aber ich glaube, wir haben Betsy für heute schon genug schockiert.«

Mit einem halbherzigen Lachen gab Jessica sich geschlagen. »Also gut, dann spielen wir eben Karten.« Sie ging zu einem Tisch und zog eine Schublade auf. »Um welchen Einsatz?«, fragte sie, während sie in der Schublade herumwühlte.

»Du hast ein bisschen mehr auf der hohen Kante als ich«, gab Slade trocken zurück. »Ein halber Penny pro Punkt.«

»Verschwender! Okay, einverstanden.« Jessica fand ein Päckchen Spielkarten und begann sie zu mischen. »Mach dich auf riesige Verluste gefasst.«

Und er verlor tatsächlich – mit Pauken und Trompeten. Auf Slades Vorschlag hin hatten sie sich im Salon niedergelassen, mit dem Hintergedanken, dass sie sich auf dem Sofa vor einem gemütlich prasselnden Kaminfeuer entspannen und wenn das Spiel langweilig genug war, vielleicht sogar dabei einschlafen würde. Schlafend war der einzige Zustand, das wusste er, in dem Jessica das lange Warten durchstehen würde, ohne den Verstand zu verlieren.

Er hatte nicht erwartet, dass sie viel vom Kartenspielen verstünde und noch weniger, dass sie ihn so vernichtend schlagen würde.

»Gin«, verkündete Jessica zum x-ten Male.

Mit einem verachtenden Blick studierte er die Karten, die sie vor ihm ausbreitete. »Ich habe noch nie jemanden gesehen, der so viel Glück hat.«

»Können«, korrigierte sie grinsend und schob die Karten zusammen.

Er verkniff sich eine unanständige Bemerkung und meinte nur: »Ich habe früher bei der Sitte gearbeitet. Ich erkenne einen Falschspieler auf hundert Meilen.«

»Bei der Sitte?« Jessica bohrte die Zunge in ihre Wange. »Das war bestimmt sehr interessant.«

»Na ja, es hatte seine Höhepunkte.«

»Und in welcher Abteilung bist du jetzt?«

»Morddezernat.«

»Oh.« Sie schluckte, schaffte es aber, ihre Überraschung zu verbergen. »Ich nehme an, das hat auch etwas.«

Slade gab einen brummenden Laut von sich, der als Zustimmung gelten konnte, und legte Karten ab. Jessica nahm die Karten und steckte sie zu den anderen in ihrer Hand. Als Slade sie mit einem verkniffenen Blick musterte, lächelte sie nur.

»Bei deiner Arbeit bist du gewiss vielen Menschen begegnet.« Sie ordnete die Karten und spielte eine aus. »Deshalb sind deine Charaktereigenschaften auch so ausgeprägt, nehme ich an.«

Slade dachte kurz über diese ›Begegnungen‹ nach: Dealer, Prostituierte, Taschendiebe und Opfer. Dennoch lag sie mit ihrer Vermutung nicht ganz falsch. Mit dreißig hatte Slade geglaubt, inzwischen so ziemlich alles gesehen zu haben, was es zu sehen gab. Und seither musste er täglich feststellen, dass das noch längst nicht alles gewesen war.

»Ja, ich hatte es mit einer Menge von Leuten zu tun.« Er legte wieder drei Karten ab, und Jessica schnappte sie sich abermals. »Und ich habe etliche professionelle Falschspieler aus dem Verkehr gezogen.«

»Ach, wirklich?«, meinte Jessica und machte ein unschuldiges Gesicht.

»Unter anderem eine umwerfende Rothaarige«, improvisierte er. »Die hat nur in den besten Hotels von New York gespielt. Weicher Südstaatenakzent, schneeweiße Hände und ein Päckchen gezinkte Karten in der Handtasche.« Slade hielt eine Karte prüfend gegen das Licht, ehe er sie ausspielte. »Hat sich damit drei Jahre eingehandelt.«

»Nein, so was.« Jessica schüttelte empört den Kopf und griff nach der Karte. »Fertig!«

»Ach, komm, Jess, das gibt's doch gar nicht.«

Entschuldigend die Achseln hebend, breitete sie ihre Karten aus. »Anscheinend doch.«

Fluchend besah sich Slade die Karten: »Okay, das war's«, knurrte er und warf sein Blatt auf den Tisch. »Zähl zusammen, wie viel ich verloren habe. Ich habe keine Lust mehr.«

»Na, schön, dann wollen wir mal sehen.« An dem Bleistift kauend, überflog Jessica das voll gekritzelte Notizblatt und rechnete sie zusammen. »Also, wie es aussieht, schuldest du mir acht Dollar und siebenundfünfzigeinhalb Cent«, verkündete sie und lächelte ihn an. »Ach, belassen wir es der Einfachheit halber bei acht Dollar und siebenundfünfzig Cent.«

»Zu großzügig.«

»Also, her mit der Kohle.« Sie hielt ihm die offene Hand hin. »Oder du setzt alles auf ein letztes Spiel.«

»Vergiss es.« Slade zog seine Geldbörse aus der Hosentasche und warf einen Zehn-Dollar-Schein auf den Tisch. »Ich hab's nicht kleiner. Gib mir eins-dreiundvierzig zurück.«

Grinsend stand Jessica auf, um ihre Geldbörse aus der Schublade in der Diele zu holen.

»Einen Dollar …«, murmelte sie, im Kleingeldfach ihrer Geldbörse kramend, als sie in den Salon geschlendert kam. »Und … fünfundzwanzig, dreißig, dreiundvierzig.« Sie ließ die Münzen in seine Hand fallen. »So, damit sind wir quitt.«

»Finanziell gesehen vielleicht …« Slade packte sie und gab ihr einen langen, tiefen Kuss. »Wenn du mich schon schröpfen willst«, raunte er und raffte ihr Haar mit einer

Hand zusammen, »dann könntest du wenigsten dafür sorgen, dass ich auch etwas davon habe.«

»Klingt vernünftig«, befand sie und schürzte die Lippen für den nächsten Kuss.

Verdammt, wie er diese Frau begehrte! Nicht nur jetzt, nicht nur einen Tag oder ein Jahr lang, dachte er, während er sich an ihren süßen Lippen labte. Immer. Für immer und ewig. Zeiträume, in denen zu denken er sich bisher nicht gestattet hatte. Und doch stand eine Mauer zwischen ihnen, eine dünne Mauer aus Glas – ihr Status –, den er vergaß, wenn er sie im Arm hielt. Er hatte kein Recht zu fühlen, was er fühlte, zu fragen, was er sie fragen wollte. Doch sie war so weich und warm, ihre Lippen bewegten sich so willig unter seinen.

»Jess …«

»Psss, sag jetzt nichts.« Sie schlang die Arme fester um ihn. »Küss mich noch einmal.« Ihre Lippen erstickten die Worte, die ausgesprochen werden wollten. Und je länger der Kuss dauerte, desto dünner wurde die Mauer zwischen ihnen. Slade glaubte zu hören, wie sie Sprünge bekam und schließlich geräuschlos in sich zusammenfiel.

»Jess«, flüsterte er abermals und vergrub das Gesicht in ihrem Haar. »Ich möchte …«

Sie zuckte zusammen und Slade stieß einen Fluch aus, als die Haustürglocke schellte.

»Ich mache auf«, sagte sie.

»Nein, lass Betsy an die Tür gehen.« Er hielt sie noch eine Weile an sich gedrückt; ihr Herz hämmerte an seiner Brust. Jessica nickte glücklich ihr Einverständnis.

Als Slade sie losließ, sank sie in einen Sessel. »Es ist vielleicht albern …« begann sie, dann spazierte Michael in den Salon.

»Jessica«, rief er aus und ging, Slades Anwesenheit ignorierend, auf Jessica zu und nahm ihre Hand. »Du bist furchtbar blass – du solltest im Bett liegen.«

Sie lächelte, doch ihre Finger krampften sich unwillkürlich zusammen. »Du weißt doch, dass ich durchdrehen würde, wenn ich im Bett bliebe. Ich hab dir doch gesagt, dass du dir keine Sorgen um mich zu machen brauchst, Michael.«

»Ich mache mir aber Sorgen.« Er strich ihr sanft über den Handrücken. »Zumal David den ganzen Nachmittag vor sich hin geschimpft hat, dass du überhaupt nicht wüsstest, wie man sich ausruht.«

»Ach, wir hatten …« Sie brach ab, um Slade einen raschen Blick zuzuwerfen. »Wir hatten nur eine kleine Meinungsverschiedenheit. Mir geht es gut, Michael, wirklich.«

»Du siehst aber nicht gut aus, sondern müde und abgespannt.« Er folgte Jessicas Blick hin zu Slade und sah ihn jetzt auch an. Spontanem Begreifen folgte ein Aufglimmen von Zorn und Ablehnung und schließlich eine Art von Akzeptanz. »Sie sollte wirklich im Bett liegen«, beschied er Slade knapp, »und nicht Gäste unterhalten.«

Slade zuckte die Achseln und ließ sich auf einem Stuhl nieder. »Es ist nicht meine Aufgabe, Jess vorzuschreiben, was sie tun oder lassen soll.«

»Und worin genau besteht dann Ihre Aufgabe?«

»Michael, bitte«, rief Jessica, ehe Slade antworten konnte, und stand hastig auf. »Ich gehe bald nach oben. Ich bin müde.«

Mit einer stummen Bitte auf den Lippen wandte sie sich an Slade. »Ich habe dich schon zu lange von der Arbeit abgehalten. Du bist den ganzen Tag noch nicht zum Schreiben gekommen.«

»Kein Problem.« Er nahm sich eine Zigarette. »Das hole ich heute Abend nach.«

Michael stand zwischen ihnen, und es war offensichtlich, dass er nicht gehen wollte, obwohl er wusste, dass er hier nichts mehr verloren hatte. »Ich werde jetzt wieder gehen«, erklärte er schließlich, »wenn du mir versprichst, dich hinzulegen.«

»Ja, das werde ich tun. Michael …« Sie umarmte ihn, spürte seinen vertrauten Körper, roch den dezenten Meeresbrisenduft seines Aftershaves. »Du und David, ihr bedeutet mir so viel.«

»David und ich«, sagte er leise und strich ihr übers Haar. »Ja, ich weiß.« Er warf Slade einen letzten Blick zu. »Gute Nacht, Jessica.«

»Gute Nacht, Michael.«

Slade wartete, bis er die Haustür zufallen hörte. »Was für eine Meinungsverschiedenheit hattest du mit David?«

»Das hatte nichts damit zu tun – es war rein persönlich.«

»Im Augenblick ist hier nichts persönlich.«

»Das schon.« Sie fixierte ihn aus müden Augen, doch Slade sah die trotzige Falte zwischen ihren Brauen. »Ich habe ein Recht auf ein Minimum an Privatsphäre, Slade.«

»Ich habe dir doch eingeschärft, keinen der beiden allein zu sehen«, erinnerte er sie.

»Verhafte mich doch«, schnappte sie.

»Fordere mich nicht heraus«, knurrte er, ihren zornigen Blick erwidernd. »Und mach das nicht noch einmal.«

»Jawohl, Sergeant.« Sie fuhr sich mit einem resignierten Seufzer durchs Haar. »Es tut mir Leid.«

»Du brauchst dich nicht zu entschuldigen«, sagte er kurz angebunden. »Tu einfach das, was man dir sagt.«

»Ich glaube, ich gehe jetzt nach oben. Ich bin wirklich müde«, fügte sie hinzu, ohne Slade anzusehen.

»Gut.« Er stand nicht auf, wandte aber auch nicht den Blick von ihr ab. »Schlaf dich richtig aus.«

»Ja, das mache ich. Gute Nacht, Slade.«

Er lauschte ihren Schritten die Treppe hinauf, dann schnippte er fluchend seine Zigarette ins Feuer.

Jessica ging direkt in ihr Badezimmer und ließ sich ein Bad ein. Das war genau das, was sie jetzt brauchte – ein Aspirin gegen die Kopfschmerzen und ein heißes Bad zur Entspannung. Dann würde sie schlafen. Sie musste schlafen – ihr Körper verlangte danach. Zum ersten Mal in ihrem Leben spürte Jessica diese Schwerelosigkeit, die totale Erschöpfung hervorrief. Sie wartete, bis die Wanne voll gelaufen war und ließ sich dann ins heiße Wasser gleiten.

Sie wusste, dass sie Slade nicht hatte täuschen können. Sie war nicht so töricht, anzunehmen, dass Slade die Ausrede, sie sei müde, für bare Münze genommen hatte. Er wusste genauso gut wie sie darüber Bescheid, was in ihr vorging. Der Besuch von Michael hatte diesem Tag voll unausgesprochener Ängste und nervenzerreißender Anspannung noch die Krone aufgesetzt.

Nichts war passiert, dachte sie frustriert. Wie lange musste sie noch warten? Noch einen Tag? Eine Woche? Zwei Wochen? Innerlich aufseufzend, schloss sie die Augen. Jessica kannte sich selbst zu gut. Sie konnte von Glück reden, wenn sie die kommende Nacht des Wartens und Bangens durchstehen würde, ganz zu schweigen von einer Woche.

Eine Stunde nach der anderen, ermahnte sie sich. Es war jetzt sieben Uhr. Sie musste sich darauf konzentrieren, bis acht Uhr auszuhalten.

Um zwanzig nach acht ging Slade systematisch von Zimmer zu Zimmer der oberen Etage und prüfte die Schlösser. Er hatte diesen ganzen, unerträglich langen Tag auf den Anruf gewartet, der ihm mitteilte, dass sein Auftrag hier erfüllt sei. Im Stillen verfluchte er Interpol, das FBI und Dodson. Seiner Ansicht nach trugen sie alle gleichermaßen Schuld an dieser Situation. Jessica würde nicht viel mehr ertragen können – das war ihm während Michaels Besuch nur zu klar geworden.

Und noch etwas stand ihm glasklar vor Augen. Er war viel zu nahe daran gewesen, die letzte Hürde zu überspringen. Wenn es nicht geklingelt hätte, hätte er Dinge gesagt, die besser ungesagt blieben, und Fragen gestellt, die er einer so verwundbaren Frau nicht stellen durfte.

Sie hätte vielleicht Ja gesagt. Hätte Ja gesagt, verbesserte er sich, während er wieder einmal über den schnarchenden Ulysses hinwegstieg. Und es bereut, überlegte er, wenn sich die Situation geändert und ihr Leben wieder in normalen Bahnen verlief. Was, wenn er sie gefragt hätte und sie geheiratet hatten, ehe sie noch Zeit gehabt hatte, sich wieder umzustellen? Das wäre genau der richtige Weg gewesen, zwei Leben zu zerstören, sagte sich Slade. Es war besser, jetzt einen Schlussstrich zu ziehen und wieder zum Ausgangspunkt zurückzukehren, als er nur Cop und sie die zu schützende Person gewesen war.

Zum Glück war sie jetzt oben und schlief und war nicht in seiner unmittelbaren Nähe und verleitete ihn dazu, noch einmal die bewusste Schwelle zu überschreiten. Wenn er sie nicht sehen und berühren konnte, fiel es ihm leichter, die Dinge aus der richtigen Perspektive zu sehen. Die Hausangestellten hatten sich in ihre Zimmer zurückgezogen. Er hörte das leise Murmeln eines Fernsehers und das Rauschen einer Dusche. Nachdem er alle Schlösser überprüft hätte, würde er nach oben gehen und schreiben. Slade rieb sich den Nacken und die Schultern, wo sich die Verspannung festgesetzt hatte. Später dann würde er in seinem Bett schlafen, und zwar allein.

Als er auf die Küchentür zuging, bemerkte er auf einmal, dass sich der Türknauf drehte. Rasch trat er zurück in den Schatten und wartete, jeder Muskel seines Körpers in höchster Bereitschaft gespannt.

Halb neun. Jessica warf wieder einen Blick auf die Uhr, während sie nervös in ihrem Zimmer auf und ab ging. Weder das heiße Bad noch das Apirin hatten sie soweit beruhigt, dass sie an Schlaf auch nur denken konnte. Wenn Slade doch heraufkommen würde, dachte sie, schüttelte aber gleich darauf den Kopf. Sie wurde viel zu abhängig von ihm, und das sah ihr gar nicht ähnlich. Trotzdem hatte sie das Gefühl, dass es ihre Nerven beruhigen würde, wenn sie nur das monotone Geräusch seiner Schreibmaschine hören könnte.

Eine Stunde nach der anderen, rief sie sich in Erinnerung und warf abermals einen Blick auf die Uhr. Sie hatte es von sieben bis acht Uhr geschafft, aber bis neun hielt sie nicht mehr durch. Sie seufzte resigniert und machte sich auf den Weg nach unten.

Wenn er sich aufregte, würde sie einfach das Beste daraus machen. Dazu verurteilt zu sein, im Haus zu bleiben, war schon schlimm genug, da musste sie nicht auch noch in ihrem Zimmer hocken. Sie war beinahe so weit, freiwillig noch ein paar dieser dämlichen Karteikarten auszufüllen – alles, nur um ihre Hände zu beschäftigen, bis …

Ihre Gedanken brachen ab, als sie den Fuß der Treppe erreichte. Zum zweiten Mal waren die Türen zum Salon geschlossen. Ein kalter Schauder lief ihr über den Rücken und drängte sie dazu, auf der Stelle kehrtzumachen und zurück in ihr Zimmer zu gehen und so zu tun, als habe sie es nie verlassen. Sie war schon dabei, sich umzudrehen, als sie innehielt.

Hatte sie Slade nicht gesagt, er solle ihr keine Vorschriften machen? Das hier war ihr Haus, sagte sie sich. Was immer in diesem Haus geschah, betraf in erster Linie sie. Sie holte tief Luft, öffnete die Tür zum Salon und knipste das Licht an.

Slade stand einsatzbereit im Dunkeln und wartete ab, während die hintere Küchentür leise geöffnet wurde. Zunächst sah er nur einen Schatten, doch die Umrisse kamen ihm bekannt vor. Erleichtert trat er ins Mondlicht, das von draußen hereinfiel. Erschrocken wirbelte David herum und fluchte.

»Sie haben mich zu Tode erschreckt«, keuchte er vorwurfsvoll und ließ die Tür hinter sich zufallen. »Was treiben Sie hier im Stockfinsteren?«

»Ich habe nur die Schlösser überprüft«, gab Slade leichthin zurück.

»Bin gerade erst heimgekommen«, brummte David. Nachdem er das Licht angeschaltet hatte, ging er an den Herd. »Möchten Sie einen Kaffee?«

»Danke.« Slade setzte sich im Reitersitz auf einen umgedrehten Küchenstuhl und wartete ab, was David ihm erzählen würde.

Der letzte Bericht von Brewster besagte, dass David mit der Sache nichts zu tun hatte. Man hatte die neuesten Computer mit seinem Namen, seiner Beschreibung und den Fingerabdrücken gefüttert und ihn seit einem Monat rund um die Uhr beschattet. David Ryce war genau das, was er zu sein schien – ein junger, etwas aufsässiger Mann mit einem Faible für Zahlen und einer Liebe zu Antiquitäten. Außerdem unterhielt er eine, wie er wohl meinte, diskrete Beziehung zu einer Medizinstudentin. Slade erinnerte sich an Brewsters beinahe väterliche Belustigung über Davids Schwärmerei.

Obwohl Slade ein schlechtes Gewissen hatte, weil er Jessica über Davids absolut weiße Weste im Ungewissen hielt, entschied er, dass sie genug damit zu tun hatte, ihre Nerven unter Kontrolle zu halten. Besser, sie verdächtigte beide Männer der Untreue, als sicher zu sein, dass Michael Adams bis zum Hals in diese Schmuggelaffäre verwickelt war.

»Michael.« Jessica starrte ihn fassungslos an, begriff die Wahrheit, wollte sie aber nicht glauben.

»Jessica.« Er stand vor dem Sekretär, hielt abmontierte Teile davon in der Hand und suchte panisch nach einer glaubhaften Erklärung für seine Anwesenheit und sein Tun. »Ich wollte dich nicht stören. Ich hoffte, du würdest schon schlafen.«

»Ja, das glaube ich dir aufs Wort.« Mit einem leisen, enttäuschten Seufzer schloss sie die Tür hinter sich.

»Mit dem Sekretär gab es ein Problem«, begann Michael. »Ich wollte …«

»Bitte, lass es.« Jessica ging an den Barschrank, goss zwei Fingerbreit Brandy in ein Glas und kippte ihn hinunter. »Ich weiß von dem Schmuggel, Michael«, erklärte sie mit tonloser Stimme. »Ich weiß, dass du dafür das Geschäft benutzt hast.«

»Schmuggel? Also, Jessica, wirklich …«

»Ich sagte, lass es!«, zischte sie mit einer Vehemenz in der Stimme, die von Zorn und auch von Verzweiflung herrührte. »Ich *weiß* es, Michael. Und die Polizei weiß es auch.«

»Oh, mein Gott.« Alle Farbe wich aus seinem Gesicht, als er sich hektisch umsah. Wohin konnte er fliehen?

»Ich möchte wissen, warum.« Ihre Stimme klang wieder leise und gefasst. »Das bist du mir schuldig.«

»Ich saß in der Falle.« Er ließ die Holzteile auf den Boden fallen und wühlte in seinen Taschen nach einer Zigarette. »Jessica, ich hatte keine andere Wahl. Er hat mir versprochen, dich da nicht mit reinzuziehen – dass du nie etwas davon erfährst. Du musst mir glauben, dass ich dich niemals in so etwas hineingezogen hätte, wenn ich eine andere Wahl gehabt hätte.«

»Wahl«, murmelte sie und dachte an Slade. »Wir haben alle die Möglichkeit zu wählen, Michael. Wann und wie hast du gewählt?«

»In Europa, vor einigen Jahren, da …« Er zog gierig an seiner Zigarette. »Ich hatte Geld verloren … viel Geld. Viel mehr, als ich mir leisten konnte, und das schuldete ich der falschen Person.« Er warf ihr einen flehenden Blick zu. »Er hat mich in die Mangel nehmen lassen – weißt du noch, damals in Rom, als ich zwei Wochen länger als geplant geblieben bin?« Er zog an der Zigarette und stieß den Rauch aus. »Das waren Profis … Es dauerte Tage, bis ich überhaupt wieder auf meinen Beinen stehen konnte. Als er mich vor die Wahl stellte, für ihn zu arbeiten oder lebenslang als Krüppel herumzulaufen, da habe ich mich für die erste Alternative entschieden.«

Michael ging hinüber zur Bar und fuhr sich nervös mit

den Fingern durchs Haar, ehe er sich einen Brandy einschenkte. Er verschüttete die Hälfte und kippte den Rest auf einen Sitz hinunter. »Er wusste natürlich, wer ich war, kannte meine Familie, wusste von meiner Verbindung zu deinem Geschäft – und deinem untadeligen Ruf.« Der Brandy beruhigte ihn. Er hatte seine Stimme wieder in der Gewalt. »Für ihn waren das ideale Bedingungen. Aber ich habe es nicht wegen des Geldes getan, Jessica, sondern allein, um zu überleben. Und dann … Dann steckte ich viel zu tief drin in dieser üblen Geschichte.«

Jessica spürte, dass sie innerlich weich wurde, und wehrte sich energisch dagegen. Kein Mitleid, befahl sie sich. Sie würde sich von ihm nicht weich kochen lassen. »Wer ist *er*, Michael?«

»Nein.« Heftig den Kopf schüttelnd, drehte er sich zu ihr um. »Das werde ich dir nicht sagen. Wenn er herausfindet, dass du seinen Namen kennst, wärst du keine Sekunde mehr sicher.«

»*Sicher?*« Sie stieß einen zynischen Lacher aus. »Wenn dir meine Sicherheit am Herzen läge, hättest du mir vielleicht eingebläut, nicht am Strand spazieren zu gehen, so lange mir da unten jemand auflauert, um mich zu erschießen.«

»Ersch-schießen … Allmächtiger! Jessica, ich hätte nie geglaubt, dass er … Ja, er hat damit gedroht, aber ich habe keine Sekunde damit gerechnet, dass er dir wirklich etwas antun würde.« Seine Hand zitterte. Die Asche seiner Zigarette fiel auf den Boden. Mit einer ungestümen Armbewegung schnippte er die Zigarette ins Feuer. »Ich habe ihn angefleht, dich da rauszuhalten, und ihm geschworen, alles zu tun, was er verlangt, wenn er dir nur nichts zuleide tut. Ich liebe dich, Jessica.«

»Erzähl mir jetzt nichts von Liebe, Michael.« Mit mehr

Selbstbeherrschung, als sie wirklich fühlte, beugte sie sich herab und hob eines der Holzteile auf, die er bei ihrem Erscheinen fallen gelassen hatte. Es gehörte zu der Innenverstrebung des Sekretärs. »Was ist da drin, Michael?«

»Diamanten«, erwiderte er tonlos und schluckte. »Im Wert von zweihundertfünfzigtausend Dollar. Wenn ich sie ihm heute Nacht nicht bringe …«

»Wohin?«, unterbrach sie ihn.

»In den Laden, Punkt zehn Uhr.«

»Ich will sie sehen.«

Jessica sah zu, wie er aus dem Hohlraum hinter einer Schublade eine dünne Holzplatte entfernte, hinter der ein kleines Stoffsäckchen versteckt war. »Es ist das letzte Mal«, begann er und knetete das Säckchen in seiner Hand. »Ich habe ihm bereits gesagt, dass ich aussteige. Sobald ich ihm die Diamanten übergeben habe, verlasse ich das Land.«

»Ja, das letzte Mal«, pflichtete sie ihm bei und streckte ihm die Hand entgegen. »Aber übergeben wirst du gar nichts. Ich nehme die Diamanten, Michael. Sie gehen dahin zurück, wo sie herkommen, und du gehst zur Polizei.«

»Wenn du das verlangst, kannst du mir genauso gut eine Pistole an den Kopf drücken.« Er wischte sich mit dem Handrücken über den Mund. »Er wird mich umbringen, Jessica! Wenn er erfährt, dass ich mich gestellt habe, bin ich auch in einer Zelle nicht vor ihm sicher. Er wird mich umlegen – und dich auch, wenn er herausfindet, was du getan hast.«

»Sei doch nicht so dumm.« Mit glitzernden Augen riss sie ihm den Beutel aus der Hand. »Er wird dich auf *jeden Fall* umbringen – und mich dazu. Glaubst du, er weiß nicht, dass die Polizei ihm auf den Fersen ist? Glaubst du, er ist so dumm, dich als lebenden Schuldschein herumlaufen zu lassen? Denk doch mal nach!«, verlangte sie. »Deine einzige Chance ist, dich der Polizei anzuvertrauen.«

Ihre Worte setzten bei Michael Ängste frei, die er bisher immer verdrängt hatte. Tief in seinem Inneren hatte er immer gewusst, dass seine Mitwirkung bei dieser Geschichte nur auf eine Art enden konnte. Und diese Angst, mehr als das Geld, hatten ihn bei der Stange gehalten. »Nicht die Polizei.« Wieder huschte sein Blick verzweifelt durch den Raum. »Ich muss weg. Verstehst du denn nicht, Jessica? Ich muss irgendwohin, wo er mich nicht findet! Gib mir die Diamanten wieder, damit kann ich meine Flucht finanzieren.«

»Nein.« Ihre Hand schloss sich fester um den Beutel. »Du hast mich benutzt!«

»Um Himmels willen, Jessica, willst du mich tot sehen?« Sein Atem kam in hektischen Stößen. »Ich habe keine Zeit, um das Geld beizubringen, das ich brauche. Wenn ich jetzt abhaue, stehe ich ohne einen Penny da.«

Sie starrte ihn unverwandt an. Auf seinem Gesicht glänzte ein dünner Schweißfilm, der sich auf der zitternden Oberlippe zu kleinen Perlen sammelte. In seinen Augen flackerte die schiere Panik. Er hatte sie benutzt, dachte sie, aber das tat den Gefühlen, die sie für ihn hatte, keinen Abbruch. Wenn er entschlossen war zu fliehen, würde sie ihm geben, was er benötigte. Jessica trat vor ein Ölgemälde, das eine französische Landschaft darstellte, und schwang das Bild an unsichtbaren Scharnieren heraus. Dahinter verbarg sich ein Wandsafe. Mit flinken Bewegungen stellte sie die Zahlenkombination ein und öffnete ihn.

»Hier, nimm das.« Sie hielt Michael ein Bündel Geldscheine hin. »Es ist nicht so viel, wie die Diamanten wert sind, aber Bargeld ist ohnehin sicherer. Es wird dich nicht weit genug bringen«, fügte sie rasch hinzu, als er die Hand nach den Scheinen ausstreckte. »Aber das musst du selbst entscheiden.«

»Ich habe nur eine Möglichkeit, mich zu entscheiden.« Er stopfte das Geldbündel in die Innentasche seines Jacketts und sah sie dann an. »Es tut mir Leid, Jessica.«

Nickend wandte sie sich ab. Sie hörte ihn zur Tür gehen. »Michael, steckt David da auch mit drin?«

»Nein, David hat nur routinemäßige Anordnungen, wie er glaubte, ausgeführt.« Er sah alles, was er sich immer erträumt, alles, was ihm je etwas bedeutet hatte, durch seine Finger rinnen. »Jessica …«

»Geh, Michael. Wenn du davonlaufen willst, musst du schnell sein.«

Sie wartete, bis sie die Tür ins Schloss fallen hörte, dann öffnete sie den Beutel und ließ die funkelnden Diamanten in ihre Hand rieseln. »So, das ist mein Leben also wert«, murmelte sie. Vorsichtig schüttete sie sie wieder zurück in den Beutel und besah sich die Reste des Queen-Anne-Sekretärs. »Und alles nur wegen einer Laune«, setzte sie wispernd hinzu. Wenn sie nicht den spontanen Einfall gehabt hätte, den Sekretär für sich zu behalten, dann …

Mit einer energischen Kopfbewegung unterbrach sie ihren Gedanken. In diesem Fall gab es kein Wenn. Sie musste unbedingt mit Slade sprechen, aber vorher brauchte sie ein paar Minuten für sich. Seufzend sank sie in einen Sessel und ließ das Säckchen mit den Diamanten in ihren Schoß fallen.

»Ich nehme an, Jessica hat Ihnen von heute Morgen erzählt.« David nahm zwei Tassen aus dem Schrank, nachdem er Kaffee aufgestellt hatte.

Slade sah ihn unter hochgezogenen Brauen an. Was meinte er, wunderte sich Slade. »Sollte sie das nicht?«, gab Slade zurück.

»Sehen Sie, ich habe nichts gegen Sie – ich kenne Sie ja nicht einmal.« David drehte sich um und strich sich eine Strähne aus dem Gesicht. »Aber Jessie bedeutet mir sehr viel. Als ich sie heute Morgen aus Ihrem Zimmer habe kommen sehen, da habe ich ihr gesagt, dass mir das nicht gefällt.« Er musterte den Mann ihm gegenüber und wusste, dass er keine Chance hatte. »Und es gefällt mir immer noch nicht.«

Slade beobachtete Davids Augen hinter den Brillengläsern. Das war also diese private Meinungsverschiedenheit gewesen. Jessica wurde hier ganz offensichtlich die Loyalität zuteil, die sie erwartet hatte, überlegte er. »Ich würde sagen, das muss Ihnen auch nicht gefallen«, begann Slade langsam, »aber Jess würde das anders sehen.«

David trat unter Slades direktem Blick unbehaglich von einem Fuß auf den anderen. »Ich möchte nicht, dass ihr wehgetan wird.«

»Ich auch nicht.«

David zog die Stirn in Falten. Etwas an der Art, wie Slade das gesagt hatte, bewog David, ihm zu glauben. »Sie ist eine leichte Beute.«

Slades graue Augen wurden so plötzlich dunkel vor Zorn, dass David instinktiv zurückwich. Doch als Slade sprach, waren seine Worte sanft und von tödlicher Beherrschung. »Ihr Geld interessiert mich nicht.«

»Okay. Verzeihen Sie.« David entspannte sich ein wenig und meinte dann achselzuckend: »Es ist nur so, dass sie schon einmal über den Tisch gezogen worden ist. Sie vertraut jedem. Sie ist wirklich sehr klug, wissen Sie – für einen Wirrkopf wie sie einer ist und ständig vergisst, was sie gerade tun wollte, weil sie immer zwanzig Dinge gleichzeitig tut. Aber wenn es um Menschen geht, dann hat sie Scheuklappen auf.« Hinter ihm auf dem Herd brodelte der Kaffee. David fuhr herum und drehte das Gas ab. »Ach, bitte, vergessen Sie, was ich eben gesagt habe. Jessica hat mir zu verstehen gegeben, dass mich das nichts angeht, und es geht mich auch tatsächlich nichts an. Außer … nun, ich liebe sie, müssen Sie wissen«, murmelte er. »Wie fühlt sie sich?«

»Ihr wird es bald wieder besser gehen.«

»Mann, das hoffe ich«, rief er inbrünstig aus und brachte den Kaffee an den Tisch. »Ich gestehe es nur ungern ein, aber sie fehlt mir momentan sehr im Laden. Die neue Lieferung muss abgewickelt werden, und dazu Michaels Launenhaftigkeit …« David machte ein gequältes Gesicht und goss Milch in seinen Kaffee.

»Michael?«, wiederholte Slade leichthin.

»Tja, wissen Sie, jeder hat das Recht, hin und wieder mal richtig Dampf abzulassen. Doch Michael war bisher immer die Beherrschtheit in Person gewesen.« Er grinste. »Jessica würde das eine gute Erziehung nennen.«

»Vielleicht geht ihm etwas im Kopf herum.«

David atmete geistesabwesend tief durch und nahm dann einen Schluck von seinem Kaffee. »Vielleicht, aber so aufgewühlt habe ich ihn nicht mehr erlebt, seit der Verwechslung mit diesem Chippendale-Schrank im vorigen Jahr.«

»Oh?« Manche Menschen vertragen es nicht, wenn man sie drängt, dachte Slade.

»Es war meine Schuld«, fuhr David fort, »aber ich wusste ja nicht, dass er diesen Schrank für einen speziellen Kunden gekauft hatte. Das passiert manchmal, aber normalerweise sagt er Jessie oder mir dann immer Bescheid. Es war ein Meisterstück«, erinnerte sich David. »Dunkles Ebenholz mit prachtvollen Einlegearbeiten. Mrs. Leeman hat ihn gekauft, kaum dass wir ihn ausgepackt hatten. Sie war gerade im Laden, als die Lieferung kam. Ein Blick, und schon zückte sie das Scheckbuch. Michael kam an dem Tag aus Europa zurück, als wir den Schrank aufpolierten und zum Liefern verpackten. Er sagte, der Schrank sei verkauft, er habe bereits eine Anzahlung dafür erhalten.« David nahm rasch einen Schluck von seinem Kaffee, stellte fest, dass er bitter war, trank aber den Rest ergeben aus.

»Wahrscheinlich war der Kaufvertrag irgendwo verlegt worden, nehme ich an«, fuhr er fort. »Was ungewöhnlich war, denn Jessie ist sehr pingelig, was Rechnungen anbelangt. Diese Mrs. Leeman war über dieses Missgeschick ebenfalls nicht sonderlich erbaut«, erinnerte sich David und grinste. »Jessica hat ihr dann ein Sideboard beinahe zum Selbstkostenpreis verkauft, um sie für den Schrank zu entschädigen.«

»Wer hat ihn gekauft?«, wollte Slade wissen.

»Was, den Schrank?« David rückte seine Brille zurecht. »Mein Gott, keine Ahnung. Ich glaube, Michael hat mir das gar nicht erzählt, und bei der miesen Laune, die er damals hatte, wollte ich ihn auch gar nicht fragen.«

»Sie haben sicher die Rechnung, oder?«

»Natürlich, ja.« David musterte ihn verdutzt. »Im Geschäft. Warum?«

»Ich muss mal schnell weg.« Slade war schon aufgestanden und strebte der Tür zu. »Bleiben Sie hier, bis ich wieder zurück bin.«

»Was haben Sie …« David brach seine Frage ab, als er

Slades Schritte auf der Treppe hörte. Vielleicht saß bei diesem Slade ja eine Schraube locker, überlegte David und starrte den leeren Sessel an. Man unterhält sich ganz normal mit jemandem, und plötzlich …

»Sorgen Sie dafür, dass Jessica sich nicht vom Fleck rührt«, wies Slade ihn an, als er wieder nach unten kam. Seine Pistole hatte er schon unter seiner Jacke verstaut.

»Vom Fleck rührt?«

»Lassen Sie niemanden ins Haus.« Slade machte eine Pause, um David einen langen, eindringlichen Blick zuzuwerfen. »Keiner kommt hier rein, verstanden?«

Etwas in Slades Blick ließ David andächtig nicken und auf jede weitere Frage verzichten.

Slade schnappte sich eine Papierserviette und kritzelte rasch eine Zahlenreihe darauf. »Wenn ich in einer Stunde nicht zurück bin, rufen Sie diese Nummer an. Erzählen Sie dem Mann, der das Gespräch entgegennimmt, diese Geschichte mit diesem Schrank. Er wird im Bilde sein.«

»Dem Schrank?«, wiederholte David und starrte verständnislos auf die Serviette, die David ihm in die Hand drückte. »*Ich* bin aber nicht im Bilde.«

»Das ist auch nicht nötig. Tun Sie einfach, was ich Ihnen aufgetragen habe.« Damit ließ Slade ihn stehen und verschwand durch die hintere Küchentür.

»Ja, klar«, brummelte David. »Warum sollte mich auch jemand ins Bild setzen?« Ein Irrer, entschied er und stopfte die Serviette in die Hosentasche. Vielleicht müssen Schriftsteller ja irgendwo einen kleinen Knall haben. Und Jessica suchte sich auch immer mit sicherem Blick solche Typen aus. Er warf einen Blick auf die Uhr und beschloss, nach ihr zu sehen. Verrückt oder nicht, jedenfalls hatte dieser Slade ihn ganz schön verunsichert. Als David gerade durch die Halle nach oben gehen wollte, ging die Salontür auf.

»David!« Jessica rannte auf ihn zu und stürzte sich in seine Arme.

»Hey, na so was!« Er machte sich mit einiger Anstrengung aus ihrer Umarmung frei und nahm sie bei den Schultern. »Geht hier neuerdings eine Art von Grippe um, die einem aufs Gehirn schlägt?«

»Ich liebe dich, David.« Den Tränen nahe, legte ihm Jessica beide Hände ums Gesicht.

David wurde rot und verlagerte sein Gewicht auf das andere Bein. »Ja, ich liebe dich auch. Und wegen heute Morgen, das tut mir Leid ...«

»Darüber sprechen wir später. Es gibt eine Menge, worüber ich mit dir reden möchte, aber zuerst muss ich Slade sehen.«

»Er ist weggegangen.«

»Weg?« Ihre Finger gruben sich in seine dünnen Oberarme. »Wohin?«

»Keine Ahnung«, erwiderte er und musterte sie eindringlich. »Jessie, du bist wirklich krank. Komm, ich bring dich rauf in dein Zimmer.«

»Nein, David, es ist wichtig.« Ihre Stimme änderte sich abrupt, nahm diesen strengen Tonfall an, auf den er immer prompt reagierte. »Du musst doch irgendeine Ahnung haben, wo er hingegangen ist.«

»Habe ich aber nicht«, gab er ein wenig beleidigt zurück. »Wir saßen hier und haben uns unterhalten, und plötzlich ist er aufgesprungen und weg war er.«

»Worüber?«, wollte sie wissen und schüttelte ihn kurz vor lauter Ungeduld. »Worüber habt ihr gesprochen?«

»Ach über dieses und jenes. Ich habe erwähnt, dass

Michael mal wieder so schlecht gelaunt ist – wie letztes Jahr, als diese Verwechslung mit dem Chippendale-Schrank passierte.«

»Der Chippendale …« Jessica presste die Hände gegen die Wangen. Oh, Gott, klar, natürlich!

»Bevor er ging, hat Slade mir noch ans Herz gelegt, niemanden ins Haus zu lassen und eine bestimmte Nummer anzurufen, falls er binnen einer Stunde nicht zurück sei. Heh, wo willst du hin?«

Jessica hatte ihre Handtasche vom Treppenpfosten genommen und kramte darin herum. »Er ist in den Laden gefahren. In den Laden, und es ist gleich zehn Uhr! Wo sind meine Schlüssel! Schnell, ruf an – ruf im Laden an und schau, ob er abhebt.« In ihrer Hektik drehte Jessica ihre Handtasche um und schüttete den Inhalt auf den Boden. »*Ruf an!*«, drängte sie David, als dieser sie nur mit großen Augen anglotzte.

»Okay, immer mit der Ruhe.«

Während Jessica auf dem Fußboden kniete und zwischen Schminkutensilien und Taschentüchern nach ihrem Schlüssel suchte, rief David im Laden an. »Ich kann sie nicht finden. Ich kann – verdammt, sie sind in meiner Manteltasche!«, fiel ihr plötzlich ein. Sie rannte zum Garderobenschrank.

»Da nimmt niemand ab«, erklärte David. »Wahrscheinlich ist er noch gar nicht dort, falls er überhaupt in den La den wollte. Was auch unsinnig wäre, denn er ist geschlossen … Jessie, wohin gehst du? Er sagte, du darfst das Haus nicht verlassen. Jessie, hast du gehört? Außerdem hast du deinen Mantel vergessen. So warte doch einen Moment!«

Doch Jessica stürmte schon die Eingangstreppe herab und auf ihren Wagen zu.

11

Slade brauchte keine Minute, um das Schloss an der vorderen Ladentür zu knacken. Ehe er wieder nach New York ging, würde er unbedingt dafür sorgen, dass Jessica sich anständige Schlösser einbauen ließ. Es grenzte wahrlich an ein Wunder, dass man ihr bisher noch nicht den Laden leer geräumt hatte, überlegte er, während er durch den Verkaufsraum ins Hinterzimmer ging. Jessica hatte wirklich mehr Glück als Verstand. Er warf seine Jacke über einen Stuhl. Im Dunkeln tastete er sich durch die kleine Küche in den angrenzenden Raum, der als Büro fungierte.

Auf dem wuchtigen Mahagonischreibtisch lagen ordentlich gestapelte Packen mit Rechnungen und Lieferscheinen, eine Schreibunterlage, voll gekritzelt mit Namen und Telefonnummern, daneben stand eine Tiffanylampe. Slade knipste sie an. Im Lichtkreis der Lampe entdeckte er eine Notiz in fetten Großbuchstaben: *ULYSSES BRAUCHT FUTTER*, und darunter in krakeliger Schreibschrift: »Neuer Besenstil – Betsy schon stinksauer.« Grinsend schüttelte Slade den Kopf. Jessicas Auffassung von Organisation war wirklich eine Klasse für sich. Er wandte sich ab und trat vor den Aktenschrank, der hinter dem Schreibtisch in einer Ecke stand.

Die oberste Schublade war offenbar Jessicas privater

Ablage vorbehalten. In einem Ordner mit der Aufschrift VERSICHERUNGSPOLIZEN-LADEN fand er die Verkaufsquittung für eine Bluse, die sie vor zwei Jahren erstanden hatte. Zwischen zwei anderen Aktenmappen klemmte ein verknitterter Einkaufszettel. Missmutig schnaubend zog er die zweite Lade auf.

Hier herrschte peinlichste Ordnung. Die Akten waren Ecke auf Ecke gestapelt, leserlich beschriftet und chronologisch geordnet. Er blätterte die Stapel kurz durch. Sie enthielten die Verkaufsbelege des laufenden Jahres, Lieferscheine und geschäftliche Korrespondenzen. Jede Akte war ein Musterbeispiel an buchhalterischer Akkuratesse. Er dachte an die oberste Schublade und schüttelte abermals den Kopf.

In der dritten Lade fand er, wonach er suchte – die Verkaufsbelege des vorigen Jahres. Slade nahm den ersten Ordner heraus und legte ihn auf den Schreibtisch. Dann ging er jede Rechnung einzeln durch, beginnend im Monat Januar. Als er das erste Quartal durchgesehen hatte, wusste er nicht mehr, als dass Jessicas Laden fantastisch lief.

Er legte den ersten Ordner zurück und nahm sich das zweite Quartal vor. Die Zeit verging rasch, während er jeden einzelnen Beleg prüfte. Er zündete sich eine Zigarette an und arbeitete sich geduldig von Monat zu Monat vor. Im Juni wurde er endlich fündig. *Ein Chippendale-Schrank – Ebenholz mit Intarsienarbeit.* Beim Anblick des Preises machten seine Brauen einen erstaunten Satz.

»Kein schlechtes Geschäft«, murmelte er und lächelte, als er den Namen des Käufers las. »Jeder macht einen hübschen, kleinen Profit.« Er steckte die Quittung ein und griff zum Telefon. Brewster könnte Davids Geschichte vielleicht recht interessant finden. Er hatte gerade zwei Ziffern gewählt, als er ein Auto vor dem Laden vorfahren hörte. Mit der einen Hand knipste er das Licht aus, mit der anderen zog er die Pistole.

Jessica raste die kurvige Landstraße entlang, die zu ihrem Laden führte. Wenn sie nur einen Funken Verstand besessen hätte, ärgerte sie sich, hätte sie David aufgetragen, die Nummer anzurufen, die Slade ihm gegeben hatte. Warum hatte sie ihm nicht wenigstens gesagt, er solle es so lange weiter im Laden versuchen, bis er Slade erreicht?

Nervös warf sie einen Blick auf ihre Armbanduhr. *Zehn Uhr!* O Gott, wenn sich der Mann, der Michael dort treffen wollte, doch nur verspäten würde! Slade war bestimmt im Hinterzimmer und stöberte die alten Rechnungen durch. Was würde der Mann tun, wenn er statt Michael Slade im Laden vorfand? Sie trat noch härter aufs Gaspedal und fegte durch eine Kurve.

Die Scheinwerfer eines entgegenkommenden Wagens blendeten sie so, dass sie vor Schreck das Lenkrad herumriss und der Wagen ins Schlingern geriet. Kieselsteine knallten scheppernd gegen die Kotflügel, doch dann brachte sie ihn wieder auf die Fahrbahn zurück.

Prima, dachte sie, während ihr das Herz in der Kehle hämmerte, fahr den Wagen nur zu Schrott. Damit hilfst du allen in dieser Situation am meisten. Leise fluchend wischte Jessica sich eine feuchte Hand an der Hose ab. Denk nicht nach, befahl sie sich. Fahr einfach – du bist gleich da. Sie hatte die Worte in Gedanken kaum ausgesprochen, da fing der Motor an zu stottern. Hektisch trat sie das Gaspedal bis zum Anschlag durch, mit dem Erfolg, dass sie den Motor abwürgte und das Auto ruckend stehen blieb.

»*Nein!*« Wütend schlug sie auf das Lenkrad ein. Die Nadel der Benzinanzeige vibrierte lahm unter der Reserve-Markierung. »Wie oft!«, fluchte sie. Wie oft hatte sie sich in den letzten Tagen ermahnt, bei der nächsten Tankstelle anzuhalten und zu tanken? Aber Selbstvorwürfe halfen ihr jetzt auch nicht weiter. Sie stieg aus, knallte die Tür zu und ließ den Wagen mit angeschalteten Scheinwerfern mitten auf der Straße stehen. Dann rannte sie los.

Slade stand mit dem Rücken an der Tür, die zum Hinterzimmer führte. Er hörte das leise Klicken des Türgriffs und dann das fröhliche Klingeln der Glocken. Er wartete, lauschte den leisen Schritten und dem regelmäßigen Atmen. Dann hörte er einen beherrscht geduldigen Seufzer.

»Sei nicht kindisch, Michael. Es bringt doch nichts, dich zu verstecken, wenn du den Wagen mitten vor der Ladentür geparkt hast. Außerdem solltest du doch wissen«, fügte er milde hinzu, »dass du dich vor mir nicht verstecken kannst.«

Slade stieß im Umdrehen mit der Schulter an den Schalter für die Deckenbeleuchtung, als er durch die Tür trat. »Chambers, habe ich Recht?«, sagte er freundlich. »Mit dem Faible für Schnupftabakdosen.« Er brachte seine Pistole in Anschlag. »Wir haben geschlossen.«

Ohne eine Miene zu verziehen, nahm Chambers den Hut ab. »Sie sind der Lagerist, nicht wahr?« Er kicherte leise. »Wie dumm von Michael, Sie zu schicken. Aber er hat ja noch nie seinen Mann gestanden.«

»Damit habe ich keine Probleme. Rippeon liegt in der Leichenhalle.« Als Chambers ihn nur freundlich, unverbindlich anlächelte, fuhr er fort: »Oder merken Sie sich nicht die Namen der Killer, die Sie anheuern?«

»Der Tod gehört zu den Unwägbarkeiten unseres Geschäfts«, meinte Chambers und hob elegant die Schultern. Er wusste, dass ein Mann gefährlicher war als seine Pistole und beobachtete Slades Augen. »Was hat Michael Ihnen versprochen, Mr. …«

»Sergeant«, korrigierte Slade. »Sladerman, New York Police Department, momentan zum FBI abkommandiert.« Slade bemerkte ein leichtes Flackern in Chambers' Blick. »Das Einzige, was ich mit Adams vorhabe, ist ein ruhiges … Gespräch in naher Zukunft über Jessica Winslow.« Bei dem Gedanken daran empfand Slade kurzzeitig ein grimmiges Vergnügen. »Das Spiel ist aus, Chambers. Wir observieren Adams schon eine geraume Zeit und ebenso einige Mitglieder Ihres Teams. Der Einzige, der uns noch gefehlt hat, sind Sie.«

»Eine kleine Fehleinschätzung meinerseits«, murmelte Chambers, während sein Blick durch den Laden schweifte. »Normalerweise schalte ich mich selbst nie in die Transporte ein. Aber Miss Winslow hat nun mal einen so außergewöhnlich interessanten Laden. Da konnte ich einfach nicht widerstehen. Zu schade.« Sein Blick heftete sich wieder auf Slade. »Sie sehen nicht so aus, als könnte man Sie bestechen … auch nicht mit einer lukratriven Summe.«

»Sie scheinen eine hervorragende Menschenkenntnis zu besitzen.« Die Pistole weiterhin im Anschlag, griff er zum Telefon, das auf der Theke stand.

Atemlos legte Jessica die letzten Meter bis zum Laden zurück. Hinter den Rollos sah sie Licht. Ihre Gedanken allein auf Slade konzentriert, stürmte sie in vollem Lauf durch die Tür.

Mit einer Geschwindigkeit, die man von einem Mann seiner Statur kaum erwartet hätte, schoss Chambers herum und packte Jessica in dem Augenblick, als sie in den Laden gestürzt kam. Blitzartig legte er ihr von hinten einen Arm um den Hals. Ehe sie noch begriff, was mit ihr geschah, spürte sie etwas Kaltes, Metallenes gegen ihre Schläfe drücken. Slade, der sich auf Chambers stürzen wollte, blieb abrupt stehen.

»Lassen Sie die Waffe fallen, Sergeant. Wie es scheint, ist das Spiel doch noch nicht zu Ende.« Als Slade zögerte, lächelte Chambers ihn milde an. »Ich versichere Ihnen, dass meine Waffe, obgleich sehr zierlich, außerordentlich gut schießt. Und auf diese kurze Entfernung ...« Er ließ das Ende des Satzes elegant in der Luft hängen.

Slade funkelte Jessica, die ihn mit vor Schreck aufgerissenen Augen anstarrte, zornig an, ehe er seine Pistole fallen ließ. »Okay.« Er hielt die leeren Hände hoch. »Lassen Sie sie gehen.«

Chambers bedachte ihn mit einem gutmütigen Lächeln. »Oh, nein, das wäre unklug. Ist sie doch im Augenblick so etwas wie eine Lebensversicherung für mich.«

»Mr. Chambers.« Jessica griff nach dem Arm, der ihr die Luft abschnürte.

»Der Sergeant ist nicht sonderlich erbaut über Ihr Timing, Miss Winslow«, meinte er galant. »Ich hingegen schon, sehr sogar. Es bereichert die Situation um einen, sagen wir mal, ganz neuen Aspekt.«

Slade warf einen schnellen Blick auf die Wanduhr zu seiner Rechten. Seiner Berechnung nach müsste David jeden Augenblick seinen Kontaktmann anrufen. Jetzt ging es darum, Chambers lange genug hinzuhalten. »Sie können sich die Kugel sparen«, bemerkte er, »wenn Sie sie weiter so würgen.«

»Oh, ich bitte um Verzeihung.« Chambers lockerte seinen Griff ein klein wenig, den Lauf der Pistole hielt er weiterhin an ihre Schläfe gedrückt. Jessica schnappte gierig nach Luft. »Ist sie nicht eine wundervolle Kreatur?«, sagte er an Slade gewandt. »Manchmal wünschte ich, ich wäre zwanzig Jahre jünger. So eine Frau macht sich gut am Arm eines Mannes, da stimmen Sie mir doch zu, oder?«

»Mr. Chambers, was führt Sie mitten in der Nacht hierher?« Das war zwar eine schwache Ansprache, aber etwas Besseres fiel Jessica momentan nicht ein. »Lassen Sie mich los und nehmen Sie dieses Ding da weg.«

»Ach, meine Teuerste, wir wissen doch alle, dass mir das nicht möglich ist. Ihnen zuliebe würde ich es ja gern tun«, setzte er hinzu, während Jessica ebenfalls die Augen nach der Uhr verdrehte. *Wie viel Zeit bleibt uns noch?*, überlegte sie verzweifelt.

»Sie könnte Ihnen nützlich sein«, bemerkte Slade trocken. »Sie werden ein Schild brauchen, um hier raus zu kommen.«

»Ich habe meinen … Fluchtweg bereits ausgearbeitet, Sergeant.« Er lächelte süffisant. »Ich lasse mir immer eine Hintertür offen.«

»Sie haben keine Chance, Mr. Chambers.« Jessica suchte Slades Blick, dann schielte sie bedeutungsvoll in Richtung Uhr. »Slade hat Ihnen gewiss gesagt, dass die Polizei über alles Bescheid weiß.«

»Ja, er erwähnte etwas Derartiges.« Ohne seinen Griff zu lockern, tätschelte er ihr die Schulter. »Ich habe eine kleine Schwäche für Sie entwickelt. Ja, in der Tat habe ich unsere netten Unterhaltungen bei einer Tasse Ihres exzellenten Tees sehr genossen. Es stimmt mich wirklich traurig, dass dies die letzte Lieferung ist, ehe ich mich wieder auf den Weg mache. Oh, ja«, fuhr er an Slade gewandt fort. »Ich war mir sehr wohl bewusst, dass die Behörden mir auf die Spur gekommen sind, obgleich ich zugeben muss, dass ich mich zeitlich etwas verschätzt habe. Und auch wenn es den Anschein hat, dass die Diamanten momentan verloren sind, so bin ich mir doch sicher, dass ich Michael irgendwann aufspüren werde.«

»Er hat sie nicht«, warf Jessica rasch ein und zerrte an Chambers' Arm, der ihr wieder die Kehle zudrückte.

»Nein?« Das Wort floss wie warmer Honig von seinen Lippen. Noch ehe Slade Anstalten machen konnte, einen Schritt in Chambers' Richtung zu wagen, hielt ihn dieser mit einem warnenden Blick in Schach. »Wo sind sie?«

Jessica schluckte hart und lauschte angestrengt, ob sie das Geräusch von Sirenen hören würde. *Wo blieb die Polizei nur?* »Ich werde es Ihnen zeigen.« Vielleicht könnte sie damit Slades Leben retten. Wenn er auf den Tauschhandel einginge und sie ihn aus dem Laden locken könnte, nur für kurze Zeit ...

»Oh, nein, so geht das nicht.« Sein Griff verstärkte sich wieder. »Sagen Sie mir, wo sie sind.«

»Nein«, gelang es ihr zu flüstern. »Ich führe Sie hin.«

Wortlos nahm Chambers den Lauf der Pistole von ihrer Schläfe und richtete ihn auf Slade.

»Nein, tun Sie das nicht! Sie sind bei mir zu Hause«, stieß sie keuchend hervor. »In meinem Wandsafe im Salon. Tun Sie ihm nichts, bitte! Ich gebe Ihnen die Kombination. Fünfunddreißig nach rechts, zwölf nach links, fünf rechts und dreiundzwanzig nach links. Sie sind alle im Safe. Ich habe nicht zugelassen, dass Michael sie an sich nimmt.«

»Ehrlich«, bemerkte Chambers. »Und vertrauensvoll. Ich bin stolz auf Sie, meine Teuerste. Deshalb schlage ich vor, Sie schließen jetzt die Augen. Wenn die Reihe an Ihnen ist, haben Sie mein Wort, dass ich es so schmerzlos wie möglich erledigen werde.«

Kaum hatte Slade zum Sprung angesetzt, stieß Jessica einen verzweifelten Schrei aus. »*Nein!*« Mit aller Kraft, die sie besaß, und getrieben von wilder Panik stürzte sie sich auf den Arm, der die Pistole hielt. Sie hörte das Echo des Schusses, als sie nach vorn stolperte, dann wurde sie grob zur Seite gestoßen.

Jessica sackte in sich zusammen. Sie spürte den messerscharfen Schmerz in der Schulter, als sie zu Boden stürzte, registrierte den metallenen Geschmack von Blut und Angst im Mund, als sie sich wieder hochrappelte. Sie schüttelte sich die Haare aus den Augen und sah im Hochblicken, wie Slades Faust auf Chambers zuflog. Der korpulente Mann schien noch im Fallen Stück für Stück auseinander zu brechen.

So schnell, dachte sie wie betäubt. So schnell war alles vorbei. Vor einer Sekunde noch hing ihr Leben an einem seidenen Faden, und jetzt war es vorbei. Nie wieder würde sie ihr Leben als selbstverständlich betrachten – nie wieder. Einer Ohnmacht nahe ließ sie sich gegen eine Kommode sinken.

»Slade …«

»Hol mir eine Schnur oder einen Strick aus dem Hinterzimmer, du Idiotin!«

Sie presste die Daumen zwischen die Augenbrauen und unterdrückte ein hysterisches Kichern. So sah nun das Happy End aus, dachte sie, während sie blindlings nach hinten stolperte. Nachdem sie sich die Angstschleier aus den Augen geblinzelt hatte, fand sie eine Rolle Paketschnur. Sie hielt sie in der Hand und starrte sie an, versuchte sich zu erinnern, wofür sie sie eigentlich brauchte.

»Verdammt, beeil dich!«, hörte sie Slade brüllen.

Wie in Trance ging sie zu Slade zurück. Viertel nach zehn, stellte sie fest, als sie an der Uhr vorbeiging. Wie konnte es angehen, dass es erst Viertel nach zehn war? War es möglich, dass Menschen auf der Schwelle zum Tod stehen und davonkommen konnten, und das alles innerhalb von zehn Minuten? Slade riss ihr die Schnur aus der Hand, ohne hochzusehen.

»Verdammt, Jess, was Dümmeres ist dir wohl nicht eingefallen! Was hast du dir dabei gedacht, hier hereinzuplatzen? Du weißt doch, dass du das Haus nicht hättest verlassen sollen.« Während er den bewusstlosen Chambers fesselte, fluchte Slade, ohne Luft zu holen.

»Michael hat mir etwas von zehn Uhr gesagt«, murmelte sie. »Und ich dachte …«

»Wenn du irgendetwas gedacht hättest, wärst du im Haus geblieben, wie ich es dir gesagt hatte. Was hast du denn geglaubt, etwa dass du hier hättest etwas ausrichten können? Verdammt, ich hatte ihn total unter Kontrolle, ehe du hier hereingeschossen kamst. Aber das reichte dir wohl noch nicht.« Er verknotete die beiden Enden der Schnur und ging dann an ihr vorbei zum Telefon. »Du musstest dich auch noch auf die Pistole stürzen.« Er riss den Hörer von der Gabel und fing an zu wählen. »Der Schuss hätte dich treffen können.«

»Ja.« In dumpfer Faszination starrte Jessica auf den roten Flecken, der sich am Ärmel ihres Pullovers ausbreitete. »Ich glaube, das hat er auch.«

»Was?«, knurrte Slade, drehte sich zu ihr um und ließ sofort den Hörer fallen. »Oh, mein Gott.« Mit zwei Schritten war er bei ihr und trennte mit einer raschen Bewegung den Ärmel am Saum ab. »Jess, er hat dich angeschossen!«

Die Brauen konzentriert zusammengekniffen, starrte Jessica auf die Wunde. »Ja, das hat er«, erwiderte sie mit der schleppenden Stimme einer Betrunkenen. »Ich spüre nichts. Sollte es wehtun? Da ist so viel Blut.«

»Halt den Mund, verdammt noch mal, sei endlich still!« Er untersuchte die Wunde und stellte fest, dass es ein sauberer Durchschuss war. Die Kugel hatte keinen Knochen getroffen, war nur durch Fleisch gedrungen. *Jessicas Fleisch*, dachte er. Sein Magen revoltierte. Er zog sein Hemd aus und riss es in Streifen, um ihr einen Druckverband anzulegen. »Du Idiotin. Du hast Glück gehabt, dass du nicht deinen Kopf in der Schusslinie hattest.« Seine Hände zitterten so, dass er Mühe hatte, den Verband ordentlich festzuzurren, und deshalb nur noch lauter fluchte.

»Es war doch nur eine kleine Pistole«, wandte sie leise ein.

Er warf ihr einen Blick zu, in dem die unterschiedlichsten Gefühle miteinander kämpften, aber Jessica sah nichts. »Eine Kugel ist eine Kugel«, knurrte er und musste unwillkürlich schlucken, als er ihr warmes Blut auf seiner Hand spürte. Auf seinem nackten Rücken bildeten sich Schweißperlen. »Verdammt, Jess, was wolltest du mit diesem idiotischen Sprung denn bezwecken? Ich wusste genau, was ich tat.«

»Tut mir schrecklich Leid.« Ihr Kopf wackelte ein bisschen, als sie ihn zurücklegte, um zu ihm hochzusehen. »Wie ungehörig von mir, eine Kugel aufhalten zu wollen, auf der dein Name stand.«

»Werd jetzt bloß nicht komisch«, zischte er durch zusammengebissene Zähne. »Wenn du nicht verletzt wärst, würde ich dich so zusammenstauchen, dass du unterm Teppich spazieren gehen könntest, das schwöre ich dir.« Er wollte sie halten und hatte Angst, dass sie in seinen Armen auseinander fiel. Sein hektischer Atem machte seine Kehle rau und trocken, während er versuchte, ihren Arm als Objekt und nicht als Teil von ihr zu betrachten. Als er mit dem Verbinden fertig war, stützte er sie mit einer Hand. »Vermutlich hast du diesen kühnen Sprung in einem dieser dämlichen Fernsehkrimis gesehen und dich deshalb auf die Pistole gestürzt, wie?«

»Nein.« Sie glaubte zu schweben, als er sie zu einem Stuhl führte. »Tatsächlich habe ich es deshalb getan, Sergeant, weil ich glaubte, er würde dich umbringen. Und da ich dich liebe, konnte ich das nicht zulassen.«

Slade blieb auf ihre Worte hin wie angenagelt stehen und starrte sie an. Er machte den Mund auf, um etwas zu sagen und musste feststellen, dass er keinen Laut hervorbrachte, geschweige denn einen Satz. Seine Hand fiel von ihrem unverletzten Arm ab.

»Es tut mir wirklich Leid«, sagte Jessica mit schleppender Stimme. »Aber ich glaube, ich werde ohnmächtig.«

Das Letzte, was sie neben dem sirrenden Bienenschwarm in ihrem Kopf hörte, war eine nicht enden wollende Flut von Verwünschungen, die Slade auf sie niederprasseln ließ.

Als Jessica langsam wieder zu sich kam und die Augen aufschlug, sah sie nur blendendes Weiß. Sie hatte das Gefühl, als schwebte ihr Körper, losgelöst von ihrem Verstand. Selbst der pochende Schmerz in ihrer Schulter schien nicht zu ihr zu gehören. Das Weiß wurde zu einem matten Grau und erhellte sich wieder, als ihr Blick sich langsam klärte und sie das weiße Etwas als Wand erkannte. Verwirrt starrte sie sie an.

Von Medikamenten betäubt, erkundete ihr Blick träge die unmittelbare Umgebung. Alle Wände waren weiß, stellte sie fest. Vor den Fenstern waren die Jalousien heruntergelassen, doch zwischen den horizontalen Rippen konnte sie den dunklen Nachthimmel erkennen. Die Jalousien waren weiß, genau wie der Verband an ihrem Arm, der sich nicht wie ein Teil von ihr anfühlte. Sie begann sich zu erinnern.

Sie stieß einen Seufzer aus, als sie auf dem weißen Nachttisch neben ihrem Bett eine blaue Plastikkaraffe und einen durchsichtigen Plastikbecher entdeckte. Krankenhaus, dachte sie und verzog das Gesicht. Sie hasste Krankenhäuser. Ein Gesicht beugte sich über sie und verdeckte ihr Blickfeld. Bernsteinfarbene Augen studierten hellblaue. Hübsche Augen, befand sie, in einem freundlichen, runden Gesicht mit beginnenden Hängebäckchen. Sie gewahrte den weißen Arztkittel und das unvermeidliche Stethoskop.

»Doktor«, krächzte sie leise und erschrak über ihre Stimme.

»Miss Winslow, wie fühlen Sie sich?«

Sie dachte einen Augenblick ernsthaft über die Frage nach. »Als hätte man auf mich geschossen.«

Mit einem amüsierten Glucksen nahm er ihr Handgelenk, um den Puls zu fühlen. »Eine vernünftige Antwort«, entschied er. »Sie sind schon wieder fit.«

»Wie lange …« Sie feuchtete sich die Lippen mit der Zungenspitze an und versuchte es noch einmal. »Wie lange bin ich schon hier?«

»Etwas über eine Stunde.« Er zog eine kleine Stablampe aus der Kitteltasche und leuchtete ihr kurz ins rechte Auge, dann ins linke.

»Mir kommt es wie eine Ewigkeit vor.«

»Das sind die Medikamente. Sie machen einen immer etwas träge. Haben Sie Schmerzen?«

»Nur ein Pochen, im Arm – der sich nicht wie meiner anfühlt.«

Er lächelte und tätschelte ihr die Hand. »Keine Sorge, es ist Ihrer.«

»Slade? Wo ist Slade?«

Seine Stirn legte sich kurz in Falten, glättete sich aber gleich wieder. »Der Sergeant? Der rennt draußen auf dem Korridor wie ein Verrückter auf und ab. Er hat sich hartnäckig geweigert, im Foyer zu warten, wie ich es angeordnet hatte.«

»Ja, er ist nur gut in Anordnungen erteilen.« Jessica hob den Kopf aus dem Kissen, ließ ihn aber sofort wieder fallen, als sich das Zimmer zu drehen begann.

»Bleiben Sie still liegen«, sagte er streng. »Sie werden ein Weilchen bei uns bleiben müssen.«

Sofort erschien die Trotzfalte zwischen ihren Brauen. »Ich mag keine Krankenhäuser.«

Er tätschelte ihr nur wieder die Hand. »Zu schade.«

»Lassen Sie Slade zu mir«, forderte sie mit so viel Nachdruck in der Stimme, wie sie aufbringen konnte. Ihre Lider wurden schwer, aber sie zwang sich, sie offen zu halten. »Bitte«, setzte sie hinzu.

»Mir scheint, Sie lassen sich genauso ungern etwas sagen wie er.«

»Ja.« Sie brachte ein Lächeln zustande. »Das stimmt.«

»Ich schicke ihn herein. Aber nur für ein paar Minuten.« Anschließend, dachte er mit einem geschulten Blick auf ihre schweren Augenlider, werden Sie die nächsten vierundzwanzig Stunden durchschlafen.

»Danke.«

Abwesend nickend, raunte er der Schwester, die gerade das Zimmer betrat, etwas zu.

Slade trabte im Korridor auf und ab wie ein Tiger im Käfig. Dutzende Gedanken und Ängste schossen ihm durch den Kopf. Hinter seiner rechten Schläfe hämmerte ein pulsierender Schmerz. Sie war so blass gewesen – nein, das war nur der Schock, sie würde sich davon erholen. Im Krankenwagen war sie bewusstlos geworden. Das war vielleicht ganz gut so – sie hätte sonst wahrscheinlich ziemlich starke Schmerzen gehabt. Verdammt, wo blieb nur der Doktor? Wenn ihr irgendetwas geschah … Sein Magen revoltierte wieder. Slade schluckte, versuchte seine Bauchmuskeln zu entspannen, ließ Wut die Angst vertreiben. Seine Kopfschmerzen strahlten in den Nacken aus. Wenn er sie nicht bald sehen durfte, dann …

»Sergeant?« Slade packte den Arzt am Revers seines Kittels. »Jess? Wie geht es ihr? Ich will sie sehen. Kann ich sie mit nach Hause nehmen?«

Versiert im Umgang mit aufgeregten Ehegatten, Eltern und Geliebten, schlug der Doktor einen ruhigen Tonfall an und machte sich nicht einmal die Mühe, sich aus Slades Griff zu befreien. »Sie ist wach«, erklärte er schlicht. »Setzen wir uns doch.«

Slades Finger schlossen sich fester um den weißen Stoff. »Warum?«

»Weil ich seit heute Morgen um acht Uhr auf den Beinen bin«, gab er zurück, entschied sich aber seufzend, dass es in diesem Fall besser war, mit seinem Gegenüber stehend zu verhandeln. »Miss Winslow geht es den Umständen entsprechend gut.«

»Und was, zum Kuckuck, bedeutet das?«

»Genau das, was die Worte besagen«, gab der Doktor gleichmütig zurück. »Die Sanitäter haben perfekte Arbeit geleistet. Und bezüglich Ihrer zweiten Frage: Ja, Sie können sie kurz sehen, und nein, Sie könne sie nicht mit nach Hause nehmen. Hat sie irgendwelche Angehörigen?«

Slade spürte, wie er blass wurde. »Angehörige? Was meinen Sie damit? Die Wunde war nicht so schlimm, es war ein glatter Durchschuss. Binnen einer halben Stunde war sie im Krankenhaus.«

»Sie haben das alles prima gemacht«, beschied ihm der Arzt. »Ich möchte sie aber trotzdem ein paar Tage zur Beobachtung hier behalten. Und ich muss wissen, wen ich benachrichtigen soll.«

»Beobachtung?« Schreckensvisionen spukten ihm durch den Kopf. »Was fehlt ihr denn?«

»Einfach ausgedrückt: Erschöpfung und Schock. Oder bevorzugen Sie medizinische Fachausdrücke?«

Slade schüttelte den Kopf, ließ die Hände sinken und drehte sich um. »Nein.« Er rieb sich übers Gesicht. »Das ist alles? Wird sie wieder ganz gesund?«

»Ja, sie braucht nur Ruhe und Fürsorge. Wie ist das nun mit ihrer Familie?«

»Sie hat hier niemanden.« Weil er nicht wusste, wohin mit seinen Händen, schob er sie in die Jackentaschen. Ein Gefühl seltener Hilflosigkeit überfiel ihn und entzog ihm die Kraft, die Anspannung und Wut ihm verliehen hatten. »Ich werde die Verantwortung übernehmen.«

»Ich weiß, dass es hier um eine polizeiliche Maßnahme geht, Sergeant, aber in welchem Verhältnis genau stehen Sie zu Miss Winslow?«

Slade stieß ein kurzes Lachen aus. »Babysitter«, murmelte er und wiederholte dann noch einmal mit kräftiger

Stimme: »Ich übernehme die Verantwortung. Setzen Sie sich mit Commissioner Dodson in Verbindung, New York Police Department – er wird meine Angaben bestätigen.« Slade wandte sich wieder um und fixierte den Doktor mit einem direkten Blick. »Ich möchte sie sehen. Jetzt.«

Jessica beobachtete die Tür, als Slade sie öffnete. Auf ihren Lippen erschien ein Lächeln. »Ich wusste, dass du dich an den Wachen vorbeischmuggeln würdest. Kannst du mich hier rausholen?« Die Hände immer noch in den Taschen vergraben, trat er an ihr Bett. Sie war so weiß wie die Bettwäsche, auf der sie lag. Nur ihre Augen hoben sich ein wenig von ihrem blassen Gesicht ab. Slade dachte daran, wie sie an diesem ersten Tag ihrer Begegnung gewesen war – vibrierend vor Energie und Lebenslust. Ein Gefühl der Unzulänglichkeit überkam ihn und ließ ihn die Hände in den Taschen zu Fäusten ballen.

»Wie fühlst du dich?«

»Ich sagte dem Arzt schon, dass ich mich fühle wie angeschossen.« Vorsichtig berührte sie den Verband an ihrem Arm. »Nein, eigentlich fühle ich mich, als hätte ich ein Dutzend Martinis gekippt und wäre von einer Klippe gestürzt.« Sie seufzte und schloss für einen Moment die Augen. »Du wirst mich hier nicht rausholen, stimmt's?«

»Richtig.«

»Das dachte ich mir schon.« Resigniert hob sie die Lider und starrte die blaue Plastikkaraffe an. »Slade. Die Diamanten, da habe ich gelogen. Ich habe sie unter den Sitz meines Wagens geworfen. Und der steht mitten auf der Straße, auf dem Weg zum Laden. Mir ist das Benzin ausgegangen.« Jetzt sah sie ihn an. »Er ist nicht einmal abgeschlossen. Und …« Slade schwieg.

Jessica feuchtete sich die Lippen an. »Ich habe Michael Geld gegeben, damit er abhauen kann. Das fällt wohl unter Beihilfe zur Flucht oder so etwas, nicht wahr? Ich nehme an, ich stecke jetzt in Schwierigkeiten.«

»Darum kümmere ich mich schon.«

Trotz ihrer Benommenheit war sie überrascht. »Schreist du mich denn nicht an?«

»Nein.«

Sie hatte Mühe, die Augen offen zu halten, lachte aber. »Ich muss mich anscheinend öfter anschießen lassen.« Sie streckte ihm die Hand entgegen, nicht bemerkend, dass er zögerte, sie zu ergreifen. »David hatte nichts mit der ganzen Sache zu tun. Michael hat mir alles erzählt. David hatte nicht die geringste Ahnung, was da ablief.«

»Ich weiß.«

»Offenbar hatte ich halb Recht«, murmelte sie.

»Jess …« Ihre Hand fühlte sich so zerbrechlich an. »Es tut mir Leid.«

»Was denn?« Jessica brachte nicht mehr die Kraft auf, die Augen offen zu halten. Die Welt war sanft und grau, als sie sie schloss. Sie glaubte zu spüren, dass seine Finger sich um die ihren schlossen, war sich aber nicht ganz sicher. »Du hast doch nichts getan.«

»Nein.« Slade sah auf ihre Hand herab. Sie war jetzt ganz schlaff; wenn er sie losließe, würde sie auf die Bettdecke fallen. »Deshalb tut es mir ja Leid.«

»Jetzt ist doch alles vorbei, oder, Slade?«

Sie atmete tief und regelmässig, war eingeschlafen, ehe er noch antworten konnte. »Ja, es ist alles vorbei, Jess.« Er beugte sich über sie, drückte ihr einen Kuss auf die Lippen und verließ leise das Zimmer.

12

Slade unterdrückte das unangenehme Déjà-vu-Gefühl, als er im Vorzimmer des Commissioners wartete. Seine finstere Miene war noch ausgeprägter als beim ersten Mal, als er hier gesessen hatte. Drei Wochen waren vergangen, seit er Jessicas Krankenbett verlassen hatte.

Vom Krankenhaus aus war er direkt zu ihr nach Hause gefahren. Dort hatte er alles einem verwirrten, dann wütenden und schließlich völlig durchgedrehten David erklären müssen.

»Angeschossen? Was meinen Sie mit *angeschossen*?« Slade sah immer noch Davids schneeweißes, angstverzerrtes Gesicht vor sich, hörte noch immer seine wütenden Worte: »Wenn Sie ein Cop sind, warum haben Sie sie dann nicht beschützt?«

Darauf hatte er keine Antwort gewusst. Slade war hinaufgegangen und hatte gepackt, noch während David die Nummer des Krankenhauses wählte. Dann war er nach Hause gefahren, hatte die endlosen Meilen bis nach New York in dumpfer Resignation zurückgelegt.

Slade hatte sich vorgenommen, Jessica zu vergessen, genau wie er diesen letzten Auftrag seiner Polizeikarriere vergessen wollte.

Sie würde die notwendige Ruhe und Pflege erhalten, die sie brauchte. Wenn sie so weit genesen war, dass sie das

Krankenhaus verlassen konnte, würde dieser Albtraum hinter ihr liegen.

Zu Hause angekommen, tat die völlige Erschöpfung, die einer langen Zeit der intensiven Anspannung folgt, ihr Übriges. Er fiel ins Bett und schlief einmal rund um die Uhr. Doch sein erster Gedanke nach dem Aufwachen hatte wieder Jessica gegolten.

Er hatte täglich im Krankenhaus angerufen und sich eingeredet, dass er die Sache nur anständig zu Ende bringen wollte. Die Antworten waren immer die gleichen – sie befände sich auf dem Weg der Besserung. Es gab Tage, da musste Slade mit aller Kraft gegen den übermächtigen Wunsch ankämpfen, ins Auto zu steigen und zu ihr zurückzufahren. Dann wurde sie entlassen. Und er sagte sich, dass das das Ende der Geschichte sei.

Slade hatte sich in eine wahre Arbeitsorgie gestürzt. Binnen sechzehn Stunden, bei zugesperrter Tür und ausgehängtem Telefon, hatte er seinen Roman fertig geschrieben. Nachdem er seinen Abschied eingereicht hatte, waren nur noch ein paar Behördengänge zu absolvieren gewesen. Er unterschrieb den Vertrag mit dem Verlagshaus und schickte seinem Agenten eine Kopie seines zweiten Romans zu.

Die Berichte und Besprechungen über den Schmuggelfall ließen Jessicas Bild täglich von Neuem wieder auferstehen. Slade füllte seine Ermittlungsberichte aus und beantwortete die anstehenden Fragen mit einer Knappheit, die an Schroffheit grenzte. Die Würdigungen seines Einsatzes ließ er mit eisernem Schweigen über sich ergehen. Er wollte dieses Kapitel endlich hinter sich bringen – abschließen. Er rief sich immer wieder in Erinnerung, dass er zum ersten Mal seit dreiunddreißig Jahren selbst über sein Leben bestimmte. Doch sie ließ ihn nicht in Ruhe.

Sie war in der Nacht bei ihm, wenn er sich schlaflos in seinem Bett herumwälzte. Am Nachmittag, wenn er konzentriert an der Rahmenhandlung für seinen neuen Roman zu arbeiten versuchte. Sie war immer und ständig gegenwärtig, ob er nun allein durch die Straßen lief oder mit Freunden zusammen war.

Er sah sie am Strand, lachend, das Haar vom Wind zerzaust, wie sie Treibholz auflas und es für Ulysses in hohem Bogen durch die Luft warf. Er sah sie in der kleinen Küche im Hinterzimmer ihres Ladens Toastbrot in Scheiben schneiden, während die Sonne sich in ihrem Haar fing. Obwohl er versuchte, ihre Stimme auszublenden, hörte er sie seinen Namen murmeln, wie damals, als sie in seinen Armen gelegen hatte, weich und warm und anschmiegsam. Und dann sah er sie schneeweiß im Gesicht und bewusstlos – und ihr Blut an seinen Händen.

Das Schuldgefühl, das er bei diesen Bildern empfand, war so unerträglich, dass er sich kopfüber in die Arbeit stürzte und die Personen, die er für seine Geschichte erfand, dazu benutzte, die Erinnerung an Jessica auszumerzen. Doch alle diese Personen schienen Jessica irgendwie zu ähneln – in einer Geste, im Ausdruck, in der Sprache. Wie konnte er jemandem entfliehen, der anscheinend genau wusste, wohin er rannte, wie schnell und wie weit?

Jetzt, als er abermals in Dodsons Vorzimmer saß, redete Slade sich ein, dass dies definitiv das Ende der Geschichte sei. Er wusste schon die ganze Zeit, dass Dodson auf einem persönlichen Gespräch bestehen würde. Wenn das durchgestanden war, war die Geschichte wirklich abgeschlossen.

»Sergeant?«

Er sah zu der Sekretärin hoch, diesmal unempfänglich

für das einladende Lächeln, das sie ihm schenkte. Er erhob sich wortlos und folgte ihr in Dodsons Büro.

»Slade.« Dodson lehnte sich in seinem Stuhl zurück, als Slade eintrat, und nickte seiner Sekretärin kurz zu. »Keine Anrufe«, wies er sie an. »Bitte, setzen Sie sich.«

Schweigend nahm Slade vor dem Schreibtisch Platz, während der Commissioner genüsslich an seiner Zigarre zog, bis das Ende aufglühte. Der Rauch, den er ausblies, schwebte als wirbelnde Wolke zur Decke, die Dodson mit offensichtlicher Faszination auf ihrem Weg verfolgte.

»Man darf Ihnen also gratulieren.« Als Slade seine einführenden Worte nur mit einem schweigenden Blick quittierte, fuhr Dodson fort. »Zu Ihrem Buch«, sagte er und spielte abwesend mit seiner Krawattennadel. »Es tut uns Leid, Sie zu verlieren.« Wortlos wartete Slade, bis der Freundlichkeiten Genüge getan waren. »Ihr letzter Fall« – Dodson beugte sich vor, um die Asche abzustreifen – »ist gelöst und erfolgreich abgewickelt. Dass wir eine Verurteilung erreichen, steht außer Zweifel, denke ich. Sie wissen wahrscheinlich, dass Michael Adams ein volles Geständnis abgelegt hat.«

Er blickte Slade fragend an und bekam wieder keine Antwort. »Die Domino-Theorie scheint im vorliegenden Fall bestens zu funktionieren – ein Name führt zu einem anderen. Was Chambers betrifft, so haben wir genügend Anklagepunkte, um ihn aus dem Verkehr zu ziehen: Anstiftung zum Mord, versuchter Mord – vielleicht sogar vorsätzlicher Mord in diesem Fall in Paris – und nicht zuletzt Diebstahl und Schmuggel. Nein …« Dodson betrachtete interessiert die glimmende Spitze seiner Zigarre. »Ich glaube, um den brauchen wir uns in nächster Zeit keine Sorgen mehr zu machen.«

Er wartete ganze dreißig Sekunden, dann sprach er weiter, als führte er eine ganz normale Unterhaltung. »Sie werden Ihre Zeugenaussage machen müssen, wenn der Fall vor Gericht verhandelt wird, aber das sollte Ihre neue Karriere nicht allzu sehr beeinträchtigen.« *Dickköpfiger, junger Spunt*, dachte er, angelegentlich an seiner Zigarre paffend. Dabei beschloss er, die eiserne Selbstbeherrschung seines Gegenübers mittels eines Namens auf die Probe zu stellen. »Jessica hat mir erzählt, dass sie Michael ein paar Tausend Dollar gegeben hat, damit er seine Flucht finanzieren kann.«

Er forschte in Slades Gesicht nach den Anzeichen irgendeiner Reaktion und entdeckte tatsächlich ein minimales Flackern in seinen Augen – wenn auch nur für den Bruchteil einer Sekunde. Aber mehr brauchte er nicht, um die Vermutung zu bestätigen, die er seit der jüngsten Begegnung mit seiner Patentochter hegte. »Sie glaubt, sich dadurch der Beihilfe zu einem Verbrechen mitschuldig gemacht zu haben. Seltsam, Michael erwähnte mit keinem Wort, dass sie ihm Geld gegeben hat, dabei habe ich persönlich mit ihm gesprochen. Es wird gemunkelt, dass Sie ebenfalls mit ihm gesprochen haben, kurz nach seiner Verhaftung …« Dodson ließ den Satz mit dem viel sagenden Heben einer Braue verklingen. Da Slade nicht nach dem Köder schnappte, fuhr Dodson unverzagt fort. Er hatte in seiner Laufbahn schon einige harte Nüsse geknackt – sowohl auf der Straße als auch hinter dem Schreibtisch.

»Ich vermute, ein paar wohlgesetzte Worte reichten aus, um Michael zum Schweigen zu bringen. Und den Verlust von ein paar Tausendern wird Jessica sicher verschmerzen können. Schwieriger hingegen könnte es werden, *sie* zum Schweigen zu gemahnen.« Er lächelte. »Ihr Rechtsempfinden, Sie wissen ja.«

»Wie geht es ihr?« Die Worte waren ausgesprochen, ehe Slade es noch verhindern konnte. Obwohl er einen stummen Fluch ausstieß, zeigte Dodson keine Reaktion.

»Sie sieht wieder ganz gut aus.« Er schlug elegant ein Bein über das andere. »Ich sage Ihnen, Slade, ich bin erschrocken, als ich sie im Krankenhaus besuchte. Jessica war in ihrem ganzen Leben noch keinen Tag krank, und ... tja, ihr Anblick war wirklich ein Schock.« Slade steckte sich eine Zigarette zwischen die Lippen und strich mit mehr Kraft als nötig ein Streichholz an. »Aber sie ist rasch wieder auf die Beine gekommen«, setzte Dodson, sehr zufrieden mit Slades Reaktion, die einseitige Unterhaltung fort. »Hat den armen Doktor so lange traktiert, bis er sie endlich entlassen hat, und sich dann sofort wieder kopfüber in die Arbeit gestürzt.

Ihr geliebter Laden. Er grinste Slade kurz an. »Ich nehme nicht an, dass ihre traurige Berühmtheit sich negativ auf ihre Geschäfte auswirken wird.« Dodson, dem die Anspannung in Slades Schultern nicht entgangen war, legte bewusst eine Pause ein, um umständlich seine Zigarre auszudrücken. »Sie scheint große Stücke von Ihnen zu halten.«

»Tatsächlich?« Slade stieß eine dicke Rauchwolke aus. »Mein Auftrag war, für ihre Sicherheit zu garantieren – und den habe ich denkbar schlecht ausgeführt.«

»Sie ist in Sicherheit«, korrigierte Dodson. »Und so dickköpfig wie eh und je. David und ich haben versucht, sie zu überreden, nach Europa zu fliegen und sich etwas Zeit zu nehmen, um dort neue Kontakte zu knüpfen. Aber davon wollte sie nichts wissen.« Er lehnte sich in seinem Sessel zurück und erlaubte sich die Andeutung eines Lächelns. »Meinte doch glatt, sie werde sich nicht vom Fleck rühren.«

Slades Blick, der ziellos im Raum umhergeschweift war, heftete sich augenblicklich auf Dodsons Gesicht. Die unterschiedlichsten Gefühle glommen in seinen Augen auf und wurden im nächsten Moment unterdrückt. »Kaum zu glauben«, brachte er mühsam heraus. »Das hat sie bisher nie getan.«

»Ja, das sagte sie mir.« Dodson legte die Fingerspitzen aneinander. »Sie hat mir die ganze Geschichte erzählt – und dabei etliche Einzelheiten erwähnt, die Sie in Ihrem Bericht ausgelassen haben. Aber ich nehme an«, fuhr Dodson nachsichtig fort, als Slade ihn mit einem misstrauischen Blick fixierte, »dass Sie einfach zu viel um die Ohren hatten.«

»Ja, da mögen Sie Recht haben«, gab Slade zurück.

Dodson schürzte die Lippen, ob nachdenklich oder zustimmend, konnte Slade nicht sagen. »Jessica scheint zu glauben, dass sie die ganze Angelegenheit schlecht gemeistert hat.«

»Sie hat sie viel zu gut gemeistert«, widersprach Slade grimmig. »Wenn sie unter der Anspannung zusammengebrochen wäre, hätte ich sie aus dem Haus wegbringen können.«

»Ja, nun ... das ist natürlich eine Frage des Standpunkts.« Dodsons Blick fiel auf das gerahmte Foto, das seine Frau mit den Kindern zeigte. Auch er vertrat mitunter andere Standpunkte als die Frau auf dem Foto. Unwillkürlich dachte er an den Ausdruck in Jessicas Augen, als sie ihn nach Slade gefragt hatte. »Nachdem nun alles vorbei ist«, versuchte er, »bin ich mir nicht sicher, ob sie nicht doch noch zusammenklappt – die verspätete Reaktion auf solche Ereignisse, Sie kennen das ja.«

Slade unterdrückte das spontane Bedürfnis, sie zu beschützen und zu verteidigen. »Sie wird darüber hinwegkommen. In ihrem Haus gibt es genug Leute, die sich um sie kümmern.«

Dodson lachte. »Normalerweise ist es umgekehrt. Die meiste Zeit kümmert sie sich um ihre Angestellten. Betsy wird natürlich so lange um sie herumglucken, bis Jessica kurz davor ist, einen Schrei loszulassen. Was sie selbstverständlich dann doch nicht tun wird. Schließlich ist Betsy seit zwanzig Jahren bei ihr. Und dann ist da noch die Köchin, die beinahe genauso lange im Haus ist. Sie macht übrigens fantastische Kekse.« Er unterbrach sich. »Ich glaube, es ist jetzt drei Jahre her«, erinnerte er sich. »Damals hat Jessica sämtliche Arztrechnungen bezahlt, als die Köchin einen Schlaganfall erlitt. Ich nehme an, Sie haben den alten Joe kennen gelernt. Den Gärtner.«

Slade ließ einen grunzenden Laut hören und drückte seine Zigarette aus. »Er muss an die neunzig sein.«

»Zweiundneunzig, wenn mein Gedächtnis mich nicht trügt. Jessica bringt es nicht übers Herz, ihn in den wohlverdienten Ruhestand zu schicken und heuert den Sommer über einen jungen Burschen an, der die schwereren Arbeiten erledigt. Das Hausmädchen, die kleine Carol, ist die Tochter des ehemaligen Chauffeurs ihres Vaters. Als er starb, nahm sie das Mädchen ins Haus. Ja, das ist Jessica.« Er seufzte tief. »Loyal. Ihre Loyalität ist eine ihrer sympathischsten Tugenden, auch wenn sie sie mitunter zu unverständlichen Handlungen animiert.« Und jetzt, entschied Dodson, war die Zeit reif, die Bombe platzen zu lassen. »Sie hat für Michael einen Anwalt engagiert.«

Diesmal reagierte Slade blitzschnell. »Sie hat *was* getan?«, knurrte er zornentbrannt.

Während Dodson die Hände in einer hilflosen Geste in

die Luft reckte, verkniff er sich mühsam das Grinsen. »Sie meinte, das sei sie ihm schuldig.«

»Wie kommt sie denn auf diese Wahnidee?«, wollte Slade wissen. Seine Beherrschung hatte ihn schlussendlich doch im Stich gelassen. Er sprang auf und stapfte wütend durch Dodsons Büro.

»Wenn er nicht für sie gearbeitet hätte, meinte sie, wäre er nicht in diesen Schlamassel verwickelt worden«, erklärte Dodson und zuckte die Achseln. »Ihnen brauche ich ja nicht zu erzählen, wie verquer ihr Verstand bisweilen arbeitet.«

»Hm, falls er überhaupt arbeitet. Adams ist doch derjenige, der sie da hineingezogen hat. Er ist für alles verantwortlich, was ihr zugestoßen ist. Zweimal hat man sie beinahe umgebracht, und nur deshalb, weil der Kerl nicht Manns genug war, sie davor zu bewahren.«

»Ja«, stimmte ihm Dodson zu. »*Er* ist der Verantwortliche.« Die Betonung des Pronomens *er* war leicht, aber nichtsdestoweniger bedeutungsvoll. Slade fuhr daraufhin prompt herum. Der Ausdruck, der in Dodsons Augen lag, als er Slades Blick festhielt, war zu verständnisvoll und zu wissend. Einen Moment lang glaubte er, Slades Vater vor sich zu sehen – impulsiv, gefühlvoll, heißblütig. Doch Tom, sinnierte Dodson, war nie in der Lage gewesen, gegen solche übermächtigen Gefühle anzukämpfen und sie zu besiegen. Slade wandte sich wieder von ihm ab.

»Wenn sie ihm einen Anwalt besorgt, ist das ihre Sache«, murmelte er. »Das geht mich nichts an.«

»Nein?«

»Sehen Sie, Commissioner«, Slade drehte sich in einem plötzlichen Anfall von Zorn um, »ich habe den Auftrag angenommen und ihn zu Ende geführt. Ich habe meinen Bericht geschrieben und den Fall mit meinen Vorgesetzten besprochen. Und ich habe meinen Abschied eingereicht. Für mich ist die Sache erledigt.«

Bleibt abzuwarten, ob du dich davon auch selbst überzeugen kannst, dachte Dodson bei sich und streckte Slade die Hand entgegen. »Ja, wie ich schon sagte, es tut uns Leid, Sie zu verlieren.«

Die Luft roch nach Schnee, als Slade aus seinem Auto stieg. Er sah hoch in den Himmel – kein Mond, keine Sterne. Es wehte ein scharfer Wind, der leise heulend durch die kahlen Bäume pfiff. Slade ließ den Blick zum Haus wandern. Hinter einigen Fenstern brannte Licht; im Salon und in Jessicas Schlafzimmer. Doch dort erlosch es, noch während er auf das Fenster starrte.

Vielleicht ist sie zu Bett gegangen, dachte er und zog die Schultern hoch, um sich vor der Kälte zu schützen. Ich sollte wieder fahren – ich hätte gar nicht herkommen dürfen. Noch während er darüber nachdachte, stieg er die Treppe zur Haustür empor. Er sagte sich, er sollte umkehren, zurück zu seinem Wagen gehen und nach New York zurückfahren. Im Stillen den Teufel verfluchend, der ihn geritten hatte, sich auf diesen Weg zu machen, hob er die Hand, um an die Tür zu klopfen.

Noch ehe seine Faust das verwitterte Holz berührte, flog die Tür auf. Er hörte Jessicas unbeschwertes Lachen, spürte Fell an seinem Bein vorbeistreifen, sah sie durch die Tür stürmen und erwischte sie gerade noch, bevor sie ihn umrannte.

Alles, alles was er zu vergessen versucht hatte, nahm in diesem Augenblick wieder Gestalt an – die Erinnerung, wie sie sich anfasste, wie sie duftete, der Geschmack ihrer Haut auf seinen Lippen. Dann warf Jessica den Kopf zurück und sah ihm direkt ins Gesicht.

Ihre Augen glitzerten vor Lebendigkeit, ihre Haut war vom Lachen gerötet. Während er wie angenagelt vor ihr stand, formten ihre Lippen ein Lächeln für ihn, dass ihm die Knie weich wurden.

»Hallo, Slade. Entschuldige, wir hätten dich beinahe niedergewalzt.«

Ihre Worten enthielten mehr Wahrheit, als sie ahnte, dachte er. Er ließ sie los und machte einen Schritt zurück. »Gehst du aus?«

»Nur schnell mit Ulysses an den Strand.« Jessica warf einen Blick über die Schulter. »Und jetzt ist er weg.« Sie drehte sich wieder zu Slade um und streckte ihm die Hand entgegen. »Schön, dich zu sehen. Komm doch auf einen Drink rein.«

Zögernd trat Slade durch die Tür, ergriff jedoch nicht die angebotene Hand. Jessica warf ihre Jacke wie üblich über den Treppenpfosten und schloss, während sie ihm den Rücken zukehrte, für einen Moment die Augen. »Komm, lass uns in den Salon gehen«, rief sie kurz darauf fröhlich. »Ich habe Feuer im Kamin gemacht.«

Ohne seine Antwort abzuwarten, rannte Jessica vorneweg. Sie bewegte sich wieder mit ihrer gewohnten Geschwindigkeit, stellte Slade fest. Und die Schatten unter ihren Augen waren auch verschwunden – als hätten sie nie existiert. Sie war wieder die Jessica, die er kannte – eine Frau mit unerschöpflicher Energie. Er folgte ihr ganz langsam in den Salon, wo sie ihm bereits einen Scotch einschenkte.

»Ich freue mich ja so, dass du gekommen bist«, sagte sie und hob eine Karaffe hoch, von der sie nicht wusste, was sie enthielt. Ohne ihren Redefluss zu unterbrechen, schenkte sie auch für sich ein Glas ein. »Das Haus ist so leer. Die ersten Tage war es ja wundervoll, aber jetzt bedaure ich es fast, dass ich alle fortgeschickt habe. Ich musste natürlich ein Lügenmärchen erfinden, um sie loszuwerden.« Du redest viel zu schnell, ermahnte sie sich, konnte sich aber nicht bremsen. »Ich habe David und den Angestellten erzählt, ich würde nach Jamaika fliegen, um mich eine Woche in die Sonne zu legen, dann habe ich jedem ein Flugticket in die Hand gedrückt und sie aus dem Haus gescheucht.«

»Du solltest nicht allein sein.« Er sah sie grimmig an, als sie ihm sein Glas reichte.

»Warum nicht?« Lachend warf sie das Haar zurück. »Ich habe es nicht mehr ertragen, wie eine Kranke behandelt zu werden. Das Vergnügen hatte ich in der Klinik lange genug.« Sie nippte an ihrem Drink und schlenderte zum Kamin. Sie wollte ihm nicht zeigen, wie verletzt sie war. Jeden Tag, den sie in diesem sterilen Krankenzimmer verbringen musste, hatte sie auf seinen Anruf gewartet, hatte darauf gehofft, dass die Tür aufging und Slade sie besuchen kam. Aber nichts. Er hatte sich aus ihrem Leben geschlichen, als sie zu schwach gewesen war, ihn daran zu hindern. Slade starrte auf ihren schmalen, geraden Rücken und fragte sich, wie er sich wieder verabschieden konnte, ohne sie anzufassen.

»Wie geht es dir?«, erkundigte er sich knapp.

Jessica schloss ihre Hand fester um das Glas. *Interessiert dich das wirklich?*, dachte sie und spülte die Worte mit einem kräftigen Schluck hinunter. Dann drehte sie sich lächelnd zu ihm zu. »Wie sehe ich aus?«

Er starrte sie an und spürte, wie sich in seinem Magen

ein Feuerball des Verlangens entzündete. »Du solltest etwas Gewicht zulegen.«

Sie lachte kurz auf. »Vielen Dank für das Kompliment.« Um sich abzulenken, ging sie zum Klavier und klimperte auf den Tasten herum. »Hast du deinen Roman fertig geschrieben?«

»Ja.«

»Dann läuft für dich ja alles prima.«

»Ja.« Er nahm einen großen Schluck Scotch, um den Schmerz in seinem Magen zu betäuben.

»Hat deiner Mutter die Figur gefallen?«

Verwirrt runzelte er die Stirn. »Ach, die. Ja, sie hat ihr gefallen.«

Das Schweigen, das sich zwischen ihnen ausbreitete, wurde vom Knistern der Holzscheite und den wahllos angeschlagenen Tönen unangenehm verstärkt. Es gab zu viel zu sagen, dachte Slade. Und wiederum auch nichts zu sagen. Abermals verfluchte er sich, dass er überhaupt gekommen war.

»Du arbeitest wieder?«, fragte Slade.

»Ja. Die Zeitungsberichte haben ganze Karawanen von Kunden angelockt. Aber das wird sich sicher wieder geben. Hast du den Dienst schon quittiert?«

»Ja.«

Und wieder verfielen sie in Schweigen, das immer dichter wurde. Jessica studierte die Klaviertasten, als wollte sie eine Symphonie komponieren. »Du bist gekommen, um die letzten losen Fäden zu verknüpfen, nicht wahr?«, murmelte sie. »Bin ich so ein loser Faden, Slade?«

»Ja, so was Ähnliches«, brummte er.

Ihr Kopf schnellte in die Höhe, und für einen Moment fixierte sie ihn mit einem sengenden Blick. Dann wandte sie sich ab und schlenderte zum Fenster. »Na dann«, flüsterte sie und malte mit dem Zeigefinger Männchen auf die Scheibe. »Ich glaube, ich habe allen zuständigen Behörden genauestes Auskunft gegeben. Ständig sind irgendwelche Männer in schwarzen Anzügen an meinem Krankenbett vorbeidefiliert.« Sie ließ einen Arm fallen. »Warum bist du nicht gekommen … oder hast wenigstens angerufen?« Sie starrte auf den Schein der Lampe, der sich in der Fensterscheibe spiegelte und schaffte es, ihre Stimme gleichmütig klingen zu lassen. »Hättest du mit mir nicht ein abschließendes Gespräch für deinen Bericht führen müssen – oder bist du deshalb heute gekommen?«

»Ich habe keine Ahnung, warum, zum Teufel, ich gekommen bin«, versetzte er barsch und knallte sein leeres Glas auf den Tisch. »Ich habe dich nicht besucht, weil ich dich nicht sehen wollte. Ich habe nicht angerufen, weil ich nicht mit dir sprechen wollte.«

»Tja, das erklärt natürlich alles.«

Er machte einen Schritt auf sie zu, hielt inne und schob die Hände in die Taschen. »Wie geht es deinem Arm?«

»Alles in Ordnung.« Abwesend berührte sie die Wunde, die verheilt war, und dachte an die, die noch nicht verheilt war. »Der Arzt meinte, ich würde nicht einmal eine Narbe zurückbehalten«

»Großartig. Ja, du hast wirklich Glück gehabt.« Er kramte ein Päckchen Zigaretten aus der Tasche und warf es dann auf einen Tisch.

»Darüber bin ich auch sehr froh«, bemerkte Jessica ruhig. »Ich stehe nicht besonders auf Narben.«

»Stehst du zu dem, was du gesagt hast?« Die Frage brach aus ihm heraus, ehe er es noch verhindern konnte.

»Wegen der Narbe?«

»Nein, ich rede nicht von der verdammten Narbe«, brauste er auf und fuhr sich frustriert durch Haar.

»Ich versuche stets, zu meinen Worten zu stehen«, erwiderte sie bedächtig. Das Herz schlug ihr plötzlich bis an die Kehle.

»Du hast gesagt, dass du mich liebst.« Jeder Muskel seines Körpers war zum Zerreißen gespannt. »Und, stehst du noch dazu?«

Jessica holt tief Luft und drehte sich zu Slade um. »Ja, dazu stehe ich.«

»Das ist nur dein verschrobener Sinn für Dankbarkeit«, wiegelte er ab, marschierte zum Kamin und wieder zurück.

In Jessica begann sich etwas zu lösen. Ein Gefühl der Erleichterung durchströmte sie, in das sich ein Grinsen schlich. »Ich glaube, ich kenne den Unterschied«, beschied sie ihm. »Mitunter bin ich dem Fleischer unheimlich dankbar für ein gutes Stück Fleisch, aber verliebt habe mich deshalb nicht in ihn … noch nicht.«

»Ha, ha, sehr witzig.« Slade maß sie mit einem zornigen Blick. »Siehst du denn nicht ein, dass das nur die Umstände waren, die Situation?«

»Ach ja?« Jessica kam lächelnd auf ihn zu. Slade wich zurück.

»Ich will nichts von dir«, erklärte er hitzig. »Ich möchte, dass du das verstehst.«

»Ich glaube, ich verstehe es.« Sie legte eine Hand an sein Gesicht. »Ja, ich glaube, ich verstehe es sehr gut.«

Er packte ihr Handgelenk, brachte es aber nicht fertig, ihre Hand abzuwehren. »Weißt du überhaupt, was das für ein Gefühl war, dich bewusstlos zu sehen – dein Blut an meinen Händen zu spüren? Weißt du, wie mir zumute war, dich in diesem gottverdammten Krankenhausbett liegen zu sehen? Ich habe Leichen gesehen, die hatten mehr Farbe im Gesicht als du.« Sie spürte, wie seine Finger zu zittern begannen, ehe er ihr Handgelenk losließ. »Verdammt, Jess«, seufzte er, ehe er sich abwandte, um sich noch einen Scotch einzuschenken.

»Slade.« Jessica legte die Arme um seine Hüften. Warum hatte sie daran nicht gedacht?, fragte sie sich erstaunt. Warum ist ihr überhaupt nicht in den Sinn gekommen, dass er sich Vorwürfe machen könnte? »Ich war diejenige, die zur falschen Zeit am falschen Ort war.«

»Lass das.« Er nahm ihre Hände und schob sie resolut von sich weg. »Ich kann dir nichts geben, Jess, begreifst du das denn nicht? Nichts. Uns trennen Welten. Wir sprechen nicht einmal dieselbe Sprache.«

»Ich weiß gar nicht, wovon du redest.« Hätte er sie angesehen, hätte er die Trotzfalte bemerkt, die sich zwischen ihren Brauen formte.

»Schau dich doch um!« Er machte eine ausholende Geste durch den Salon, während er zu ihr herumwirbelte. »Wo du lebst und wie du lebst. Das hat nichts mit mir zu tun.«

»Oh.« Sie schürzte nachdenklich die Lippen. »Ich verstehe, du bist ein Snob.«

»Verdammt, du verstehst einen feuchten Kehricht!« Er packte sie wütend an den Schultern. »Ich will dich nicht.«

»Versuch es noch mal«, schlug sie vor.

Slade machte den Mund auf und ließ Dampf ab, indem er sie schüttelte. »Du hast kein Recht – du hast verflucht noch mal kein Recht, dauernd in meinem Kopf herumzuspuken. Ich will das nicht. Verschwinde endlich aus meinem Kopf!«

»Slade«, begann sie ganz ruhig. »Warum hörst du nicht

auf, dich dagegen zu wehren und gibst einfach nach? Ich werde nirgendwohin verschwinden.«

Wie seine Hände den Weg in ihr Haar fanden, wusste er nicht. Aber sie versanken darin, genau wie er in ihr versank. Er wehrte sich noch einmal mit aller Kraft – dann gab er auf. »Ich liebe dich, verflucht noch mal. Und dafür könnte ich dich erwürgen.« In seinen Augen tobte ein Gewittersturm. »Du hast dich an mich rangemacht«, beschuldigte er sie, während sie ihn ruhig und gefasst anblickte. »Von Anfang an hast du dich in mein Leben geschlichen, bis ich ohne dich nicht mehr existieren konnte. Bis in unser Hauptquartier in New York hat mich dein Geruch verfolgt.«

Getrieben von Wut und Verlangen zog er sie in seine Arme. »Ich glaubte, verrückt zu werden, wenn ich dich nicht bald wieder schmecken könnte.«

Seine Lippen pressten sich – keineswegs zärtlich – auf ihren Mund. Aber Zärtlichkeit erwartete Jessica in diesem Moment auch nicht von ihm. Dafür bekam sie diese ungebändigte Leidenschaft zu spüren, nach der sie sich so schrecklich verzehrt hatte. Ihre Antwort war eine Explosion von Herz, Körper und Sinnen, die seine Gefühle erwiderte und noch anheizte. Einen langen, siedenden Moment klammerten sie sich aneinander, ehe sie eng umschlungen auf dem Teppich vor dem Kamin niedersanken.

»Ich brauche dich.« Die Worte brachen aus ihm heraus, während zwei Händepaare an diversen Kleidungsstücken zerrten. »Jetzt.« Er fand ihre nackten Brüste und stöhnte. »Es ist schon so lange her.«

»Zu lange.«

Worte waren jetzt nicht mehr nötig. Neben ihnen prasselte das Feuer im Kamin, sirrende Flammen entzündeten trockenes Holz. Der Wind rüttelte an den Fensterläden. Doch sie sahen und hörten nichts, hatten nur Augen und Ohren für einander. Lippen forschten und taten sich dann gütlich; Hände tasteten und nahmen in Besitz. Sich wieder langsam kennen zu lernen, dazu war keine Zeit. Ausgehungert wie sie waren, vereinigten sie sich, ohne Zeit auf ein zärtliches Vorspiel zu verwenden; ihre ungezügelte Begierde räumte auch die letzten Zweifel aus. Körper an Körper und Lippen an Lippen gepresst, verharrten sie in inniger Verschmelzung, bis ihr Verlangen befriedigt war.

Jessica hielt Slade fest an sich gedrückt, als er sich neben sie legen wollte. »Nein, beweg dich nicht.«

»Ich erdrücke dich doch.«

»Nur ein bisschen.«

Slade hob den Kopf, grinste sie an und verlor sich im selben Moment im bernsteinfarbenen Schimmer ihrer Augen. Zärtlich zeichnete er den Schwung ihrer Wangenknochen nach. »Ich liebe dich, Jess.«

»Und, immer noch wütend deshalb?«

Ehe er das Gesicht an ihrem Hals vergrub, bemerkte sie sein Grinsen. »Ich hab' mich damit abgefunden.«

Sie schnaubte empört und versetzte ihm einen ordentlichen Knuff an die Schulter. »Abgefunden? Wie schmeichelhaft! Hör mal, ich hatte eigentlich nicht vor, mich in einen griesgrämigen Excop zu verlieben, der dauernd versucht, mich herumzukommandieren.«

Dieser erdige Moschusgeruch ihrer Haut lenkte ihn kurzzeitig ab. In ihrem Duft schwelgend, begann er an ihrem Hals zu knabbern. »Wie hattest du dir deinen Traummann denn vorgestellt?«, fragte er abwesend.

»Als eine Mischung aus Albert Schweitzer und Glark Gable«, erklärte sie ernsthaft.

Slade knurrte leise und hob wieder den Kopf. »Ach ja? Da bist du ja nahe dran. Willst du mich heiraten?«

Jessica hob nachdenklich eine Braue. »Hab' ich denn eine andere Wahl?«

Er beugte sich herab und küsste sie zärtlich. »Hast du nicht immer die Ansicht vertreten, dass jeder Mensch Herr über seine Entscheidungen ist?«

»Mmm, das habe ich.« Sie zog ihn an sich, um diesen Kuss richtig auszukosten. »Ich nehme an, wir müssen beide eine Entscheidung treffen, nicht wahr?«

Ihre Blicke trafen sich, dann sagten sie beide wie aus einem Mund: »Ja.«

› Zusatzmaterial

Werkverzeichnis der im Heyne und Diana Verlag erschienenen Titel von Nora Roberts

© John Earle

HEYNE‹

Die Autorin

Nora Roberts wurde 1950 in Silver Spring, Maryland, als einzige und jüngste Tochter von fünf Kindern geboren. Ihre Ausbildung endete mit der Highschool in Silver Spring. Bis zur Geburt ihrer beiden Söhne Jason und Dan arbeitete sie als Sekretärin, anschließend war sie Hausfrau und Mutter. Anfang der siebziger Jahre zog sie mit ihrem Mann und den beiden Kindern nach Maryland aufs Land. Sie begann mit dem Schreiben, als sie im Winter 1979 während eines Blizzards tagelang eingeschneit war. Nachdem Nora Roberts jedes im Haus vorhandene Buch gelesen hatte, schrieb sie selbst eins. 1981 wurde ihr erster Roman *Rote Rosen für Delia* (Originaltitel: *Irish Thoroughbred*) veröffentlicht, der sich rasch zu einem Bestseller entwickelte. Seitdem hat sie über 200 Romane geschrieben, von denen mehr als 400 Millionen Exemplare verkauft wurden; ihre Bücher wurden in mehr als 30 Sprachen übersetzt. Sowohl die Romance Writers of America als auch die Romantic Times haben sie mit Preisen überschüttet; sie erhielt unter anderem den Rita Award, den Maggie Award und das Golden Leaf. Ihr Werk umfasst mehr als 175 New-York-Times-Bestseller, und 1986 wurde sie in die Romance Writers Hall of Fame aufgenommen.

Heute lebt die Bestsellerautorin mit ihrem Ehemann in Maryland.

1. Einzelbände:

Dunkle Herzen *(Divine Evil)*

Eine New Yorker Bildhauerin erlebt in ihren Alpträumen eine »Schwarze Messe«, welche in ihrem Heimatort in Maryland stattfindet. Sie erinnert sich an den grauenvollen Tod ihres Vaters und entschließt sich zur Heimkehr in ihr Elternhaus. Dunkle Mächte werden daraufhin wiedergeweckt.

Erinnerung des Herzens *(Genuine Lies)*

Eine alleinerziehende Mutter und erfolgreiche Autorin soll für eine Filmdiva die Memoiren verfassen. Sie erhält deshalb immer häufiger Drohbriefe, je mehr sich die Diva in ihren brisanten Informationen öffnet.

Gefährliche Verstrickung *(Sweet Revenge)*

Die schöne Adrienne führt ein Doppelleben: bei Tag elegante Society-Lady, ist sie bei Nacht jener gefürchtete Juwelendieb, der zielsicher die kostbarsten Stücke auswählt. Doch all ihre Einbrüche sind bloß Fingerübungen für ihren größten Coup: Sie will jenen Mann bestehlen, der einst ihrer Mutter das Leben zur Hölle machte – ihren eigenen Vater, einen arabischen Scheich. Nur ein Mann könnte ihre Pläne zunichtemachen, Philip Chamberlain, Ex-Juwelendieb und Interpol-Agent – er heftet sich an ihre Fersen und lässt sich einfach nicht abschütteln.

Das Haus der Donna *(Homeport)*

Eine amerikanische Kunstexpertin wird zu einer wichtigen Expertise über eine Bronzefigur aus der Zeit der Medici nach Florenz eingeladen, doch vorher überfallen und mit einem Messer bedroht. Die Echtheit der Figur und der Überfall stehen in einem gefährlichen Zusammenhang.

Im Sturm des Lebens *(The Villa)*

Teresa Giambelli legt die Führung ihrer Weinfirma in die Hände ihrer Enkelin Sophia und in die von Tyker, dem Enkelsohn ihres zweiten Mannes, beide charakterlich sehr unterschiedlich. Als vergiftete Weine der Firma auftauchen, erkennen beide, dass sie gemeinsam für ihre Familie und das Weingut kämpfen müssen.

Insel der Sehnsucht *(Sanctuary)*

Anonyme Fotos beunruhigen die Fotografin Jo Hathaway, und deshalb kommt sie nach Jahren zurück in ihr Elternhaus auf der Insel Desire. Dort findet sie ihren Vater und die Geschwister vor. Jo versucht herauszufinden, weshalb ihre Mutter vor langer Zeit verschwand.

Lilien im Sommerwind *(Carolina Moon)*

South Carolina. Tory Bodeen findet keine Ruhe, seit vor achtzehn Jahren ihre beste Schulfreundin Hope ermordet wurde. Heimlich stellt sie Nachforschungen an, unterstützt von Hopes Bruder. Sie stellen fest, dass Hope das erste Opfer einer Mordserie ist.

Nächtliches Schweigen *(Public Secrets)*

Der Sohn eines umjubelten Bandleaders wird entführt und dabei versehentlich getötet. Die Tochter Emma beobachtet die Untat, stürzt dabei und verliert jede Erinnerung an die Täter. Sie quält sich mit Vorwürfen und versucht mit Hilfe eines Polizeibeamten, ihr Gedächtnis wiederzuerlangen. Dadurch gerät sie in große Gefahr.

Rückkehr nach River's End
(River's End)

Auf mörderische Weise verliert die kleine Livvy ihre Eltern, ein Hollywood-Traumpaar. Die Großeltern bieten ihr im friedlichen River's End eine neue Heimat. Jahre später kommen die Erinnerungen und damit die Gefahr, dass bedrohlicher Besuch eintreffen könnte.

Der Ruf der Wellen *(The Reef)*

Auf der Suche nach einem geheimnisumwitterten Amulett vor der Küste Australiens wird James Lassiter bei einem Tauchgang ermordet. Dessen Sohn Matthew und sein Onkel sind weiter auf der Suche, zusammen mit Ray Beaumont und dessen Tochter Tate, und entdecken ein spanisches Wrack.

Schatten über den Weiden *(True Betrayals)*

Nach der Trennung von ihrem Mann erhält Kelsey einen Brief von ihrer totgesagten Mutter. Diese widmet sich seit ihrer Entlassung aus dem Gefängnis der Pferdezucht in Virginia. Kelsey entdeckt dort ihre Wurzeln, verliebt sich, beginnt aber auch in der Vergangenheit ihrer Mutter zu forschen: Weshalb wurde ihr ein mysteriöser Mord zur Last gelegt?

Sehnsucht der Unschuldigen *(Carnal Innocence)*

Innocence am Mississippi ist für die Musikerin Caroline Waverly der richtige Ort der Erholung nach einer monatelangen Tournee mit Beziehungskonflikten. Tucker Longstreet, Erbe der größten Farm in Innocence, verliebt sich in Caroline. Drei Frauen werden innerhalb einiger Wochen ermordet, eine von ihnen war die ehemalige Geliebte von Tucker.

Die Tochter des Magiers *(Honest Illusions)*

Roxanne teilt das geerbte Talent für Magie mit Luke, einem früheren Straßenjungen, den ihr Vater, ein Zauberkünstler, einst aufnahm. Allerdings erleichtern sie Reiche auch um deren Juwelen. Sie werden Partner in der Zauberkunst und in der Liebe. Ein dunkler Punkt in Lukes Vergangenheit lässt ihn verschwinden – Jahre später taucht er wieder auf …

Tödliche Liebe *(Private Scandals)*

Die erfolgreiche Fernsehmoderatorin Deanna Reynolds hat Glück im Beruf – und in der Liebe mit dem Reporter Finn Riley. Doch eine eifersüchtige Kollegin und anonyme Fanpost machen ihr das Leben schwer.

Träume wie Gold *(Hidden Riches)*

Philadelphia. Die Antiquitätenbesitzerin Dora Conroy kauft eine Reihe von Objekten und gerät damit ins Blickfeld von internationalen Schmugglern. Sie und der ehemalige Polizist Jed Skimmerhorn beginnen, Diebstähle und Todesfälle im Umkreis der geheimnisvollen Lieferung zu untersuchen.

Verborgene Gefühle *(Hot Ice)*

Manhattan. Auf der Flucht vor Gangstern landet der charmante Meisterdieb Douglas Lord im Luxusauto von Whitney. Dabei erfährt sie von Douglas Plan, im Dschungel von Madagaskar einen sagenhaften Schatz zu suchen.

Verlorene Liebe *(Brazen Virtue)*

Zwei Schwestern. Während Grace unbekümmert alleine als Krimiautorin lebt, arbeitet Kathleen als Lehrerin an einer Klosterschule und verdient sich nebenbei Geld mit Telefonsex für den Scheidungsanwalt. Ein lebensgefährlicher Job, denn Grace findet Kathleen mit einem Telefonkabel erdrosselt.

Verlorene Seelen *(Sacred Sins)*

Washington. Blondinen sind die Opfer eines Frauenmörders, die Tatwaffe immer eine weiße Priesterstola. Mit Hilfe der Psychiaterin Tess Court versucht Police Sergeant Ben Paris die Mordserie aufzuklären. Doch nicht nur er hat ein Auge auf Tess geworfen.

Der weite Himmel *(Montana Sky)*

Montana. Der steinreiche Farmer Jack Mercy verfügte in seinem Testament, dass seine drei Töchter aus drei Ehen erst dann ihren Erbteil erhalten, wenn sie ein Jahr lang friedlich zusammen auf der Farm verbringen. Sie versuchen es, doch in dieser Zeit geschehen auf der Farm mysteriöse Dinge.

Tödliche Flammen *(Blue Smoke)*

Reena Hale ist Brandermittlerin und kennt durch ein schlimmes Kindheitserlebnis die Macht des Feuers. Neben Bo Goodnight interessiert sich noch jemand sehr für sie – allerdings verfolgt dieser Unbekannte ihre Spur, um die Macht des Feuers für seinen Racheplan zu benützen.

Verschlungene Wege *(Angels Fall)*

Reece Gilmore ist auf der Flucht: vor der Erinnerung und vor sich selbst. Als sie sich endlich in einem Dorf in Wyoming dem einfühlsamen Schriftsteller Brody anvertraut, glaubt sie, zur Ruhe zu kommen. Doch die Vergangenheit holt sie bald ein.

Im Licht des Vergessens *(High Noon)*

Phoebe MacNamara kennt die Gefahr. Geiselnehmer, Amokläufer – kein Problem für die beim FBI ausgebildete Expertin für Ausnahmezustände. Aber erst die Liebe zu Duncan hat sie unverwundbar gemacht. Glaubt sie. Bis sie von einem Unbekannten brutal überfallen wird. Fortan muss sie um ihr Leben fürchten.

Lockruf der Gefahr *(Black Hills)*

Tierärztin Lilian führt auf ihrer Wildtierfarm in South Dakota ein erfülltes, aber auch abgeschiedenes Leben. Fast zu spät erkennt sie die Gefahr, der sie ausgesetzt ist, als ein Mann sie und ihre Familie bedroht. In letzter Minute nimmt sie die Hilfe ihrer Jugendliebe Cooper an. Kann er sie retten?

Die falsche Tochter *(Birthright)*

Als die Archäologin Callie Dunbrook an den Fundort eines fünftausend Jahre alten menschlichen Schädels gerufen wird, ahnt sie nicht, dass dieses Projekt auch ihre eigene Vergangenheit heraufbeschwören wird.

Sommerflammen *(Chasing Fire)*

Die Feuerspringerin Rowan kämpft jeden Sommer erfolgreich gegen die Brände in den Wäldern Montanas. Doch seit ihr Kollege dabei ums Leben kam, plagen sie Schuldgefühle. Hätte sie Jim retten können?

Gestohlene Träume *(Three Fates)*

Tia Marshs Leben gehört der Wissenschaft. Dass das Interesse für griechische Mythologie ihr einmal zum Verhängnis wird, ahnt sie nicht – bis sie Malachi Sullivan begegnet. Der attraktive Ire ist dem Geheimnis dreier Götterfiguren auf der Spur, und nicht nur er will die wertvollen Statuen um jeden Preis besitzen …

2. Zusammenhängende Titel:

a) Quinn-Familiensaga

– Tief im Herzen *(Sea Swept)*

Maryland. Der Rennfahrer Cameron Quinn kehrt zurück in die Kleinstadtidylle an das Sterbebett seines Adoptivvaters. Dieser bittet ihn, sich mit den beiden Adoptivbrüdern um den zehnjährigen Seth zu kümmern. Er ist ein ebenso schwieriger Junge, wie es Cameron einst war. Hinzu kommt, dass sich die Sozialarbeiterin Anna Spinelli einmischt, um zu prüfen, ob in dem Männer-Haushalt die Voraussetzungen für eine Adoption gegeben sind.

– Gezeiten der Liebe *(Rising Tides)*

Ethan Quinn übernimmt während der Abwesenheit seiner Brüder die Rolle des Familienoberhaupts. Seine Arbeit als Fischer und die Verantwortung für den elfjährigen Seth binden ihn an die kleine Stadt. Außerdem liebt er Grace Monroe, eine alleinerziehende Mutter, welche den Haushalt der Quinns führt.

- **Hafen der Träume** *(Inner Harbour)*

Gemeinsam kämpfen die drei Quinn-Brüder um das Sorgerecht für Seth, denn sie wissen, dass Seths Mutter eher am Geld als an dem Jungen gelegen ist. Da kommt die Bestsellerautorin Sybill in die Stadt und will unbedingt verhindern, dass Seth von Philipp und seinen Brüdern adoptiert wird.

- **Ufer der Hoffnung**
(Chesapeake Blue)

Seth Quinn hat sich durch die Fürsorge seiner älteren Brüder zu einem erfolgreichen Maler entwickelt. Als er aus Europa nach Maryland zurückkehrt, wird er von seiner leiblichen Mutter mit der Publikation seiner Kindheitsgeschichte erpresst. Seth lernt Drusilla kennen, welche sich auch nicht mehr mit ihrer leiblichen Familie identifizieren kann.

b) Garten-Eden-Trilogie

– **Blüte der Tage** *(Blue Dahlia)*

Tennessee. Die Witwe Stella Rothchild kehrt mit ihren kleinen Söhnen in ihre Heimat zurück. Die Gartenarchitektin beginnt, sich ein neues Leben in der Gärtnerei Harper aufzubauen, unterstützt von der Hausherrin Rosalind. Alles ist gut, bis Stella dem Landschaftsgärtner Logan Kitridge begegnet. Doch jemand will diese Verbindung verhindern.

– **Dunkle Rosen** *(Black Rose)*

Rosalind Harper hat sich in die Arbeit gestürzt, um den Tod ihres Mannes zu überwinden. Besonders der Gartenkunst widmet sie sich. Doch in dem Harperschen Anwesen geht ein Geist um. Rosalind engagiert den Ahnenforscher Mitchell Carnegie, um zu erfahren, um welche übernatürlichen Kräfte es sich dabei handelt.

– **Rote Lilien** *(Red Lily)*

Hayley Phillips kommt mit ihrer neugeborenen Tochter Lily zu ihrer Cousine Rosalind Harper und findet dort ein neues Heim. Für Rosalinds Sohn Harper empfindet sie tiefe Gefühle, doch dann ergreift eine dunkle Macht von Hayley Besitz.

c) Der Jahreszeiten-Zyklus

– **Frühlingsträume** *(Vision in White)*

Gemeinsam mit ihren Freundinnen Parker, Laurel und Emma betreibt Mac eine erfolgreiche Hochzeitsagentur. Sie lebt und arbeitet mit den drei wichtigsten Menschen in ihrem Leben – wozu braucht sie da noch einen Mann? Doch als Mac Carter trifft, gerät ihr so gut ausbalanciertes Leben ins Wanken.

– **Sommersehnsucht** *(Bed of Roses)*

Freundschaft und Liebe – das geht nicht zusammen. Zu dumm nur, dass sich Emmas langjähriger Freund Jack völlig überraschend als ihre große Liebe erweist. Nun steckt Emma in der Klemme, zumal sie weiß, wie sehr Jack an seiner Freiheit hängt.

– **Herbstmagie** *(Savor the Moment)*

Laurel verliebt sich in den smarten Staranwalt Del, den Bruder ihrer Freundin Parker. Er ist für sie die Liebe ihres Lebens, aber sieht der heißbegehrte Junggeselle das ebenso?

– **Winterwunder** *(Happy Ever After)*

Parker ist anscheinend mit ihrem Beruf verheiratet – bis Malcolm in ihr Leben tritt. Aber wie soll sie mit ihm eine Beziehung führen, wenn er sich weigert, über seine Vergangenheit zu sprechen?

3. Sammelbände

a) Die Unendlichkeit der Liebe

(Drei Romane in einem Band)

Auch als Einzeltitel erschienen:

- **Heute und für immer**
  (Tonight and Always)

Kasey gewinnt das Herz von Jordan und seiner Nichte Alison, aber jetzt fürchtet Großmutter Beatrice, dass sie die Macht über ihre Familie verliert.

- **Eine Frage der Liebe** *(A Matter of Choice)*

Ein Antiquitätenladen im Herzen Neuenglands. Ohne Jessicas Wissen dient er einer internationalen Schmugglerbande als Umschlagplatz für Diamanten. Zu ihrem Schutz reist der New Yorker Cop James Sladerman nach Connecticut, wo ihm Jessica die Ermittlungen aus der Hand nimmt.

- **Der Anfang aller Dinge** *(Endings and Beginnings)*

Die beiden erfolgreichen Fernsehjournalisten Olivia Carmichael und T.C. Thorpe sind erbitterte Konkurrenten im Kampf um die neuesten Meldungen. Sie kommen sich näher, doch da gibt es einen dunklen Punkt in Olivias Vergangenheit.

b) Königin des Lichts
(A Little Fate)

(Drei Fantasy-Kurzromane in einem Band)

– Zauberin des Lichts
(The Witching Hour)

Aurora muss den Königsthron zurückerobern, nachdem Lorcan ihre Eltern getötet und ihre Heimatstadt zerstört hat. Verkleidet gelangt sie an den Hof des Tyrannen. Dort trifft sie auf dessen Stiefsohn Thane und verliebt sich.

– Das Schloss der Rosen *(Winter Rose)*

Der schwer verletzte Prinz Kylar wird von Deidre, Königin der Rosenburg, auf welcher ewiger Winter herrscht, gerettet und gepflegt. Dafür will Kylar die Rosenburg von ihrem Fluch befreien.

– Die Dämonenjägerin *(World Apart)*

Kadra ist auf der Jagd nach den Bok-Dämonen. Dabei erfährt sie, dass sich der Dämonenkönig Sorak des Tors zu einer anderen Welt bemächtigt hat. Um beide Welten vor dem Untergang zu bewahren, folgt sie Sorak dorthin. Sie landet mitten in New York, in der Wohnung von Harper Doyle. Sie braucht seine Hilfe.

c) Im Licht der Träume
(A Little Magic)

(Drei Romane in einem Band)

– **Verzaubert**
(Spellbound)

Der amerikanische Fotograf Calin Farrell begegnet im Schlaf der Hexe Bryna, welche ihn um Hilfe bittet, und wird dazu bewegt, nach Irland zu reisen, ins Land seiner Vorfahren. Dort kommt er dem Rätsel auf die Spur: Die Vorfahren von Calin und Bryna waren vor tausend Jahren ein Paar. Doch der Magier Alasdir hatte ihr Leben zerstört – und er versucht es aufs Neue.

– **Für alle Ewigkeit** *(Ever After)*

Allena aus Boston soll eigentlich ihrer Schwester in Irland helfen. Durch Zufall verbringt sie stattdessen einige Tage im Haus von Conal O'Neil. Die offenbar zufällige Begegnung scheint vom Schicksal vorbestimmt zu sein, denn die beiden fühlen sich stark zueinander hingezogen.

– **Im Traum** *(In Dreams)*

Die Amerikanerin Kayleen landet durch einen Sturm im Haus des Magiers Draidor. Kayleen verliebt sich sofort in Draidor, und er bereitet ihr einen im wahrsten Sinne des Wortes zauberhaften Aufenthalt.